ullstein

CAROLINE JANSEN wurde Anfang der 1960er-Jahre in Bad Oeynhausen geboren. Sie hat einige Jahre in Bremen gelebt und dort im Viertel gearbeitet. Inzwischen lebt sie mit ihrer Familie in einem kleinen Ort südlich von Bremen.

Von der Autorin ist in unserem Hause außerdem erschienen:
*Der Salon am Rosenplatz*

CAROLINE JANSEN

# DER SALON IN DER NEUSTADT

FRAUEN WIE WIR

Roman

Ullstein

Besuchen Sie uns im Internet:
www.ullstein.de

**Wir verpflichten uns zu Nachhaltigkeit**
- Klimaneutrales Produkt
- Papiere aus nachhaltiger Waldwirtschaft und anderen kontrollierten Quellen
- ullstein.de/nachhaltigkeit

MIX
Papier | Fördert gute Waldnutzung
FSC® C021394
FSC www.fsc.org

Originalausgabe im Ullstein Taschenbuch
1. Auflage Juli 2023

Umschlaggestaltung: bürosüd° GmbH, München
Titelabbildung: © www.buerosued.de (Hintergrund); © mauritius images / Directphoto Collection / Alamy / Alamy Stock Photos (Laden);
Getty Images.de / © Michael Ochs Archives / Freier Fotograf (Frauen)
Gesetzt aus der Albertina powered by *pepyrus*
Druck und Bindearbeiten: ScandBook, Litauen
ISBN 978-3-548-06651-6

*Sehnsucht ist der Wünsche Flug.*
A. de Nora

# I.

*Bremen im Sommer 1975*

## Marianne

Der Fuß der Kundin wippte im Takt von ABBAs aktuellem Hit »SOS« mit, während Marianne Rundbürste und Haartrockner aus der Ablage neben dem Waschbecken nahm. Sie erinnerte sich noch gut daran, wie sie vor dem Fernseher mitgefiebert hatte, als die schwedische Popgruppe im Jahr zuvor den Grand Prix Eurovision gewann. Endlich mal kein Schlager, sondern ein erfrischender Popsong, hatte sie gedacht.

Dorothea Bentheim, seit dem vergangenen Jahr Stammkundin in ihrem Salon, kannte das nun folgende Prozedere. Ohne Aufforderung beugte sie sich vor, und Marianne begann, ihr frisch blondiertes, schulterlanges Haar gegen den Strich zu föhnen. So erhielt es ordentlich Volumen und musste anschließend nur noch mit Haarspray fixiert werden. Mit sehr viel Haarspray.

Fertig war die Farah-Fawcett-Mähne. Sie und andere

Schauspielerinnen wie Olivia Newton-John und Bo Derek gehörten zu den zurzeit sehr angesagten Stilikonen.

Auch der Afrolook der Disco-Queen Donna Summer war äußerst beliebt. Für die Kundinnen bedeutete das stundenlanges Stillsitzen, während Haarsträhne um Haarsträhne mit Festiger besprüht, wie eine Kordel eingedreht und auf Papilloten gewickelt wurde.

Marianne dagegen mochte es unkompliziert. Sie trug ihr langes blondes Haar glatt und bis zur Taille.

Sieben Jahre war es nun her, dass sie London den Rücken gekehrt hatte und nach Bremen zurückgekommen war. Über ein Jahr hatte sie gebraucht, um das Vergangene – die straff durchorganisierten Tage und die strenge Reglementierung als Mannequin – hinter sich zu lassen. Noch Wochen nach ihrer Rückkehr war sie morgens regelmäßig aus dem Schlaf hochgeschreckt und hatte panisch auf den Wecker geschaut. Oft war sie aus dem Bett gesprungen, und erst im Bad beim Blick in den Spiegel war ihr wieder eingefallen, dass sie nicht mehr in London war. Ihr Leben als Mannequin und Fotomodell war vorbei.

Wie alle junge Frauen, die es auf den Laufsteg zog, war Marianne durch eine harte Schule gegangen. Das jedoch hatte sie eiserne Selbstdisziplin, Pflichtbewusstsein, Fleiß und Durchhaltevermögen gelehrt; Eigenschaften, von denen sie auch heute noch profitierte.

Ihre Einstellung zu Beziehungen, Familie und Freundschaft hatte sich ebenfalls verändert. In London hatte sie schmerzhaft feststellen müssen, wie schnell die Welt sich dreht, wie schnell man ganz oben und auch wieder ganz unten sein konnte.

Zurück in ihrer Heimatstadt, hatte sie viel über sich und ihre Zukunft nachgedacht, bis ihr klar geworden war, dass sie wieder als Friseuse arbeiten wollte. Ruths Mann Rainer hatte ihr eine Stelle in seinem Salon angeboten, doch sie hatte dankend abgelehnt. Auch wenn es sie gereizt hätte, wieder mit Ruth zusammenzuarbeiten.

Stattdessen hatte sie überlegt, ob sie den früheren Familiensalon wieder eröffnen sollte. Nach dem Brand damals hatte ihre Mutter ihn schließen müssen. Ein Grund: Er war unterversichert gewesen. Ein weiterer Grund – vielleicht sogar der ausschlaggebende: Ihre Mutter *wollte* ihn gar nicht weiterführen. Sie hatte sich all die Jahre vorgemacht, dass sie gern dort arbeitete und der Salon ihr Lebensinhalt war.

In Wahrheit hatte sie sich eingeengt und überfordert gefühlt.

Marianne war Tag für Tag durch die leeren Räume gegangen, hatte sich und Ruth an den Waschbecken gesehen, wie sie sich Blicke im Spiegel zuwarfen. Sie hatte wieder den Geruch von Dauerwellflüssigkeit und Haarspray in der Nase gehabt und das Geplauder der Kundschaft gehört – damals überwiegend ältere Damen aus der nahen Nachbarschaft.

Nach dem Brand hatte ihre Mutter die Räume zwischenzeitig verpachtet. Mal waren sie als Büro genutzt worden, mal als Ausstellungsfläche.

Marianne hatte in sich hineingehorcht: Wollte sie dem alten Salon neues Leben einhauchen? Sie hatte genug Geld verdient, um eine umfangreiche Sanierung und Renovierung durchführen zu lassen. Sie könnte Anzeigen schalten und auf neue Kundschaft setzen: junge, moderne Frauen. Innerhalb kurzer Zeit hätte sich herumgesprochen, dass das ehemalige Mannequin Ann in ihrer Heimatstadt den Familiensalon übernommen und aufgepeppt hatte. Aber wollte sie das alles? Wollte sie nicht vielmehr einen kompletten Neuanfang? In einem anderen, belebteren Stadtteil?

Und dann war ihr eine Zeitungsanzeige aufgefallen: In der Neustadt wurden helle und große Räume verpachtet. Einem Impuls folgend, hatte sie sich gleich auf den Weg gemacht, und schon beim Näherkommen hatte ihr Herz vor freudiger Erwartung und Aufregung geklopft. Das Haus war in einem hübschen Gelbton gestrichen, und es gab zwei riesige Schaufenster, die geradezu danach schrien, ansprechend und auffällig dekoriert zu werden. Sie hatte bereits das Schild über der Eingangstür vor Augen: *Anns Salon*. Bis dahin hatte sie nicht mal gewusst, dass sie ihn so nennen wollte. Das Schild würde weiß sein, die Buchstaben darauf in einem Sonnenblumengelb.

Als der Makler sie durch die Räume führte, die als Laden für Damen- und Herrenoberbekleidung gedient hatten, war sie im Geiste schon damit beschäftigt, alles umzugestalten und einzurichten. An einer der Wände runde Waschbecken mit Ablageflächen, davor bequeme weiche Sessel, damit die Kundinnen es gemütlich hatten. Über den Waschbecken große Spiegel mit kleinen Lämpchen. An der gegenüberliegenden Wand Regale mit Haarpflegeprodukten und Poster von bekannten Schauspielerinnen und Sängerinnen, an der Decke eine Discokugel, in der das Sonnenlicht funkelte, wenn es durchs Schaufenster fiel. Natürlich würde es eine moderne Stereoanlage und schicke Lautsprecher geben. Mitten im Raum sollten runde Clubsessel stehen, dazwischen kleine orangefarbene Lacktische mit Illustrierten, um den Kundinnen die Wartezeit zu versüßen.

Marianne hatte keine Bedenkzeit gebraucht und sofort zugesagt.

Die Umbauarbeiten hatten mehr als ein halbes Jahr gedauert und fast ihre gesamten Ersparnisse aufgebraucht.

Der Tag der Eröffnung war ein herrlicher Frühlingstag gewesen. Die Magnolien in den Vorgärten hatten geblüht, und die Straßen waren voller Radfahrer und Spaziergänger gewesen.

In der Anfangszeit hatten Marianne und Johanna, die Friseuse, die sie eingestellt hatte, keine Termine vergeben und nur auf Laufkundschaft gesetzt. Doch das funktionierte schon bald nicht mehr, und Marianne hatte eine weitere Friseuse einstellen und feste Termine vergeben müssen. Seitdem waren sie regelmäßig ausgebucht, oft über Wochen hinweg.

»Alles in Ordnung?« Frau Bentheim sah sie im Spiegel an. »Sie haben eben laut geseufzt.«

»Wirklich? Das ist mir gar nicht aufgefallen. Entschuldigung, ich war gerade in Gedanken. Sie können den Kopf jetzt wieder heben.«

Ihre Kundin kicherte beim Blick in den Spiegel. Ihr Haar war aufgeplustert wie das Gefieder eines Vogels, der ein Bad genommen hatte. »Was man nicht alles auf sich nimmt, um wenigstens für kurze Zeit wie jemand Berühmtes auszusehen.«

Auch Marianne war von vielen jungen Mädchen kopiert worden. Sie wollten das Haar genauso glatt und seidig tragen, die Augen mit Kajal umrandet, die Lippen mit hellem Lippenstift und die Wangen mit nur ein wenig Rouge betupft. Und was hätten sie für zwei Grübchen am Mundwinkel getan!

Marianne hatte sich geschmeichelt gefühlt, auch wenn sie es nie hatte nachvollziehen können. Sie selbst hatte sich nie als hübsch oder gar aufregend schön gesehen. Als Anthony sie damals in der *Lila Eule* angesprochen hatte und mit nach London nehmen wollte, war sie vollkommen perplex gewesen. »Du bist was ganz Besonderes«, hatte er gemeint. »Ich kann dich groß rausbringen.« Als Fotograf für namhafte Illustrierte und Modemagazine war er in ganz Europa unterwegs gewesen, auf der Suche nach jungen Mädchen, die das Zeug zum Mannequin hatten. Marianne erinnerte sich noch gut an das entsetzte Gesicht ihrer Mutter, als sie ihr davon erzählt hatte. »Was, wenn er Nacktfotos von dir machen will? Wenn er ein Betrüger ist?«

Doch er hatte weder anzügliche Fotos gemacht noch in irgendeiner Weise übertrieben, als er gemeint hatte, sie groß rauszubringen. Ihm hatte sie zu verdanken, dass sie binnen kurzer Zeit auf den großen Laufstegen und den bekanntesten Zeitschriften zu sehen war.

Inzwischen war der Kontakt zu ihm abgebrochen. Nachdem sie nach Bremen zurückgekehrt war, hatte er hin und wieder angerufen, bis die Anrufe immer seltener geworden waren.

Aber Marianne hatte noch Kontakt zu Mary, mit der sie sich in London ein Apartment geteilt und die als Fotomodell gearbeitet hatte. Mary war mittlerweile verheiratet und Mutter von zwei Töchtern. Wann immer Fotos kamen, war Marianne ganz wehmütig geworden. Sie beneidete Mary.

Wurde sie gefragt, ob sie sich nach ihrem Leben als Mannequin zurücksehnte, lautete ihre Antwort: »Keinen einzigen Tag.« Und das war die Wahrheit. Doch sie wollte die Zeit und die Erfahrung auch nicht missen.

Marianne brachte Frau Bentheims Haar mit dem Stielkamm in Form, zupfte hier und da eine Strähne zurecht und fixierte es anschließend mit Haarspray.

Dann holte sie den Handspiegel und zeigte ihrer Kundin im großen Spiegel über dem Waschbecken Nacken und Seitenpartien. »Und? Sind Sie zufrieden?«

»Und ob.« Die junge Frau strahlte. »Es sieht spitze aus! Vielen Dank, Marianne.«

»Gern geschehen.« Marianne nahm den schwarzen Umhang ab, schüttelte ihn aus und legte ihn neben das Waschbecken.

Sie folgte ihrer Kundin nach vorn zum Glastresen, nahm das Geld entgegen und legte es in die Kasse. »Dann bis in vier Wochen, Frau Bentheim.«

Als die Tür hinter der Kundin mit einem leisen »Pling« zufiel, sah Marianne einen jungen Mann, der die Straße überquerte und vor dem Schaufenster stehen blieb. Die Hände in den Hosentaschen, schaute er sich das große Foto von Olivia

Newton-John an. Er sah gut aus, sein Haar war dunkelblond und hätte einen Schnitt vertragen können. Nicht zum ersten Mal ging ihr durch den Kopf, wie gern sie auch männliche Kundschaft haben würde.

Er schlenderte weiter, und sie ging zum Schaufenster und blickte ihm geistesabwesend nach. Warum schaffte sie es eigentlich nicht, eine Beziehung zu führen? Bisher hatte sie regelmäßig nach wenigen Monaten, manchmal auch nur Wochen Reißaus genommen. Ihre letzte Beziehung lag mehr als zwei Jahre zurück und hatte ganze drei Monate gedauert.

War sie schlicht und ergreifend beziehungsunfähig? Oder hatte sie den Mann ihrer Träume nur noch nicht getroffen, wie Ruth meinte? Aber wie sollte sie ihn erkennen? Sie wusste ja nicht mal, wie ihr Traummann sein müsste. Sie wusste nur, dass sich jeder anfangs interessante Mann recht schnell als Langweiler oder Schaumschläger entpuppt hatte.

Marianne dehnte ihr Kreuz. Das lange Stehen und der ständige Frischluftmangel taten ihr nicht gut. Deshalb hatte sie sich ein Fahrrad angeschafft und radelte damit jeden Morgen zum Salon.

Die Tür ging auf, und Ruth kam mit ihrer kleinen Tochter Susanne herein.

»Das ist ja eine nette Überraschung.« Marianne hockte sich hin, um das Mädchen zu begrüßen. »Na, meine Süße, machst du einen Einkaufsbummel mit deiner Mama?«

Das vierjährige Mädchen warf sich in ihre Arme. »Nein, wir wollten dich besuchen.« Sie schnupperte an ihrem Haar und zog die Nase kraus. »Du riechst aber komisch.«

Marianne kitzelte sie. »Komisch? Du kleiner Frechdachs, das ist mein neues Parfüm.«

Ruth lachte. »So was weiß sie erst in ein paar Jahren zu schätzen. Stören wir gerade sehr?«

»Überhaupt nicht. Ich freue mich, dass ihr da seid. Lasst uns nach hinten in die Teeküche gehen.«

Marianne musste nicht erst in den Terminkalender schauen, sie wusste auch so, dass sie in einer Viertelstunde die nächste Kundin hatte. Zeit genug also für einen kleinen Plausch mit ihrer Tante, die immer mehr eine große Schwester gewesen war.

Sie waren zusammen aufgewachsen, es trennten sie nur fünf Jahre Altersunterschied. Ruth war die jüngere Schwester von Mariannes Mutter Gisela. Marianne ging voran in den kleinen Raum neben dem Frisierbereich, und Ruth nahm am Tisch Platz, ihre Tochter auf dem Schoß. Marianne öffnete die Schublade des Schränkchens und nahm einen roten Lutscher heraus. Bevor sie ihn dem Mädchen geben konnte, hatte Ruth ihn blitzschnell an sich genommen. »Nicht vor dem Essen.«

»Entschuldige«, sagte sie zerknirscht.

Es klopfte, und Johanna kam herein. »Frau Becker ist schon da. Ich sage ihr, dass du noch zu tun hast, in Ordnung?«

»Gib ihr einfach die neue *Vogue*. Ich bin in …« Sie warf einen raschen Blick auf ihre Armbanduhr, ein Geschenk ihrer Mutter zur Eröffnung des Salons. » … zehn Minuten bei ihr.«

Johanna nickte und verschwand wieder.

Es war ein Segen, sie zu haben. Sie war zuverlässig und

ausgesprochen kreativ, außerdem war sie inzwischen auch so etwas wie eine Freundin geworden. Was ebenfalls ein Segen war. Marianne tat sich schwer, neue Freundschaften zu schließen. Die alte Clique hatte sich in alle Himmelsrichtungen verstreut, doch sie weinte keinem von ihnen nach. Sie hatten sie bereits vergessen, als sie in London gewesen war. Wahrscheinlich waren alle inzwischen die verknöcherten Spießer und Langweiler geworden, über die sie damals hemmungslos hergezogen hatten.

»Warum hat Johanna so rote Haare?«, fragte Susanne und riss sie damit aus ihren Gedanken.

»Weil sie die von ihrer Mama geerbt hat.«

»Rote Haare sind doof.«

»Irrtum, meine Süße, rote Haare sind wunderschön.«

»Ich habe über Giselas Geburtstag nachgedacht«, sagte Ruth.

Marianne hob verwundert die Augenbrauen. Der Geburtstag ihrer Mutter war erst im Herbst. »Jetzt schon?«

»Sie wird fünfzig«, erwiderte Ruth mit bedeutungsvollem Blick.

»Und du findest, den Fünfzigsten sollte man schon weit vorher planen.« Marianne lachte.

»Ganz genau. Ich hab mir gedacht, dass wir ihr einen Urlaub schenken könnten. Ein paar Tage in einem hübschen kleinen Hotel im Schwarzwald. Was meinst du?«

»Das klingt gut. Tust du mir einen Gefallen?«

Ruth nickte. »Ich kümmere mich um alles.«

»Das meinte ich nicht.« Marianne sah sie eindringlich an. »Ich möchte keine große Feier zu meinem Dreißigsten.«

Ruth gab sich überrascht. »Richtig! Du wirst dieses Jahr ja dreißig!«

»Keine große Feier«, ermahnte Marianne sie erneut.

»Keine große oder gar keine?«

»Wenn es nach mir geht, dann gar keine.«

Ruth sah enttäuscht aus. »Wie du meinst.«

»Und ich mein's ernst, Ruth.«

Die schwenkte rasch um. »Ich buche ein Hotel, und Gisela bekommt einen Gutschein.«

»Früher war sie oft mit meinem Vater im Schwarzwald.« Marianne lächelte traurig. Ihr Vater fehlte ihr noch immer, sie träumte auch noch manchmal von ihm. In jedem Traum war sie wieder ein kleines Mädchen.

Sie stand auf. »Ich muss weitermachen. War schön, dass ihr da wart.«

Als Ruth an ihr vorbeiging, raunte sie: »Darf ich ihr den Lutscher mitgeben? Für später?«

Ruth nickte. »Du darfst.«

Sie steckte dem Mädchen den Lolli in die Hosentasche und strich ihm übers Haar. Eine flüchtige Welle von Sehnsucht durchströmte sie, der sie jedoch keine große Beachtung schenkte.

# 2.

## Ruth

Sie blieb vor der Tür stehen und zog ihrer Tochter die Strickjacke an. Von Sommer war heute nicht viel zu spüren. Ein kühler, recht ungemütlicher Wind wehte, und der Himmel war voller grauer, tief hängender Wolken.

Ruth taten die Füße vom Laufen weh, sie hätte bequemere Schuhe anziehen sollen. Sie warf einen raschen Blick ins Schaufenster und versuchte, ihr Haar zu glätten, das der Wind durcheinandergepustet hatte. Ihr Blick fiel auf die aufwendige Dekoration. Der Schaufenstergestalter hatte wieder ganze Arbeit geleistet, er war in der Tat »jeden Pfennig wert«, wie Marianne gemeint hatte. Sie betrachtete den großen Pappaufsteller, auf dem Olivia Newton-John zu sehen war. Daneben stand eine orangefarbene Vase mit gelben und weißen Blumen – Ranunkeln? –, rechts davon ein Schild mit der Aufschrift *»Der Sommer ist da – und die neuen Frisuren!«*.

Als Marianne den Salon eröffnet hatte, waren die Reporter in Scharen gekommen.

*Das ehemalige erfolgreiche Mannequin Marianne König ist die neue Inhaberin von Anns Salon in der Kornstraße,* hatte in einer Zeitung gestanden. *Ihr Großvater Johann Fellbach hatte nach dem Krieg den Frisiersalon am Rosenplatz gegründet, der inzwischen leer steht. Schaut man seine junge Enkelin an, weiß man, was man von ihrem Salon, der nun ein reiner Damensalon ist, zu erwarten hat: moderne Frisuren für moderne Frauen.*

»Komm, Mama, nicht träumen.« Ihre Tochter griff nach ihrer Hand und zog sie mit sich. »Darf ich ein Eis haben?«

»Bei dem Wetter?« Ruth musste lachen. »Natürlich darfst du. Komm.«

Die Eisdiele war nur ein paar Schritte entfernt.

Während sie dorthin schlenderten, schweiften Ruths Gedanken ab. Sie hatte sich schon oft gefragt, ob Marianne glücklich war. Ihre Nichte hatte eine Menge erreicht, sie führte einen großen modernen Salon mit inzwischen drei Mitarbeiterinnen und lebte in einer gemütlichen Eigentumswohnung am Osterdeich. Aber privat hatte sie ihr Glück noch nicht gefunden.

»Träumst du, Mama?« Ihre Tochter sah sie an und zeigte auf das Eisschild an der Eisdiele. »Darf ich Schoko und Zitrone?«

»Ich dachte, Banane ist deine Lieblingssorte.«

»Heute nicht.«

Ruth lächelte kopfschüttelnd, bestellte zwei Eis bei dem freundlichen, stets lächelnden jungen Mann, der für den Straßenverkauf zuständig war, und reichte ihrer Tochter die Eiswaffel. »Pass auf, es tropft.«

Die Straßenbahn, die sie nach Findorff bringen würde, fuhr ratternd an ihr vorbei.

»Jetzt ist sie weg.« Ihre Tochter schaute ihr hinterher.

»Wir nehmen die nächste.« Ruth warf einen Blick auf ihre Armbanduhr. »In einer Viertelstunde.«

Sie überquerten die Straße und setzten sich auf die Bank an der Haltestelle.

Nach der Geburt ihrer Tochter hatten sie und Rainer ein Altbremer Haus in Findorff gekauft. Es gab sogar einen Garten, den sie hingebungsvoll hegte und pflegte. Sie hatte nicht mal geahnt, wie viel Spaß es ihr machen würde. Sogar Blumenkästen für die Fenster hatte sie angeschafft, die im Frühjahr üppig bepflanzt wurden, und es kam nicht selten vor, dass jemand vor dem Haus stehen blieb und die bunte Blütenpracht bewunderte. Für ihre Tochter und Sohn Stefan war der Garten ein herrlicher Spielplatz, auch wenn er nicht sehr groß war.

Als sie in die Straßenbahn stiegen, war Ruth froh, sich endlich setzen zu können. Ihre Füße brannten.

Auf dem Platz neben ihnen blätterte eine ältere Dame in der Tageszeitung. Ruth erhaschte einen Blick auf eine der Schlagzeilen: *Täter des Bombenattentats noch immer nicht gefasst.*

Im Dezember letzten Jahres war im Hauptbahnhof eine Bombe hochgegangen, die in einem Feuerlöscher versteckt gewesen war. Sechs Menschen waren schwer verletzt worden.

Ruth war an dem Tag mit ihrer Freundin Rosemie in einem Kaufhaus in der Obernstraße gewesen, als ein ohrenbetäubender Knall alle in Angst und Schrecken versetzt hatte. Niemand wusste, was passiert war, vor allem wusste man nicht, wo. So hatte es ein furchtbares Durcheinander gegeben, alle hatten geschrien und waren zu den Ausgängen gelaufen. Worte wie »RAF« waren gefallen, und Ruth hatte Rosis Hand genommen und sie nach draußen gezogen. Weg, nur weg aus dem Kaufhaus, in dem sie möglicherweise in einer Falle saßen.

Erst später, als sie zum Domshof geeilt waren, um heimzufahren, hatten sie erfahren, was geschehen war. Dass es ein Bombenattentat am Hauptbahnhof gegeben hatte. Ob die Rote-Armee-Fraktion etwas damit zu tun hatte, wusste man nicht. Zuzutrauen wäre es ihr, immerhin gingen bereits mehrere Attentate auf ihr Konto. Doch bislang hatte sich niemand zu dem Anschlag auf den Hauptbahnhof bekannt.

»Sollen die doch alle verrecken.« Die Frau schnaubte angewidert. »Hungerstreik! Wieso lassen sie die nicht einfach verhungern?«

Ruth schaute rasch aus dem Fenster, ehe die Frau womöglich auf die Idee kam und sie in ein Gespräch über terroristische Machenschaften verwickelte.

»Mami? Schläft die Sonne, wenn es dunkel ist?«

Über das Gesicht ihrer Nachbarin huschte ein Lächeln. »Sind sie in diesem Alter nicht ganz entzückend?«

Vergessen waren der Bombenanschlag und die RAF.

# 3.

## Marianne

Es war ein unerträglich schwüler Tag, und sie hatte ihren spontanen Einfall, an diesem Montagnachmittag einen Einkaufsbummel zu machen, schnell bereut. In den Kaufhäusern war es stickig und kaum auszuhalten. Lustlos war sie durch die Gänge geschlendert und hatte schließlich zwei Schlaghosen und eine helle Polo-Bluse gekauft. Eigentlich wollte sie nach einem Overall Ausschau halten, die in diesem Jahr ein modischer Renner waren. Doch ihr war die Lust vergangen, sie hatte nur noch an die frische Luft gewollt. Eine der Schlaghosen war ihr am Bund zu weit, ein Kauf, den sie sehr wahrscheinlich bald schon bereuen würde.

*Ich bitte Mama, mir den Bund etwas enger zu machen,* dachte sie, als sie mit einem Eis am Stiel zu den Rathausarkaden ging. Dort war es einigermaßen kühl, und die Plätze waren heiß begehrt. Als sie näher kam, sah sie, dass ein älteres Ehepaar aufstand, und beschleunigte den Schritt. Erleichtert ließ sie sich auf die Bank fallen und streckte die Beine aus. Ihre

Fußsohlen brannten in den Sandaletten, die Knöchel waren geschwollen.

Sie warf einen Blick in eine der Einkaufstüten. Die Bluse war hübsch und passte zu Röcken genauso wie zu Hosen. Sie mochte Kleidungsstücke, die sich gut kombinieren ließen. In dieser Hinsicht war sie praktisch und sparsam veranlagt.

Marianne schlug die Beine übereinander und bewegte die Zehen in ihren Sandaletten. Was für eine irrwitzige Idee, ausgerechnet heute Klamotten kaufen zu wollen. Sie hätte zum Werdersee fahren und sich in die Sonne legen sollen. Oder auf ihren Balkon, wo es bei jedem Wetter gut auszuhalten war.

Eine Frau ging an ihr vorbei, blieb stehen, drehte sich halb zu ihr um und schien zu überlegen.

Marianne blinzelte in die Sonne. Täuschte sie sich, oder kam die Frau ihr bekannt vor? Das Eis tropfte an ihrem Handgelenk herunter, und sie leckte es ab.

»Marianne?« Die Frau war näher gekommen und vor ihr stehen geblieben. »Bist du's wirklich?«

»Ja«, sagte sie. »Aber wer bist du?«

»Menschenskind, du bist es wirklich!« Die Frau setzte sich ungefragt neben sie. »Ich bin Doris.«

»Doris? Meine Güte, ist das lange her!« Sie war froh, dass ihre frühere Freundin nicht auf eine Umarmung bestand. Es wäre ihr seltsam, irgendwie unpassend vorgekommen. Sie hatten sich in den ersten Monaten, nachdem Marianne nach London gegangen war, nur hin und wieder geschrieben, bis die Briefe schließlich ausgeblieben waren.

Doris schaute sie neugierig an. »Und? Erzähl, wie war's in

London?« Als hätten sie ein paar Wochen zuvor noch telefoniert.

»Ich bin schon seit über sieben Jahren wieder hier.«

»Im Ernst? So lange schon?« Doris stöhnte und fächelte sich Luft mit einer zusammengerollten Zeitung zu. »Mensch, ist das heiß!«

*Da sehen wir uns Jahre nicht und schwatzen über das Wetter?*

Aber worüber sollten sie auch sonst sprechen?

»Wohnst du noch hier in Bremen?« Marianne zerknüllte das Eispapier und warf es in den Mülleimer neben der Bank.

Doris nickte träge und nahm eine Sonnenbrille aus ihrer Handtasche. »Bin hiergeblieben, wie die meisten von uns. Ich wohne inzwischen in Oberneuland.«

Marianne hob die Augenbrauen. »Wie nobel.«

Oberneuland war eine feine Wohngegend mit schicken Einfamilienhäusern und Villen.

»Mein Freund kommt von dort.« Doris hatte sich zurückgelehnt. Sie trug eine weite Folklorebluse mit kurzen Ärmeln, die teuer gewesen sein musste. Dafür hatte Marianne inzwischen einen Blick. Auch der lange Rock war bestimmt kein Schnäppchen im Schlussverkauf gewesen. Früher hatte Doris sich nie besonders für Mode interessiert, Kleidung sollte vor allem bequem und praktisch sein.

»Wollt ihr heiraten?«, hörte Marianne sich fragen und wunderte sich. Es interessierte sie doch gar nicht. Sie hatte nur irgendetwas sagen wollen. Small Talk nannte man das in England. Gab es in Deutschland ein Wort dafür?

»Heiraten? Wieso fragst du mich das? Nein, ich will nicht heiraten. Kinder will ich auch nicht. In diese bekloppte Welt sollte man keine Kinder setzen. Und du? Kein Ring am Finger?«

»Nein.«

»Und Kinder?«

»Auch nicht.«

»Du hast einen Frisiersalon in der Kornstraße, hab ich gehört, besser gesagt gelesen. Stand ja in allen Zeitungen. Die berühmte Ann will den verstaubten Salon ihres Opas nicht wieder aufmachen und eröffnet einen todschicken Damensalon.«

So hatte das ganz bestimmt in keiner Zeitung gestanden.

»Und was machst du beruflich?«, fragte Marianne, dabei interessierte sie auch das nicht.

»Ich arbeite an der Uni. Als wissenschaftliche Mitarbeiterin.«

Viel konnte sie sich darunter nicht vorstellen, aber sie hatte auch keine Lust nachzufragen. »Dann hast du doch noch studiert?« Damals hatte Doris sich vor allem fürs Tanzengehen interessiert.

»Ja, ich hatte keine Ahnung, was ich sonst tun sollte.«

Ein unangenehmes Schweigen entstand.

Schließlich stand Marianne auf und nahm ihre Einkaufstaschen.

»Ich muss weiter. Meine Bahn kommt gleich. Mach's gut.«

Sie spürte Doris' Blicke prickelnd in ihrem Rücken.

Sie hatte eine weitere Erkenntnis gewonnen: Nicht alle Menschen veränderten sich zu ihrem Vorteil.

Sie freute sich auf eine erfrischende Dusche und etwas Eiskaltes zu trinken. Danach würde sie sich mit einem Salat vor den Fernseher setzen und ihre Lieblingsserie schauen, die lustigerweise *Die schöne Marianne* hieß.

# 4.

## Gisela

Sie saß im Salon ihrer Tochter in ihrem Büro am Schreibtisch und war für einen Moment gedanklich abgeschweift. Als Marianne sie gefragt hatte, ob sie sich vorstellen könnte, die Buchhaltung zu machen, wollte sie erst ablehnen.

Das Schneidern und Gärtnern gefiel ihr so gut, dass sie keine andere Beschäftigung brauchte. Der Garten hinter ihrem Haus war klein, sehr klein, aber er brauchte Hege und Pflege. All die Jahre hatte sie ihn vernachlässigt, wie so vieles andere, und seit sie damit begonnen hatte, war sie gar nicht mehr zu bremsen.

Mit den Sachen, die sie nähte, gestaltete sie regelmäßig die Wohnung um. Langeweile kannte Gisela nicht mehr, und ihr gefiel ihr Leben, das sie sich nach ihren Vorstellungen und Wünschen eingerichtet hatte. Hin und wieder ging sie mit Hannelore tanzen, manchmal ins Kino oder Theater.

Sie hatten auch schon Wochenendausflüge nach Hamburg oder Lübeck unternommen, waren dort in die Oper gegangen oder hatten eine Ausstellung besucht. »Für so was ist

Wilfried nicht zu haben«, hatte ihre Freundin gemeint. »Außerdem macht es mit dir mehr Spaß.«

Gisela war auch mit Begeisterung Tante, sie hatte einen Narren an Ruths Kindern gefressen.

Sie lächelte in sich hinein und versuchte, sich wieder auf die Bilanz zu konzentrieren, die vor ihr lag. Früher hatte sie das aus dem Ärmel geschüttelt, inzwischen kostete es sie mitunter Anstrengung und eiserne Disziplin. Die Vorlieben hatten sich geändert, sie war jetzt viel lieber draußen oder in ihrem Nähzimmer, als im Büro über Zahlen zu brüten.

Jemand klopfte ans Fenster. »Juhu, Gisela, ich bin's!« Hannelore.

Sie stand auf und öffnete die Eingangstür des Salons, der wie jeden Montag geschlossen war. »Hannelore! Was für eine schöne Überraschung.«

Sie küssten sich auf die Wange, und das teure Parfüm ihrer Freundin stieg Gisela in die Nase. Sie schloss die Tür wieder und ging voran.

»Ich war schon bei dir zu Hause. Ich hab vergessen, dass du montags hier im Büro bist. Und, schon fertig?« Hannelore deutete auf die beiden Aktenordner auf dem Schreibtisch.

»So gut wie.«

»Ich dachte, ich entführe dich zu einem kleinen Abendessen.«

»Das klingt fantastisch.« Wenn ihr Magen mitspielte. Seit Jahren hatte sie mit Magenproblemen zu kämpfen.

Sie konnte die Finger leider auch nach wie vor nicht von Zigaretten lassen, hatte es wieder und wieder versucht. Doch in dieser Hinsicht machte ihre Selbstdisziplin ihr einen Strich durch die Rechnung. Sie war jedes Mal wieder schwach geworden.

»Du siehst ganz grau aus«, meinte Hannelore. »Warst du heute schon an der frischen Luft?«

»Nein, Mama.«

»Was hältst du von dem neuen Italiener im Ostertor?«

»Ich war noch nie dort. Aber du hast mich schon überzeugt.« Sie suchte ihre Sachen zusammen und ließ den Schreibtisch so, wie er war. Sie würde am nächsten Tag weitermachen. Das war das Schöne, wenn man keinerlei Verpflichtungen mehr hatte. Man konnte tun und lassen, was und wann man wollte. Marianne war es egal, ob die Buchhaltung einen Tag früher oder später fertig werden würde, wichtig war nur, dass sie pünktlich fertig wurde.

»Pizza?«, fragte Gisela verblüfft, als sie wenig später am Tisch saßen. Neuerdings war es schick und angesagt, in einer Pizzeria zu essen, wie die italienischen Lokale hießen, die wie Pilze aus dem Boden geschossen waren.

»Ich hab noch nie Pizza gegessen«, gab sie zu.

»Dann wird's Zeit. Ich nehme eine mit Artischocken«, sagte Hannelore, ohne einen Blick in die Speisekarte geworfen zu haben.

»Artischocken hab ich auch noch nie gegessen.« Gisela musste lachen. »Wonach schmecken sie?«

Hannelore überlegte. »Salzig.«

»Na schön, ich werde sie einfach probieren.«

Ein Mann mit dunklem Schnauzbart und geöltem Haar war an ihren Tisch getreten. »Was darf ich Ihnen bringen?«

»Zwei Pizza mit Artischocken, dazu eine kleine Karaffe von diesem leckeren süßlichen Weißwein, der so leicht prickelt.«

»Frizzantino.« Er lächelte.

»Und ich nehme bitte ein großes Glas Mineralwasser.« Gisela legte verstohlen die Hand auf ihren Magen.

Hannelore hatte es trotzdem gesehen. »Schon wieder dein Magen? Warum versuchst du nicht auch mal diese Tabletten … Warte, wie heißen sie noch? Wilfrieds Arzt hat sie ihm aufgeschrieben. Sie sind gegen Übersäuerung. Vielleicht ist dein Magen auch übersäuert. Am besten, du gehst mal zum Arzt, Gisela.«

Sie winkte ab. »Ach, warum denn? Mein Magen hat schon immer rumort, ich kenne das gar nicht anders. Der eine hat ständig Husten, der andere Heuschnupfen und ich eben Magengrummeln.«

Hannelore legte sich die Serviette in den Schoß und seufzte wohlig, als ihr Wein gebracht wurde. Sie schenkte sich ein, wartete, bis Giselas Wasser ebenfalls auf dem Tisch stand, und hob ihr Glas. »Auf uns.«

»Auf uns, Hannelore. Auf unsere Freundschaft, die jetzt schon seit … Du meine Güte, wie lange eigentlich?«

»Seit unserer Schulzeit. Eine Ewigkeit also. Wie geht es im Übrigen deinem Bruder?«

Gisela trank einen Schluck. Kurt meldete sich unregelmäßig, manchmal vergingen Monate, bis sie wieder etwas von ihm hörte. Für sie jedoch ein Zeichen, dass es ihm gut ging. Er und Beatrix waren inzwischen verheiratet und schienen glücklich zu sein. »Ich habe eine Weile nichts mehr von ihm gehört, aber das kenne ich ja. Ich nehme an, dass es ihm gut geht.«

»Und Ruth? Und ihren Kleinen?«

»Kleinen?« Sie lachte. »Das lass Stefan lieber nicht hören. Er ist ein großer Junge, pfiffig und frech. Und Susanne ist ein aufgewecktes, niedliches Mädchen. Sie will Friseuse werden wie Ruth.«

»Du vergötterst die beiden.«

»Und ob.« Wenn sie ihren Neffen vor sich sah, hatte sie oft den Sohn vor sich, den sie und Dietmar nicht haben durften. Eine Wunde, die vielleicht nie so ganz heilen würde. Aber sie hatte gelernt, damit zu leben. Wie mit so vielem anderen.

»Bist du noch immer fest entschlossen, dich scheiden zu lassen?«, fragte sie Hannelore.

»Entschlossener denn je.« Nach all den Jahren, in denen ihr Mann sich etliche Eskapaden geleistet hatte, war sie endlich dazu bereit. »Und weißt du, was Wilfried gestern gesagt hat?« Sie schnaubte. »›Du kannst doch nicht alles wegwerfen, Lörchen.‹ Lörchen.« Sie schnaubte erneut. »Wenn er mich schon so nennt.«

»Du wirfst nicht alles weg, lass dir das bloß nicht einreden. Du hast nur sein ständiges Fremdgehen satt.«

»Aber er kann auch sehr lieb sein.«

Gisela verdrehte die Augen. »Das ist jetzt nicht dein Ernst.«

»Wir sind so lange verheiratet, Gisela …«

»Sag jetzt bitte nicht, dass du doch wieder einknickst?«

Es dauerte einen Moment, bis Hannelore den Kopf schüttelte. »Nein, du hast ja recht. Ich hab mir das lange genug angesehen.«

Das Essen wurde gebracht, und Gisela betrachtete ein wenig skeptisch die Pizza vor sich. Aber auch das hatte sie gelernt: Stell dich dem Neuen, und du kannst positiv überrascht werden.

Als sie nach dem Essen nach Hause schlenderte und in die Ellhornstraße einbog, entdeckte sie Hermann Plön vor dem Haus.

»'n Abend, Frau König!«, rief er ihr zu, und sie befürchtete, dass er auf einen kleinen Plausch aus war. Es kam in der letzten Zeit vermehrt vor, dass er auf ein Schwätzchen aus dem Haus kam, wenn man sich gerade davonstehlen wollte.

»Wissen Sie, was ich gerade in den Nachrichten gesehen habe? Die Ozonschicht der Erde ist in Gefahr. Wissenschaftler haben herausgefunden, dass …« Ein Monolog folgte, bei dem sie bereits nach den ersten Worten die Ohren auf Durchzug stellte. »Unglaublich, oder?«, beendete er seinen Vortrag. »Oder haben Sie jemals darüber nachgedacht, dass die Ozonschicht unserer Erde gefährdet sein könnte?«

Sie schüttelte den Kopf.

»Sehen Sie, ich auch nicht. Aber wenn die Wissenschaftler das sagen, wird's wohl stimmen.« Er murmelte noch etwas, das sie nicht verstand, und blickte umher. »Und ähm … Ich sprech's ja nicht gern an, Frau König, aber die Zigarettenstummel hier …« Er deutete auf den Gehweg. »Schön ist das nicht, wenn die hier rumliegen.«

»Glauben Sie wirklich, ich würde meine Zigarettenstummel auf den Gehweg werfen?« Sie deutete zu ihrem Haus. »Aus dem Fenster vielleicht?«

»Das, ähm, wollte ich natürlich nicht damit sagen.« Er nickte ihr zu und schlenderte zum Haus zurück.

*Wenn man sonst nichts zu tun hat, geht man den Nachbarn auf die Nerven.*

Gisela schloss die Nebentür auf. In dem früheren Schaufenster hingen inzwischen luftige, dezent geblümte Gardinen, die sie genäht hatte. Bis vor Kurzem hatte ein Architekt hier sein Büro gehabt, doch er hatte gekündigt, weil er nach Hamburg umziehen wollte.

Nun würde sie wieder ein Schild aufhängen müssen und hoffen, dass sich ein neuer Pächter fand.

Ihre Tochter war überrascht, als sie am nächsten Vormittag in den Salon kam. »Was machst du denn hier, Mama?«

»Ich hab noch zu tun, ich bin gestern nicht fertig geworden. Hannelore kam überraschend und hat mich zum Essen eingeladen.«

»Wo wart ihr?«

»Beim neuen Italiener im Ostertor. Ich habe die erste Pizza meines Lebens gegessen, mit Artischocken.«

»Und?«

»Sie war sehr gut.«

»Aber du hast sie nicht vertragen.«

»Wie kommst du darauf?«

»Weil du gerade das Gesicht verzogen hast.«

Marianne folgte ihr ins Büro. Die Luft war zum Schneiden, und sie öffnete rasch das Fenster. Der Aschenbecher auf dem Schreibtisch quoll über. Sie hatte am Abend zuvor ganz vergessen, ihn auszuleeren.

Ihre Tochter hatte sich das Rauchen schnell wieder abgewöhnt. Nachdem der Stress und die Hektik vorbei gewesen waren, war auch ihre Lust auf Zigaretten verschwunden. Gisela beneidete sie darum.

»Hast du gefrühstückt, Mama?«

»Nur eine Kleinigkeit.«

»Soll ich uns später einen kleinen Salat von gegenüber holen? Sie haben einen sehr leckeren mit gebratenen Putenbruststreifen.«

»Ich wollte zum Mittag eigentlich wieder zu Hause sein. Du weißt doch, ich lasse Mäxchen nicht gern so lange allein.«

Der Cockerspaniel war inzwischen alt und hörte nicht mehr gut. Außerdem mochte er es nicht, wenn er länger allein bleiben musste.

»Du kannst ihn auch mitbringen«, erinnerte Marianne sie.

»Dann müsste ich ihn in der Straßenbahn mitnehmen. Das will ich ihm nicht zumuten.«

»Wie du meinst.« Marianne nahm einen Apfel aus der Obstschale und biss hinein.

Es klopfte, und Johanna trat ein. »Haben wir nichts mehr von dem Shampoo gegen Spliss da?«

»Das hab ich gestern bestellt. Aber wir haben noch ein paar Flaschen von dem Shampoo für trockenes Haar, das dürfte auch gehen. Eigentlich macht es kaum einen Unterschied.«

Gisela musste lachen. »Gut, dass eure Kundinnen das nicht hören.«

Ihre Tochter zwinkerte ihr zu und folgte Johanna.

Bevor Gisela sich an die Arbeit machte, stellte sie das Radio an. Früher konnte sie es nicht leiden, wenn es den ganzen Tag dudelte, mittlerweile würde es ihr fehlen.

Bei einem englischen Popsong, den sie schon einige Male gehört hatte, begann sie mit ihrer Arbeit und summte leise mit.

# 5.

Auf dem Heimweg hatte Gisela sich in der Apotheke an der Ecke Tabletten gegen Magenübersäuerung gekauft. »Wenn die nicht helfen, sollten Sie zu einem Arzt gehen«, hatte der Apotheker ihr geraten.

Sie spazierte die Straße entlang, blieb kurz stehen und blickte in den Himmel. Die Kondensstreifen eines Flugzeugs waren zu sehen, und sie seufzte sehnsüchtig. Wie gern würde sie mal wieder verreisen, irgendwohin, wo es schön war. Nach Österreich vielleicht. Aber allein?

Sie schlenderte weiter zur Straßenbahnhaltestelle. Als sie an der Bäckerei vorbeikam, blieb sie erneut stehen. Sie hatte sich angewöhnt, auf jede Regung ihres Magens zu achten. Knurrte er, blubberte er, als würden kleine Seifenblasen zerplatzen, oder war es, als läge ein heißer Ziegelstein darin?

Diesmal grummelte er, und sie beschloss, sich ein Stück Kuchen zu kaufen. Nein, sie würde mehr kaufen und Ruth bitten, mit den Kindern vorbeizukommen.

Gisela hatte noch frische Blumen und etwas Hackfleisch für ihren Hund gekauft, gleich nach dem Hereinkommen ihre

Schwester angerufen und anschließend die Wohnung aufgeräumt, gelüftet und die Stube geputzt.

Als es an der Tür schellte, sprang der Cockerspaniel auf und lief hin. Er war nicht mehr sehr gut zu Fuß, ließ es sich aber nicht nehmen, jeden Besucher persönlich an der Tür zu begrüßen. Am liebsten lag er inzwischen lang ausgestreckt auf dem Teppichläufer oder, wenn sie an der Nähmaschine saß, an ihre Füße gekuschelt.

»Na siehst du, das geht doch noch ganz flott«, sagte sie zu ihm und machte auf.

Stefan und Susanne stürmten an ihr vorbei. »Hallo, Tante Gisela!

»Hallo, ihr zwei.« Sie schaute ihnen lächelnd nach.

»Sag bloß, du hast Kirschkuchen gekauft.« Ruth begrüßte sie mit einem Kuss auf die Wange.

»Deine Nase möchte ich haben.«

Ihre Schwester schlüpfte wie üblich aus ihren Schuhen und verdrehte genüsslich die Augen, als sie barfuß über den Teppich ging. »Diese Schuhe bringen mich noch um.«

»Und trotzdem trägst du sie tapfer.«

»Du kennst mich ja: einmal gekauft heißt tragen, bis sie auseinanderfallen.«

Gisela betrachtete die Riemchensandalen. »Weißt du was?« Sie zog ihre Pantoffeln aus und die Sandalen an. »Passen perfekt.«

»Wirklich? Dann schenke ich sie dir.«

»Kommt gar nicht infrage. Ich werde sie dir abkaufen.«

»Gisela.« Ruth schnalzte mit der Zunge. »Das ist nicht dein Ernst. Ich bestehe darauf, sie dir zu schenken. Basta.« Sie ging ins Wohnzimmer und schnupperte. »Oh, du hast Iris gekauft!« Sie strich über die zartblauen Blüten. »Die sind aber hübsch.«

Gisela ging in die Küche und nahm den zweiten Blumenstrauß aus der Vase, den sie für ihre Schwester gekauft hatte.

Als sie damit in die Stube kam, lächelte Ruth. »Für mich? Wie lieb von dir.«

»Ich weiß doch, wie sehr du Iris magst.«

Die Kinder lagen auf dem Fußboden und puzzelten. Der Hund hatte sich neben sie gelegt und döste.

»Ich möchte mir einen neuen Esstisch kaufen«, setzte Gisela an. »Und passende Stühle. Diese hier sind uralt. Und der Tisch …« Sie winkte ab und zeigte auf die diversen Kratzer und Flecken, die zahlreiche Familienessen hinterlassen hatten. »Du könntest mitkommen und mich beraten.«

»Das mache ich gerne.«

Hin und wieder überkam sie noch immer ein schlechtes Gewissen und auch Scham, weil sie Ruth so viele Jahre ungerecht behandelt hatte. Nach dem Tod der Mutter hatte sie ihre Schwester bei sich aufgenommen und sich hoffnungslos überfordert gefühlt. Als dann ihr Mann an einem Herzinfarkt gestorben war, hatte sie sich in ihrer Trauer vergraben und niemanden an sich herangelassen. Bitterkeit, Groll und verdrängte Trauer hatten in ihr gewütet und sie verhärtet.

Doch Ruth trug ihr nichts nach.

Sie holte das volle Tablett aus der Küche, schnitt den Kirschkuchen und schlug einen Becher Schlagsahne steif. Hoffentlich würde ihr Magen es nicht übel nehmen.

»Wer hat Lust, Schmetterlinge aus Papierservietten zu falten?«, fragte sie, als sie zurückkam.

Ihre Nichte sprang auf. »Ich!«

Sie sah der Kleinen zu, die sich mit den Servietten abmühte, und lobte sie überschwänglich. »Das sieht doch schon sehr hübsch aus.«

»Aber nicht so schön wie Mamas.«

»Das ist nicht wichtig. Deine sind prima.«

Das Mädchen hatte Ruths Haarfarbe und -struktur geerbt, sah ansonsten jedoch eher ihrem Vater ähnlich. Stefan dagegen war Ruth wie aus dem Gesicht geschnitten, nur das Haar hatte er von Rainer. Sie hatten oft darüber gewitzelt, wie hübsch verteilt die Ähnlichkeiten waren.

»Wir waren Sonntagnachmittag an der Weser«, erzählte Ruth, während sie den Kuchen teilte. »Stefan fand, er müsse unbedingt prüfen, wie kalt das Wasser ist.«

»Und er ist reingefallen«, ergänzte Gisela trocken, und sie lachte.

»Aber ich kann schon ein bisschen schwimmen, Tante Gisela«, rief er ihr zu, während er das passende Puzzleteil aus dem kleinen Haufen suchte.

Sie bewunderte Ruth für ihre Ruhe, Geduld und Besonnenheit. Sie selbst war eine etwas nervöse, ungeduldige und übervorsichtige Mutter gewesen. Ihre Schwester wusste auch auf die absurdesten Fragen eine Antwort und hatte stets eine Idee, wie sie die Kinder bei Laune halten konnte.

»Wie läuft's im Salon?«, erkundigte Gisela sich, nachdem sie zu essen begonnen hatten. »Ist bei euch auch so viel zu tun?«

Ruth nickte. »Ich müsste an manchen Tagen mehr einspringen, aber ich kann mich nicht zweiteilen. Ich bin nun mal mehr Mama als Friseuse. Aber das wird sich bald wieder ändern.«

Im kommenden Monat kam Stefan zur Schule und Susanne in den Kindergarten.

»Manchmal stelle ich mir vor, wie es wäre, wenn Marianne eine Familie gründen würde und ich Oma wäre«, vertraute Gisela ihr an. Ja, hin und wieder gestattete sie sich diese Fantasie, und gelegentlich bereitete es ihr Probleme, den schmalen Grat nicht zu überschreiten und ihre Tochter unbeabsichtigt unter Druck zu setzen. Sie wusste nicht mal genau, ob Marianne sich nach einem Kind sehnte. Das Thema hatten sie bisher mehr oder weniger umschifft.

»Ihr fehlt nur der richtige Mann«, meinte Ruth. »Sieh mich an. Rainer und ich haben uns zu einem Zeitpunkt getroffen, an dem ich kaum noch über eine Ehe und eine Familie nachgedacht habe. Und als er dann vor mir stand …« Sie lächelte versonnen. »War der Wunsch plötzlich wieder da, ganz lebendig.«

»Aber Marianne geht ja kaum aus, wie soll sie da einen Mann kennenlernen?«

»Das Schicksal wird einen Weg finden, Gisela.«

»Ich wünschte, du hättest recht.«

Ihre Nichte kam und kletterte auf ihren Schoß. »Tante Gisela?«

»Ja, mein Häschen?«

Das Mädchen kicherte und zog die Nase kraus. »Nähst du mir ein Kleid, wenn ich in den Kindergarten komme?«

»Selbstverständlich. Welche Farbe soll es denn haben?«

»Rosa«, sagten Mutter und Tochter wie aus einem Mund.

»Dann sollte ich wohl schleunigst damit anfangen. Wollen wir gleich ins Nähzimmer gehen und nachschauen, wie viel du seit dem letzten Kleid, das ich dir genäht habe, gewachsen bist?«

# 6.

## Marianne

Der Sommer war in einen milden, sonnigen Herbst übergegangen, eine Jahreszeit, die Marianne wie keine andere liebte. Die Sommer waren ihr meistens zu warm, die Winter zu kalt. Den Frühling mochte sie auch, es war schön mit anzusehen, wie die Natur erwachte, die Bäume wieder grün wurden und in den Vorgärten die Osterglocken und Tulpen blühten.

Manchmal überlegte sie, ihre Wohnung zu verkaufen und aufs Land zu ziehen. Sie könnte sich ein Gärtchen zulegen, Gemüse und Obst anbauen. Dann wieder musste sie über sich lachen: ein Haus mit Garten? Für sie allein?

An diesem Tag war der Geburtstag ihrer Mutter, und Ruth und sie hatten für den Abend eine kleine Feier organisiert.

Noch früher als üblich war sie zum Salon geradelt. Die ersten Kundinnen hatten schon vor der Tür gewartet.

Während sie eine Stammkundin frisierte, dachte sie darüber nach, ob sie nicht vielleicht einen Lehrling einstellen sollte. Sie würde gern ausbilden, ein Wunsch, den sie bereits zu Zeiten ihrer Meisterprüfung gehegt hatte. Doch sie hatte es immer wieder aufgeschoben. Vielleicht war jetzt der richtige Zeitpunkt gekommen.

»Was mache ich bloß mit meiner gereizten Haut?«, riss die Kundin sie aus ihren Gedanken. »Sie ist so furchtbar empfindlich und wird schnell rot.«

»Manchmal liegt es nur an der falschen Gesichtscreme. Haben Sie schon mal eine andere ausprobiert?«

Die Kundin winkte ab. »Eine?« Sie zeigte auf ein Foto von Jane Fonda. »So müsste man aussehen. Sie ist wirklich zu beneiden. Sehen Sie sich nur diese perfekte Haut an.«

»Glauben Sie nicht, das wäre ihre natürliche Schönheit. Die Maskenbildnerin hat ganze Arbeit geleistet. Hier reichlich Puder, dort eine Abdeckcreme. Und der Fotograf erledigt den Rest.«

»Sie sprechen aus Erfahrung, nehme ich an. Trotzdem würde ich gern nur ein einziges Mal so aussehen. Nur so zum Spaß oder wenn ich irgendwo eingeladen bin. Wie die anderen Frauen mich anstarren würden!«

Wenn sie wüsste, wie wenig erquickend es war, angestarrt zu werden. »Versuchen Sie es mit einer beruhigenden Maske«, schlug Marianne vor. »Sie können Sie selbst herstellen, aus Quark, Eigelb und Speiseöl.«

»Das werde ich. Danke, Marianne.«

»Gern geschehen.«

Auf der letzten Fortbildung, die sie gemeinsam mit Ruth besucht hatte, hatten sie viel über moderne Stufenschnitte gelernt. Man ging mehr und mehr dazu über, mit Scheren in unterschiedlichen Größen zu schneiden. Momentan waren auch Föhnfrisuren sehr in, wobei die Haarspitzen über eine kleine Rundbürste nach außen geföhnt wurden. Männer bezeichneten es gern als Regenrinne.

Marianne hielt kurz nachdenklich inne. *Männliche Kundschaft*, dachte sie wieder. *Und ein Lehrling*. Nein, das hatte Zeit. Als Erstes würde sie den Plan mit dem Herrenbereich angehen.

Im Geiste überschlug sie bereits grob ihre Rücklagen.

»Können Sie sich vorstellen, dass Ihr Mann kommen würde, wenn wir einen Frisierbereich für Herren hätten?«, fragte sie ihre Kundin.

»Oh ja, das würde er bestimmt. Ich schwärme ihm ja ständig von Ihnen und Ihrem Salon vor. Denken Sie etwa darüber nach, auch einen Herrenbereich einzurichten?«

Marianne nickte. »Schon seit einiger Zeit.«

»Also einen ersten Kunden hätten Sie.«

»Ein guter Anfang.« Marianne nahm eine kleinere Schere aus der Kitteltasche und schnitt weiter. Sie hatte nicht vor, einen Friseur einzustellen, und viele Männer würden wahrscheinlich murren, weil sie lieber von einem Mann bedient werden wollten. Aber mit etwas Mundpropaganda würde sich das schon einspielen.

Nach Salonschluss nahm sie das Geld aus der Kasse und legte es in den kleinen Tresor im Büro.

Draußen begann es zu regnen, und der Wind drehte auf. Auch das noch! Sie würde klatschnass werden und müsste sich erst zu Hause umziehen, bevor sie zum Rosenplatz weiterradeln konnte.

Sie blätterte im Terminkalender, um sich einen Überblick zu verschaffen. Viele der Termine hatten nicht sie, sondern ihre Mitarbeiterinnen eingetragen. Für die kommende Woche hatte sich Bille angemeldet, eine Schauspielerin, die in Bremen gerade einen Spielfilm drehte. Sie und Marianne hatten sich bei einer Modenschau in Paris kennengelernt, waren ins Gespräch gekommen und hinterher noch etwas trinken gegangen. Seitdem hielten sie Kontakt.

Marianne unterstrich den Termin mit einem Rotstift. Für Bille wollte sie sich besonders viel Zeit nehmen. Die Schauspielerin war meistens gestresst und genoss die ruhige und entspannte Atmosphäre im Salon. Eins hatte Marianne sich nämlich von Anfang an auf die Fahne geschrieben: In ihrem Salon sollte es stets ruhig und angenehm zugehen. Keine lauten Stimmen, keine Hektik und kein verstohlenes Auf-die-Uhr-Schauen, während frisiert wurde. Egal, wie voll es war und wie lebhaft es auch zuging, die Kundinnen sollten nichts davon spüren. Jede sollte sich so fühlen, als wäre sie die einzige Kundin und dürfte die gesamte Aufmerksamkeit genießen.

Marianne schaute auf ihre Uhr. Ihr Onkel müsste längst da sein. Ruth wollte ihn und seine Frau vom Bahnhof abholen. Ob etwas dazwischengekommen war?

Sie nahm den Telefonhörer ab und wählte Ruths Nummer.

»Ich bin's. Hat Onkel Kurt sich bei dir gemeldet?«

»Nein.« Ruth klang verwundert.

»Bei mir auch nicht. Seltsam, er wollte doch gegen 14 Uhr in Bremen ankommen.«

»Vielleicht zeigt er Beatrix die Stadt«, meinte Ruth trocken. Dann lachte sie. »Nein, wahrscheinlich hat der Zug etwas Verspätung.«

»Und wenn er gar nicht kommt?« Marianne hatte laut gedacht.

»Lass uns noch ein halbes Stündchen warten, ja?«

»In Ordnung.« Sie legte auf, ging in den Frisierbereich und überprüfte mit einem letzten Blick, ob sie nichts vergessen hatte.

Dann schloss sie ab, nahm ihren Regenmantel aus dem Spind und machte sich auf den Weg.

Es wurde eine schöne kleine Feier mit gut gelaunten Gästen und einem blendend gelaunten Geburtstagskind, das ganz offenbar wirklich überrascht war. »Eine Party? Für mich?« Entweder sie heuchelte sehr überzeugend, oder sie hatte tatsächlich nicht die geringste Ahnung gehabt. Den ganzen Abend lächelte sie ununterbrochen und freute sich über jeden einzelnen Gast, besonders aber über ihren Bruder samt Frau. »Ihr seid extra aus Bern gekommen, um zu gratulieren?«

»Nicht nur, wir wollen auch feiern«, meinte er mit breitem Grinsen. »Du siehst gut aus, Gisela.«

»Du aber auch, Kurt.«

Sie standen sich gegenüber, auf Marianne wirkte es ein wenig befangen. Sie selbst hatte nie eine besonders innige Beziehung zu ihrem Onkel gehabt. Für zärtliche Gefühle war er auch gar nicht der Typ. Sie betrachtete ihn. Er sah gut aus, trug einen schicken Anzug, sein graues Haar war frisch geschnitten, und er hatte sich einen Schnauzbart wachsen lassen. Früher hatte er immer etwas linkisch und mürrisch gewirkt und auch nie sonderlich viel aus sich gemacht. Durch seine Frau Beatrix hatte er sich verändert. Marianne war mit ihr bislang nicht wirklich warm geworden. Aber das wird schon, sagte sie sich, räusperte sich und tippte mit dem Fingernagel an ihr Sektglas. »Ich möchte einen Toast aussprechen. Auf meine Mutter, die heute runden Geburtstag feiert.« Mit einem Augenzwinkern fügte sie hinzu: »Auf die nächsten vierzig Jahre, Mama.«

Alle lachten, ganz besonders aber ihre Mutter.

Nach dem Essen forderte Marianne sie auf, die Geschenke auszupacken. Sie lagen auf einem Tisch; hübsch eingepackt, mit Schleifen und Bändern verziert, daneben unzählige Blumensträuße und -gestecke. Allein der Rosenstrauß ihrer Freundin Hannelore war so ausladend, dass er auf einem Extratisch platziert worden war. »Du weißt ja, Gisela, außer einem Mann darf nur eine beste Freundin Rosen verschenken«, hatte sie gemeint, als sie ihn überreicht hatte.

Ihre Mutter stand auf, zupfte ihr Kleid zurecht – ganz neu und in einem zarten Fliederton – und begann, das erste Geschenk auszupacken.

Als sie schließlich den Hotel-Gutschein aus dem Umschlag nahm und laut vorlesen sollte, kippte ihre Stimme leicht. Marianne war nicht sicher, ob vor lauter Rührung oder purem Schreck, allein verreisen zu sollen. »Drei Tage Halbpension im Schwarzwald.« Sie ließ die Karte sinken und blinzelte. »Ich war eine Ewigkeit nicht mehr dort.«

»Und du hattest eine Ewigkeit keinen Urlaub mehr«, meinte Ruth und ging zu ihr, um sie zu umarmen.

Die beiden tuschelten miteinander, und Marianne dachte: *Gleich wird sie weinen. Oder sie weinen beide.*

Ihre Mutter winkte sie zu sich und raunte ihr ins Ohr: »Danke, Schatz. Was für eine schöne Idee. Und wehe, ihr heult jetzt.«

Marianne reichte ihr wortlos ein Taschentuch, und die anderen Gäste lachten wieder.

»Und wer passt auf Mäxchen auf?«

»Wir natürlich«, sagte Ruth. »Die Kinder werden ihn so verwöhnen, dass du dich hinterher wahrscheinlich ganz schön ins Zeug legen musst.«

# 7.

Bille hatte sich soeben verabschiedet, und Marianne brachte sie zur Tür, wo sie sich umarmten.

»Schön, dass du da warst, Bille. Melde dich, wenn du mal wieder in Bremen bist.«

»Verlass dich drauf. Dein Salon ist großartig, ich bin jedes Mal wieder begeistert.« Sie küsste Marianne auf beide Wangen. »Bussi.« Sie warf einen raschen Blick in den großen Spiegel neben der Tür und nahm ihren Lippenstift aus der Handtasche.

Das Taxi wartete bereits, der Fahrer trommelte mit den Fingern auf dem Lenkrad.

»Er soll sich nicht so haben«, sagte sie, während sie sich die Lippen nachzog. »Er kriegt ein fürstliches Trinkgeld.«

»Was er nicht wissen kann, Bille.«

»Doch, das weiß er. Ich bestehe immer auf denselben Burschen, wusstest du das nicht?«

Marianne musste lachen. »Nein, davon hatte ich keine Ahnung. Du bist wirklich unglaublich, Bille. Wie lange dreht ihr eigentlich?«

»Angesetzt sind sechs Tage, aber du weißt ja, wie das ist.«

Bille runzelte die Stirn und blickte in den trüben Himmel. »Und wenn das Wetter nicht mitspielt …« Sie winkte ab. »Für nächstes Jahr habe ich ein Theaterengagement in Berlin. Du musst unbedingt kommen und dir das Stück ansehen. Und du wohnst dann natürlich bei mir. Jetzt muss ich aber wirklich los.« Erneut ein Kuss auf beide Wangen, begleitet von einem »Bussi, Schätzchen«.

Als sie auf das Taxi zulief, winkte sie dem Fahrer fröhlich zu. »Komme schon!«

Er stieg aus, um ihr die Tür zu öffnen, und sie begrüßten sich wie alte Bekannte. Aber das waren sie ganz offenbar ja auch.

Marianne wartete, bis das Taxi losgefahren war. Dann schloss sie die Tür.

»Im Fernsehen sieht sie ganz anders aus«, meinte Christina, die am Tresen stand und etwas in den Kalender eintrug. »Ich glaube, ich hätte sie auf der Straße gar nicht erkannt.«

»Lass sie das bloß nicht hören.«

Christina lachte. »So meinte ich das gar nicht. Ich meinte, sie sieht in echt viel freundlicher aus. Im Fernsehen guckt sie immer so finster.«

Marianne gesellte sich zu ihr und warf einen Blick über ihre Schulter. »Das liegt an ihren Rollen.«

Bille spielte am liebsten betrogene Ehefrauen, ihre Paraderolle. »Aber ich würde auch furchtbar gern mal was Urkomisches spielen«, hatte sie erzählt.

»Wir sind in dieser Woche schon wieder ausgebucht.« Marianne hob die Augenbrauen, auch wenn sie eigentlich nicht sehr überrascht war.

»Und auch die kommende.«

»Wen haben wir heute noch?«

»Nur noch Fräulein Meier.«

Die Tür ging auf, und eine junge Frau mit wunderschönem rotem Haar, das ihr wellig über die Schulter fiel, kam herein. »Ich habe keinen Termin«, sagte sie entschuldigend. »Ich dachte, ich probier's einfach mal so.« Sie blickte sich um. »Ich hab so viel von Ihrem Salon gehört, da nimmt man auch gern einen etwas weiteren Weg in Kauf. «

»Sie sind nicht aus Bremen?«

»Nein, ich komme aus Oldenburg.«

*Aus Oldenburg, sieh an.* Marianne warf Christina einen vielsagenden Blick zu.

Am Nachmittag war es ruhig im Salon, nur ein paar Stammkundinnen waren angemeldet. Es gab diese wenigen etwas ruhigeren Tage, und Marianne genoss sie. Es bedeutete, dass sie mehr Zeit für jede Kundin hatte, sogar ein Plausch war möglich, und sie konnte jede ausführlich beraten. Auch konnten sie und ihre Mitarbeiterinnen mal wieder miteinander reden, ohne dass ständig die Türklingel ging.

Am Tag zuvor war ihre Mutter in den Schwarzwald abgereist, vergnügt und erwartungsvoll. Marianne hatte sie zum Bahnhof gebracht. »Pass auf dich auf, und wehe, du lachst dir keinen Kurschatten an oder wie auch immer man das nennt.«

»Eine Urlaubsbekanntschaft?«, hatte ihre Mutter vorgeschlagen. »Wie damals bei deinem Onkel und Beatrix. Ich erinnere mich noch gut an sein Gesicht, als er zurückkam.«

Marianne wusste, sie würde nie aufhören, ihren Mann zu

vermissen und sich nach wie vor verheiratet zu fühlen. Ihren Ehering hatte sie auch nicht abgelegt. »Den trage ich bis an mein Lebensende.«

Johanna hatte frischen Kaffee aufgesetzt und brachte Marianne eine Tasse. »Woran denkst du gerade? Du sahst so abwesend aus.«

»An meine Mutter. Sie ist gestern in den Schwarzwald gefahren. Und ich denke ernsthaft über einen Herrenbereich nach.« Sie hatte bereits kurz mit Johanna über die Idee gesprochen. »Aber ich muss natürlich erst mal schauen, ob ich mir einen Umbau überhaupt leisten kann.«

»Wolltest du nicht auch einen Lehrling?«

Marianne verzog das Gesicht. »Was ich nicht alles wollte.«

Johanna lachte.

»Eins nach dem anderen«, sagte Marianne mehr zu sich selbst. Früher war sie träge und unentschlossen gewesen, inzwischen neigte sie dazu, zu viel auf einmal zu wollen. Am Ende würde sie sich vergaloppieren.

»Du könntest einen Kredit aufnehmen«, schlug Johanna vor, doch sie schüttelte entschieden den Kopf.

»Nein, besser nicht. Ich hätte Angst, den Überblick zu verlieren.« Der Gedanke an einen Kredit hatte ihr schon damals nicht behagt. »So ein Umbau wird furchtbar teuer werden«, überlegte sie laut.

»Aber die Kosten werden sich schnell wieder eingespielt haben.«

»Und wenn nicht?«

»Seit wann bist du so skeptisch? Ich hab dich immer für einen Ausbund an Optimismus gehalten.«

»Ich hab einfach Angst, mich zu übernehmen.« Marianne lehnte mit dem Rücken an der Wand und pustete über ihren Kaffee. »Aber ich könnte schon mal Kostenvoranschläge machen lassen. Dann wäre ich schlauer.«

Johanna trank ihren Kaffee aus. »Du müsstest auch eine neue Friseuse einstellen. Ich glaube nicht, dass wir den Ansturm schaffen würden.«

»Moment, Moment.« Marianne musste lachen. »Erstens weiß ich noch gar nicht, ob was daraus wird. Und zweitens kannst du nicht wissen, ob die Männer uns die Tür einrennen werden.«

»Natürlich werden sie das. Sie werden ganz wild darauf sein, sich von jungen hübschen Friseusen die Haare schneiden zu lassen.«

Marianne schaute sie an, sagte aber nichts. Sie trank ihren Kaffee aus und meinte schließlich: »Wir bräuchten auf jeden Fall etwas Publicity, jemanden, der kräftig die Werbetrommel rührt.«

Johanna stieß ein lautes Lachen aus. »Na also!«

»Wie, na also?«

»Du bist schon einen Schritt weiter, Marianne, und hast es offenbar nicht mal bemerkt.«

# 8.

## Gisela

Sie war im Zug eingenickt. Das stete Schaukeln und Rütteln hatte sie eingelullt. Als sie aufwachte, schreckte sie zusammen. Um Himmels willen, hatte sie womöglich den Bahnhof verpasst?

Sie blinzelte verwirrt und blickte sich um.

Ihr gegenüber hatte eine ältere Dame Platz genommen, die an einem Pullover strickte. »Ich habe mich gefragt, wie man bei diesem Ruckeln schlafen kann.«

Gisela streckte sich. »Ich wundere mich selbst.«

»Wo müssen Sie aussteigen?«

»In Bremen.« Sie bedauerte, dass sie eingedöst war. Sie mochte es, während der Fahrt aus dem Fenster zu schauen. »Ich stricke auch«, erzählte sie der Frau. »Am liebsten Sachen für meine Nichte und meinen Neffen.«

»Und sie ziehen es sogar an?«

Gisela musste lachen. »Ja.«

»Sie Glückliche. Ich bekomme immer nur zu hören: ›Omi, das kratzt so. Omi, der scheuert am Hals.‹«

»Vielleicht sollten Sie mit reiner Baumwolle stricken. Die kratzt nicht.«

Die Frau ließ ihr Strickzeug sinken und runzelte die Stirn. »Und ich dachte immer, gerade Schafwolle ist schön weich.«

»Beim Stricken ist sie es ja auch, nur hinterher beim Tragen kratzt sie.«

»Danke für den Tipp.«

»Gern geschehen. Wohin fahren Sie?«

»Nach Buxtehude.«

»Buxtehude ... Das ist nicht weit von Stade entfernt«, hörte sie sich sagen.

»Sie kennen Stade?«

Sie spürte, dass sie errötete. »Nein. Nein, ich war noch nicht dort.« Ihr fiel auf, dass sie »noch nicht« betont hatte.

Helmut. Sie lächelte in sich hinein. Er kam aus der Nähe von Stade. Sie hatten sich im Hotel kennengelernt.

Als Gisela ihn das erste Mal im Restaurant des Hotels gesehen hatte, war ihr erst zu spät aufgefallen, dass sie ihn anstarrte. Sie war rot geworden und hatte schnell den Kopf gesenkt.

Er hatte sich an den Nachbartisch gesetzt und ihr freundlich zugenickt. Und sie hatte das Nicken erwidert und schüchtern gelächelt. Es war eine Ewigkeit her, dass ihr ein Mann gefallen hatte. Am nächsten Morgen saß er bereits da, am selben Tisch, und hatte sie wieder angelächelt und ihr einen schönen Morgen gewünscht. Er war angenehm zurückhaltend, hatte nicht versucht, sie in ein Gespräch zu verwickeln oder sie auch nur zu lange, zu erwartungsvoll womöglich, angeschaut.

Das hatte ihr nicht nur gefallen, es hatte ihr Herz dazu gebracht, heftig zu klopfen, und sie hatte den Abend, wenn sie sich wiedersehen würden, kaum erwarten können.

An diesem Abend hatte er eine Unterhaltung begonnen, zunächst über das Wetter, dann über die herrliche Landschaft. Helmut war Ende fünfzig und verwitwet wie sie. Seine Frau war erst drei Jahre tot, und die Trauer hatte ihn lange im Griff gehabt, wie er ihr erzählt hatte.

Am Tag darauf waren sie zusammen spazieren gegangen, hatten sich ihr halbes, vielleicht sogar ganzes Leben erzählt. Zum ersten Mal seit Dietmars Tod war Gisela durch den Kopf gegangen, dass sie zu jung war, um für den Rest ihres Lebens allein zu bleiben. Plötzlich hatte sie sich vorstellen können, noch einmal glücklich sein zu können. Mit einem anderen Mann.

Helmut war ganz anders als Dietmar, viel offener, freier und herzlicher. Ihr Mann war immer ein wenig zugeknöpft und eher höflich als warmherzig gewesen. Sie hatte das gemocht, es war ihr entgegengekommen, weil sie selbst eher distanziert war und Überschwang nicht zu ihren Eigenschaften gehörte.

Helmut aber hatte sie sofort gefangen genommen, mit seinem jungenhaften Lächeln und seiner Unbefangenheit. Er hatte nicht versucht, ihr zu nahe zu kommen, sie vielleicht sogar zu küssen. Nicht mal, als sie sich am Abend zuvor voneinander verabschiedeten. Er hatte ihr lediglich die Hand gereicht und ihr ein warmes Lächeln geschenkt. »Wenn ich darf, bringe ich Sie in meinem Wagen zum Bahnhof«, hatte er gesagt, und sie war einverstanden gewesen.

Sie hatte lange gebraucht, bis sie über Dietmars Tod hinweggekommen war. Vielleicht würde sie nie ganz darüber hinwegkommen, aber sie hatte gelernt, es zu akzeptieren und damit zu leben.

Die Erinnerung an ihn verblasste allmählich, obwohl sie sich hartnäckig dagegen sträubte. Natürlich erinnerte sie sich noch an so viele Ereignisse, seine Stimme und sein Lachen. Aber das Vertraute, früher so Selbstverständliche wurde immer blasser, durchsichtiger.

Ruth stand am Bahnhof und winkte fröhlich, als Gisela wenig später aus dem Zug stieg. »Und? Wie war's? Hattest du eine schöne Zeit?« Ihre Schwester umarmte sie, als wäre sie eine Ewigkeit fort gewesen.

»Ja, es war herrlich, Ruthchen.«

Ruth hakte sie unter, als sie sich auf den Weg machten. »Dann hast du deinen Urlaub wirklich genossen?« Es klang überrascht.

»Ja, es war wunderbar.« Sollte sie ihr von Helmut erzählen? »Ich habe jemanden kennengelernt, Ruth.«

Ihre Schwester blieb stehen. »Einen Mann?«

Sie nickte. »Er ist auch verwitwet und hat zwei erwachsene Söhne.«

Ruth drückte ihren Arm. »Werdet ihr euch wiedersehen?«

»Wer weiß? Wir haben Telefonnummern getauscht.«

»Wirst du ihn anrufen, wenn er nicht anruft?«

Sie sah ihre Schwester verdutzt an. Sie wusste nicht, was sie antworten sollte.

»Du könntest den ersten Schritt machen, Gisela. Du bist doch eine moderne Frau.«

Jetzt musste Gisela lachen. »Nett, dass du das sagst, Schwesterchen, aber ich fürchte, ich bin aus einem gewissen Stadium nie rausgekommen. Die Emanzipation ist irgendwie an mir vorbeigegangen.«

Ruth grinste sie an. »Du meinst, du willst lieber erobert werden.«

So hatte sie das zwar nicht gemeint, ließ es aber so stehen.

»Aber er gefällt dir?«, hakte Ruth nach.

»Er ist sehr nett, ja«, sagte sie ausweichend und wünschte, sie hätte den Mund gehalten. Sie hätte es vorerst als süßes, kleines Geheimnis für sich behalten sollen.

»Dann ruf ihn an, Gisela. Lass das Stadium hinter dir. Emanzipier dich.«

Sie musste wieder lachen und wechselte rasch und hoffentlich geschickt das Thema. »Ich hatte Sehnsucht nach Mäxchen. War er brav?«

»Verstehe, du willst nicht weiter drüber reden. Aber ich werde wieder darüber reden wollen. Ich freue mich nämlich ganz schrecklich für dich, Gisela.«

Sie hatten die Bahnhofshalle durchquert, und Ruth hielt ihr die Tür auf. Eine Straßenbahn klingelte, und ein Mann drängte sich an ihnen vorbei und rannte zu einem der Taxis, die vor dem Gebäude standen.

»Ja, Mäxchen war brav«, nahm Ruth den Faden wieder auf. »Die Kinder wollten ihn gar nicht wieder hergeben.«

»Bist du mit dem Auto da?«

Sie nickte und zeigte auf die gegenüberliegende Straßenseite. »Hier einen Parkplatz zu kriegen, ist reine Glückssache.«

Als Gisela ihr zum Auto folgte, ergriff sie ein unglaubliches Hochgefühl. Es war eine Ewigkeit her, dass sie sich so gefühlt hatte.

»Ich möchte einen Herrenbereich einrichten lassen, Mama«, erzählte Marianne ihr am Abend, als sie nebeneinander auf der Couch in ihrem Wohnzimmer saßen. Im Hintergrund lief »In the mood« von James Last.

»Hältst du das wirklich für eine gute Idee?«

»Ja, du nicht?«

»Ich weiß nicht. So ein Umbau verschlingt eine Menge Geld, Geld, das du erst mal wieder verdienen müsstest.«

Marianne seufzte. »Ich hatte gehofft, du würdest mir meine Bedenken nehmen.«

»Stattdessen vergrößere ich sie noch.« Gisela nickte. »Tut mir leid, aber ich nehme an, dass du meine ehrliche Meinung wolltest.«

»Du meinst also, ich könnte mir einen Umbau nicht leisten?«

»Das habe ich nicht gesagt.«

Ihre Tochter knuffte sie. »Mama!«

Sie musste lachen. »Schön, ich mache dir einen Vorschlag, wenn ich darf: Hol Kostenvoranschläge ein, und wir gehen sie zusammen durch. Du könntest auch einen Kredit aufnehmen. Das dürfte kein Problem sein, dein Salon läuft hervorragend.«

»Und die Zinsen?«

»Um die kommst du natürlich nicht herum.«

Marianne knuffte sie erneut. »Als wüsste ich das nicht, Mama.« Sie schaute sie eindringlich an. »Was ist überhaupt mit dir los? Du lächelst schon den ganzen Abend und wirkst so … so aufgekratzt.«

»Das werden die Nachwirkungen meines Kurzurlaubs sein.«

»Du hattest einen Kurschatten!«

»Einen Kurschatten? Ich war doch gar nicht zur Kur.«

»Ich will Einzelheiten, Mama. Ich hab recht, du hast jemanden kennengelernt, oder?«

Gisela spürte, wie ihr heiß wurde. Marianne davon zu erzählen, dass sie einen Mann kennengelernt hatte, der ihr Herz zum Stolpern brachte, fühlte sich eigenartig an. Weil sie sich noch gar nicht sicher war, was und ob überhaupt etwas daraus entstehen würde. Andererseits hatte sie es Ruth bereits brühwarm erzählt. Aus purem Übermut. Ein Fehler?

*Da hab ich mir was Schönes eingebrockt. Warum konnte ich nicht meinen Mund halten und es noch ein bisschen nur für mich haben?*

»Ja, ich habe jemanden kennengelernt. Er heißt Helmut und ist sehr nett.«

»Und?«

»Was und?«

»Na, werdet ihr euch wiedersehen?«

»Das weiß ich nicht, Marianne.«

»Aber du möchtest es gern?«

»Du kannst einem Löcher in den Bauch fragen.«

»Weil ich mich für dich freue, Mama. Das wirst du mir doch wohl nicht übel nehmen.«

»Nein.« Sie lächelte. »Aber würde es dir was ausmachen, wenn wir das Thema vorerst beenden?«

Marianne sah sie mit großen Augen an. »Du bist dir nicht sicher, was du für ihn empfindest.«

Anstelle einer Antwort lächelte Gisela nur weiterhin. Wahrscheinlich hatte sie wirklich den ganzen Tag gelächelt.

»Ich hab schon alles ziemlich genau vor Augen«, sagte Marianne später, nachdem sie eine Kleinigkeit gegessen und Tee gekocht hatten. »Neue Tapeten mit orangefarbenen und braunen Kreisen, todschicke Ledersessel in der Warteecke, ein Tisch für Männerzeitschriften«, zählte sie auf.

»Mit barbusigen Frauen«, ergänzte Gisela trocken.

»Natürlich.« Sie lachte und schüttelte den Kopf. »Nein, natürlich nicht. Ich will ja kein besonderes … Etablissement. Nein, ich würde Autozeitschriften und Politikmagazine auslegen.«

Gisela machte es sich auf der Couch bequem und legte einen Arm auf die Lehne. Mäxchen hatte sich zwischen ihr und Marianne zusammengerollt und schlief. Gedankenverloren kraulte sie seine langen Ohren. »Für mich klingt das nicht, als würdest du noch groß überlegen, Marianne.«

»Es sind ja bloß Spinnereien, Mama.«

»Wohldurchdachte.«

»Würdest du mit mir die Finanzen durchgehen, bevor ich Kostenvoranschläge einhole?«

»Natürlich.«

»Glaubst du, Johanna hat recht und wir könnten uns vor männlicher Kundschaft kaum retten?«

Gisela seufzte verhalten. Nein, das glaubte sie nicht. Vielmehr befürchtete sie, dass die meisten Männer ein Mal aus reiner Neugier in den Salon kommen und danach wegbleiben würden. Weil sie es befremdlich fänden, sich von einer jungen hübschen Frau das Haar schneiden zu lassen. Männer waren in dieser Hinsicht komisch. Sie schauten sich gern die Augen aus dem Kopf, wenn ein junges attraktives Ding an ihnen vorbeiging, würden sich aber vermutlich lieber von einem Mann frisieren lassen. Sie waren da seltsam genierlich. Ihr verstorbener Mann wäre da keine Ausnahme gewesen.

»Mama?«

Sie räusperte sich. »Tja, wenn ich ehrlich sein soll …«

»Du glaubst es nicht.« Ihre Tochter nickte. »Du meinst also, es wäre ein viel zu großes Risiko.«

»Das habe ich nicht gesagt, aber ich denke, es ist riskant, ja.«

Marianne schwieg eine ganze Weile, bis sie schließlich seufzte. »Man müsste es nur richtig anstellen.«

»Und wie?«

»Die Ehemänner unserer Kundinnen würden zum Beispiel einen Gutschein für den ersten Besuch bekommen. Und wir bräuchten natürlich gute Presse.«

»Die Männer ein weiteres Mal in den Salon zu locken, ist, glaube ich, die größte Herausforderung.«

Marianne sah sie nachdenklich an und nickte dann. »Ich glaube, ich würde es gern wagen, Mama.«

Damit hatte Gisela gerechnet, so gut kannte sie ihre Tochter.

»Ich helfe, wo ich kann, das weißt du.«

# 9.

## Marianne

Sie hatte gerechnet und gerechnet, alles wieder über den Haufen geworfen und erneut überlegt. Ihre Rücklagen waren überschaubar, und ihre Mutter hatte ihr zu einem Kredit geraten. Auch ihr Schwager Rainer hatte ihr empfohlen, sich mit der Bank zusammenzusetzen, war das Für und Wider Punkt für Punkt mit ihr durchgegangen. Schließlich hatte sie sich zu einem Kredit durchgerungen. Ein mulmiges Gefühl jedoch war geblieben. Was, wenn irgendetwas Unvorhersehbares geschehen würde und sie mit den Ratenzahlungen in Verzug geriet? Niemand konnte ihr diese Bedenken nehmen. Als der Umbau in vollem Gang war, schreckte sie nachts manchmal hoch, weil sie geträumt hatte, dass der Salon geschlossen war, weil sie die Raten nicht zahlen konnte. Oder sie träumte von Johanna, die sie entlassen musste.

Der Salon war für drei Wochen geschlossen, und Marianne betete, dass die Handwerker es in der Zeit schaffen würden.

Tatsächlich schritten die Umbauarbeiten zügig voran,

und wenn sie durch die Räume ging und sich umschaute, überwog die Vorfreude. Sie stellte sich vor, wie es hier bald aussehen und zugehen würde, sah die Männer an den Waschbecken sitzen und sich im Spiegel betrachten. Ja, alles würde wunderbar sein, ganz bestimmt, sagte Marianne sich Abend für Abend, wenn sie die Tür hinter sich schloss und heimradelte.

Aber nachts hatten die Träume sie wieder im Griff.

»Ich muss das abschütteln«, sagte sie am Abend vor der Neueröffnung zu ihrer Mutter. Sie saßen in der Küche am gedeckten Tisch, doch keine von beiden hatte bisher einen Bissen gegessen. »In Gedanken spiele ich wieder und wieder die schrecklichsten Szenarien durch.«

»Das, was du dir ausmalst, kennt wahrscheinlich jeder, der selbstständig ist.« Ihre Mutter nahm ihre Hand und drückte sie. »Dein Salon läuft großartig, und er wird nach dem Umbau noch besser laufen. Hast du eine Anzeige geschaltet?«

Marianne nickte und rührte in ihrer Teetasse. »Und ich habe Werbezettel und Gutscheine drucken lassen.«

Ihre Mutter lächelte. »Alles wird gut werden, glaub mir.« Sie hob die Hand, bevor Marianne etwas einwenden konnte. »Morgen werden wir ein rauschendes Fest feiern, und bald wirst du dich vor Neuanmeldungen nicht mehr retten können.«

Marianne wollte etwas entgegnen, etwas wie »Und wenn nicht?«, doch sie schluckte es herunter.

Der Herrenbereich konnte sich wirklich sehen lassen.

Die Regale waren aus dunklem Holz, die Wartesessel aus Leder hatten die Farbe von Cognac. An der Wand hingen Fotos von schicken Autos, deren Karosserie funkelte.

Für den Tag der Neueröffnung hatte Marianne keine Termine angenommen, heute sollte nur gefeiert werden. Überall im Salon waren kunterbunte Luftballons und Girlanden angebracht. Auch die Eingangstür war mit einer Girlande geschmückt, und im Schaufenster stand neben einem großen Foto von Olivia Newton-John eins von Robert Redford.

Sie schenkten Sekt, Bier und Orangensaft aus und verteilten Canapés mit Räucherlachs. Wie erwartet waren viele Stammkundinnen gekommen und hatten ihre Ehemänner oder Freunde mitgebracht. Marianne führte jeden Einzelnen durch die Räume und plauderte ein paar Worte mit ihnen.

Eine Reporterin kam, machte ein paar Fotos und stellte ihr Fragen wie: »Glauben Sie, dass die Männer sich wie Robert Redford frisieren lassen wollen? Oder wie Michael Douglas?«

»Warum nicht?«

»Weil sie uneitler sind.«

Darauf wusste Marianne nichts zu entgegnen. Deshalb lächelte sie die Frau nur an, schenkte ihr einen Gutschein und begleitete sie zur Tür. »Sie können den Gutschein selbst nutzen oder Ihrem Mann schenken.«

»Ich bin nicht verheiratet.«

»Aber Sie werden einen Freund haben.«

»Ich bin überzeugte Junggesellin. Wiederschn, Fräulein König.«

Marianne stand in der Tür und sah zu, wie die Reporterin in einen blauen Wagen stieg und losfuhr.

Hinter ihr klirrten Sektgläser, und laute Stimmen waren zu hören. *Lass dich nicht beirren, Marianne. Das wird schon.*

Am Ende des Tages hatten sie alle Gutscheine vergeben, und zwei Ehemänner von treuen Kundinnen hatten sogar um einen Termin in der kommenden Woche gebeten. Aufgekratzt und kribbelig hatte Marianne den Salon geschlossen. Was für ein erfolgreicher, vielversprechender Tag!

Doch am Tag darauf kamen wie gewohnt nur Kundinnen.

Die drei Friseusen schauten dann und wann hoffnungsvoll zur Tür, und immer, wenn ein Mann die Straße überquerte oder den Salon ansteuerte, hielt Marianne den Atem an und wartete auf das »Klingeling« der Tür. Leider vergeblich, kein einziger männlicher Kunde ließ sich blicken. Es rief auch keiner an und bat um einen Termin.

Marianne war enttäuscht, wollte sich aber nichts anmerken lassen. Das heißt noch gar nichts, sagte sie sich. Es war erst der Tag nach der Eröffnung, und es hatte rein gar nichts zu bedeuten, dass die Männer so zögerlich waren.

Morgen war ein neuer Tag.

Am Nachmittag stand dann ganz überraschend ein Reporter der Tageszeitung in der Tür; ein gut aussehender junger Mann mit lockigem braunem Haar, das dringend nach einem Schnitt verlangte. »Fräulein König?« Er stellte sich als Kai Paulsen vor und zückte einen Notizblock.

»Sie kommen einen Tag zu spät. Die Eröffnungsfeier war gestern.«

»Weiß ich.« Er grinste flüchtig. »Und es soll hoch hergegangen sein, hab ich gehört.« Er blickte sich neugierig um. »Darf ich?« Er zog einen Fotoapparat aus seiner Umhängetasche.

Marianne nickte. »Nur zu.« Noch mehr Presse konnte gewiss nicht schaden. »Kommen Sie, Herr – wie war noch mal Ihr Name?«

»Paulsen. Kai Paulsen.«

»Ich führe Sie durch den Salon, Herr Paulsen.«

Nachdem er sich alles angeschaut und ein paar Notizen gemacht hatte, fragte er, ob er ihr noch die eine oder andere Frage stellen durfte.

»Fragen Sie nur.«

»Fehlt Ihnen Ihr früheres Leben?«

Immer wieder die gleiche Frage. »Nein.«

»Nur ein schlichtes Nein?«

Marianne lächelte ihr Mannequin-Lächeln und war selbst ganz verdutzt, wie gut sie es noch beherrschte: ein wenig kokett, ein wenig unnahbar und vollkommen unverbindlich. *Niemanden interessiert, wie es in euch aussieht,* hatte Judy ihnen gepredigt. *Die Leute interessiert nur, dass ihr hübsch seid und lächelt. Wenn ihr auf dem Laufsteg seid oder vor einer Kamera posiert, seid ihr jemand anderes.*

Paulsen senkte den Blick, und sie lachte in sich hinein. »Ähm, verstehe. Darf ich fragen, welche Berühmtheiten Sie kennengelernt haben? Unsere Leser wird das sicher brennend interessieren.«

Sie nannte Namen wie Twiggy und Mary Quant und fügte nach kurzem Überlegen noch die eine oder andere Sängerin hinzu.

Er nickte, während er mitschrieb. »Es werden doch auch, ähm, Sänger oder Schauspieler darunter gewesen sein, oder?«

»Ja.«

»Waren Sie mit dem einen oder anderen … näher bekannt?«

»Sie meinen, ob ich eine Liebesbeziehung mit einem von ihnen hatte? Nein.«

Er errötete und murmelte etwas von: »So direkt hab ich nicht fragen wollen.«

»Seit wann fragen Reporter nicht direkt?« Sie betrachtete ihn und genoss es, ihn ein wenig aus der Fassung zu bringen.

»Ähm … Flirten Sie gerade mit mir?«

Sie lachte. »Sie sind ja doch ganz direkt.«

Er fuhr sich durchs Haar, steckte Block und Stift zurück in seine Umhängetasche und streckte dann die Hand aus. »Danke, dass Sie mich rumgeführt haben, Fräulein König.«

»Gern geschehen, Herr Paulsen. Schreiben Sie was Nettes, ja?«

Er grinste, und in diesem Moment erinnerte er sie an Neil. »Klar. Ehrenwort. Na, dann … Tschüss.«

Sie hielt ihm die Tür auf und sah zu, wie er in einen knallroten VW-Käfer stieg und losfuhr.

»Ein bisschen Presse kann nicht schaden. Tschüss, Herr Paulsen.«

Johanna stand plötzlich hinter ihr. »Wer war das?«

Sie wirbelte zu ihr herum. »Das war Herr Paulsen vom *Weser-Kurier*.«

»Niedliches Lächeln. Hat mich an unseren Rauhaardackel erinnert.«

In der Woche darauf stand sein Artikel auf der dritten Seite der Tageszeitung.

*In Anns Salon in der Kornstraße, in dem sich auch berühmte Schauspielerinnen und Sängerinnen tummeln, soll es bald auch einen Herrenbereich geben. Das frühere berühmte Mannequin Marianne König, die auf den Laufstegen der Welt zu Hause und unter anderem mit Twiggy befreundet war, ist die Inhaberin des Salons; eine bildschöne Frau mit langem blondem Haar, das ihr bis zur Taille reicht. Sie hat mich durch den schicken Salon geführt, während aus der Musikanlage moderne Popsongs kommen. Gerade die junge Kundschaft dürfte sich in diesem Salon wohlfühlen.*

Marianne lächelte zufrieden. »Wer sagt's denn.«

Der Artikel der Reporterin war deutlich verhaltener und eher nüchtern geschrieben. Aber er würde hoffentlich dennoch für genügend Aufmerksamkeit sorgen.

Johanna stand neben ihr am Tresen und las in einer anderen Zeitung. »Ich erinnere mich gar nicht, dass dieser Reporter hier war.« Sie runzelte die Stirn und reichte Marianne die Zeitung. »Hier, lies mal, was er schreibt.«

Marianne überflog den kurzen Artikel. Ihr Lächeln gefror.

*Seit wann frisieren Frauen die Herren? In Anns Salon, in dem sich Stars und Sternchen die Klinke in die Hand geben, soll das bald Rea-*

*lität werden. Die Inhaberin ist das frühere Mannequin Marianne König, Enkelin von Johann Fellbach, der nach dem Krieg den Frisiersalon am Rosenplatz gründete.*

*Was würde er wohl dazu sagen?*

Darunter stand ein Name: Friedhelm Wohlfahrt.

Dem würde sie was erzählen!

»Frechheit!« Sie warf die Zeitung auf den Tresen. »Der kriegt was zu hören!«

»Wann war er hier?«

»Ich nehme mal an, gar nicht.« Sie zeigte auf die Zeitung. »Sei so gut und such die Telefonnummer der Redaktion raus.« Sie nahm den Telefonhörer ab.

»Und was willst du sagen? Dass sein Artikel dich verärgert hat? Sieh es als weitere Presse, Marianne, und pfeif auf sein Geschmiere.«

Sie legte wieder auf. »Vielleicht hast du recht.« Angriff war nicht immer die beste Verteidigung. Es würde nur zeigen, wie gekränkt sie war.

»Freu dich einfach über den netten Artikel von Paul Karlsen.«

»Kai Paulsen. Ja, du hast wirklich recht. Ich sollte darüber lachen. Im Zweifel beschert er uns sogar noch mehr neue Kundinnen.«

Johanna seufzte. »Und hoffentlich auch Kunden.«

# 10.

## Gisela

Sie und Helmut hatten in der vergangenen Zeit regelmäßig telefoniert. Eine Verabredung hatte es nicht gegeben.

Gisela hatte das Thema umschifft, weil sie zu ängstlich gewesen war. Sie hatte Angst vor ihrer eigenen Courage.

Warum Helmut nicht um ein Wiedersehen bat, wusste sie nicht.

Vielleicht ging es ihm wie ihr.

Fest stand, dass sie sich mit jedem weiteren Telefonat nähergekommen waren. So nah, dass Gisela sich schließlich fragen musste, ob sie ihr Herz ernstlich verloren hatte.

Sie wusste gar nicht, ob sie das wollte, ob ihr nicht gerade das vielmehr Angst machte. Sie mochte Helmut, sehr sogar, aber Verliebtheit war dann doch noch etwas anderes. Verliebte man sich in ihrem Alter überhaupt noch?

An diesem Abend, kurz nach der Eröffnungsfeier, sagte er dann plötzlich: »Wollen wir uns wiedersehen?« Es klang zaghaft, bange.

Überrascht hörte sie sich sagen: »Ja.«

»Vor Weihnachten werde ich es nicht mehr schaffen, aber was würdest du von der ersten Januarwoche halten?«

»Ich freue mich, Helmut.« Als sie auflegte, schüttelte sie über sich selbst den Kopf. Warum sollte sie sich in ihrem Alter nicht mehr verlieben? Für Verliebtheit gab es doch keine Grenze.

Es war bestimmt sogar sehr vernünftig, sich wiederzusehen. Denn dann würde sich herausstellen, was sie wirklich füreinander empfanden, ob da mehr war als die »Nachwirkungen des Urlaubs« mit anschließenden netten Telefongesprächen.

Marianne war kurz vor Weihnachten dreißig geworden, und es hatte, wie von ihr gewünscht, keine Feier, sondern nur ein gemütliches Kaffeetrinken gegeben.

Weihnachten hatte Gisela dann für alle gekocht. Beim Essen hatte sie von Helmut erzählt, von ihren Telefonaten und ihren Plänen, sich wiederzusehen. Ganz selbstverständlich war es ihr über die Lippen gekommen.

Mit heftigem Herzklopfen und einem ungewohnten, aber nicht unangenehmen Gefühl von Sehnsucht war sie schlafen gegangen. Den Silvesterabend verbrachte sie allein. Marianne war ausgegangen, und Ruth feierte mit ihrem Mann und einem befreundeten Paar. Sie hatten Gisela eingeladen, doch sie hatte abgelehnt. »Mir ist danach, faul auf der Couch zu liegen und fernzusehen.« Sie hatte nicht geschwindelt, sie hatte sich wirklich auf einen ruhigen Abend, nur sie und Mäxchen, gefreut.

Wie üblich war sie kurz vor Mitternacht eingenickt und

vom Feuerwerk hochgeschreckt. Ihr Hund hatte sich unter den Couchtisch verkrochen und jaulte leise.

»Du Armer.« Sie stand auf und streckte sich.

Das Telefon klingelte, und sie lief auf Strümpfen hin.

»Ich bin's.« Helmut. »Frohes neues Jahr, Gisela.«

Ihr Herz hüpfte. »Das wünsche ich dir auch.«

»Du klingst so verschlafen.«

»Ich bin auf der Couch eingenickt«, gab sie zu, und er lachte.

Ihr Magen machte einen Satz.

»War das Fernsehprogramm so langweilig?«

»Es ist doch jedes Jahr das Gleiche. Erst *Stars in der Manege* und dann irgendeine Silvestershow. Und du? Was hast du gemacht?«

»Ich war bei meinem Ältesten zum Essen eingeladen, bin danach nach Hause gefahren und hab mich an den Schreibtisch gesetzt.«

»Du arbeitest an Silvester?«

»Jahresabschlüsse.«

Sie nickte. Natürlich, Helmut war Steuerberater und hatte gerade am Ende eines Jahres viel zu tun.

Ihr Hund jaulte zum Steinerweichen, als mehrere Feuerwerkskörper hintereinander gezündet wurden und über das Haus flogen.

»Was war das?«

»Mäxchen, mein Hund. Er liegt unterm Tisch und schlottert.«

»Ich hab auch schon überlegt, mir wieder einen Hund anzuschaffen.« Er räusperte sich. »Ich würde gern am achten Januar nach Bremen kommen, wenn es dir passt.«

»Das passt mir sehr gut«, sagte sie, ohne nachzudenken. Sie würde es möglich machen, egal wie.

Sie legte die Hand auf ihr Herz, spürte es pochen.

»Ich freue mich, Gisela.«

»Ich freue mich auch.« Und das war die Wahrheit.

Als sie wenig später in ihr Schlafzimmer ging und sich auszog, dachte sie: *Ach, Dietmar, ich dachte, es würde auf ewig so sein, dass es nur dich für mich gibt. Und jetzt bin ich aufgeregt wie ein Backfisch, wenn ich nur Helmuts Stimme höre.*

Ein eindeutiges Zeichen für Bis-über-die-Ohren-verliebt, würde Ruth es nennen.

## II.

Am Vormittag des achten Januar saß Gisela im Büro am Schreibtisch und kämpfte mit bleierner Müdigkeit. Sie hatte die halbe Nacht mit Helmut telefoniert, immer, wenn sie auflegen wollten, war einem von ihnen noch etwas eingefallen. »Ach, hab ich dir eigentlich schon erzählt …« oder »Das wollte ich dir neulich schon erzählen …«. Einerseits war ihr, als hätten sie sich längst ihr ganzes Leben erzählt, andererseits schien es noch immer kleine Lücken zu geben, Anekdoten und Ereignisse, die sie einander unbedingt mitteilen wollten.

Gisela war unglaublich müde, und auf der anderen Seite fühlte sie sich lebendig und aufgekratzt wie selten zuvor.

Sie fuhr zusammen, als die Postbotin hereinkam. »Moin, Frau König.«

»Frau Kruschke.« Sie unterdrückte ein Gähnen.

»Sie sehen müde aus.«

»Das täuscht nicht, ich *bin* müde.«

Die Postbotin tätschelte Mäxchens Kopf. Er hatte es sich unter Giselas Schreibtisch gemütlich gemacht. Sie hatte sich angewöhnt, ihn doch mit ins Büro zu nehmen, weil er mittlerweile gar nicht mehr allein sein wollte. »Ach, du bist ja so ein Feiner. Ein ganz Lieber bist du.«

»Heute bitte kein Leckerchen, Frau Kruschke. Er wird zu dick.«

»Ach, er ist doch gertenschlank.«

»Noch.«

Sie legte die Post auf den Tisch und ging wieder zur Tür. Bevor sie sie öffnete, hielt sie inne und kratzte sich am Kopf. »Ähm, da wäre noch was, Frau König …«

»Ja?« Ihr Magen rumorte, und ihre Hand griff ganz automatisch in die obere Schublade und nahm den Tablettenblister heraus.

»Meinen Sie, ähm, ich kann einen Termin bei Ihrer Tochter machen?«

»Wieso nicht?« Sie steckte sich eine Tablette in den Mund und spülte sie mit einem großen Schluck Wasser herunter.

»Na ja … Ich dachte, ich gehöre wohl eher nicht zu ihrer gewünschten Kundschaft.«

»*Gewünschte* Kundschaft?«, wiederholte Gisela verwundert. »Ich verstehe nicht ganz …«

»Na, wo Ihre Tochter doch so berühmt ist … ähm, war. Und ihre Kundschaft … Das sind alles so schicke, moderne Frauen.« Die Postbotin nestelte an ihrer Jacke. »Aber wissen Sie, ich würde mich gern auch mal so frisieren lassen.«

Gisela lächelte sie aufmunternd an. »Meine Tochter wird sich um Sie genauso kümmern wie um jede andere Kundin.«

»Meinen Sie?«

»Ich bin sicher, Frau Kruschke. Gehen Sie nur hin und bitten um einen Termin.«

»Sie meinen, ich soll einfach … Na, wenn Sie das meinen … Danke, Frau König.«

»Dafür doch nicht, Frau Kruschke.«

Die Postbotin schloss die Tür hinter sich.

Gisela nahm den oberen Brief vom Stapel und warf einen Blick auf den Absender. Ah, das musste die Rechnung vom Sanitärbetrieb sein. Sie öffnete den Umschlag, überflog die Rechnung und legte sie in den Ablagekorb.

Sie stand auf und dehnte ihren Rücken. Vielleicht sollte sie auch bei dieser neuen Sportbewegung mitmachen, überlegte sie. Hannelore war Feuer und Flamme für die neue Trimm-dich-Bewegung, machte morgens Gymnastik und lief einmal wöchentlich über einen Trimm-dich-Pfad; eine Laufstrecke mit Turngeräten, die in regelmäßigen Abständen aufgestellt waren. Dort konnte man Übungen wie Kniebeugen, Armkreisen und Rumpfbeugen machen. »Solltest du auch mal machen, Gisela«, schwärmte sie jedes Mal wieder. »Du glaubst ja gar nicht, wie gut das tut. Man ist danach ein neuer Mensch.«

Sich wie ein neuer Mensch zu fühlen, war herrlich, niemand wusste das besser als Gisela. Sie hatte hart an sich gearbeitet, ihr Leben, ihre Einstellungen überdacht und neu ausgerichtet. Sie war sogar dabei, sich auf einen neuen Mann, eine neue Liebe einzulassen, ohne ein schlechtes Gewissen oder gar Schuldgefühle zu haben. Sie würde sich gern der neuen Sportbewegung anschließen, wenn sie sich in einem affigen Trainingsanzug nur nicht so albern vorkommen würde. Und sie konnte schlecht in Rock und Bluse durch den Wald sprinten.

Sie ging zur Tür, die in diesem Moment geöffnet wurde, und trat rasch einen Schritt zurück.

»Huch! Entschuldige, Mama.« Marianne stand vor ihr, die Wangen gerötet. »Tante Lore ist da.«

»Sie hat gar nichts davon erzählt, dass sie heute kommen wollte.« Am Tag zuvor hatten sie noch miteinander telefoniert.

»Schon auf dem Weg.« Gisela lächelte. Sie und ihre Freundin hatten sich eine Weile nicht gesehen.

Als sie in den Frisierbereich kam, stand Helmut dort. Er lächelte strahlend, eine Hand in der Hosentasche, in der anderen ein Biedermeiersträußchen. Sie hatte irgendwann erwähnt, wie sehr sie diese Sträuße mochte, und er schien es sich gemerkt zu haben. Er trug einen dunkelblauen Anzug mit gestreifter Krawatte, und der Duft von Rasierwasser umnebelte ihn.

Gisela war abrupt stehen geblieben. »Helmut. Ich dachte, du wolltest erst heute Nachmittag kommen.« Ihre Füße gingen ganz von allein weiter, ihre Hand hatte sich nach seiner ausgestreckt. »Ich …« *… wollte nach Hause fahren und mich schick machen, mein Haar aufdrehen, das neue Parfüm benutzen, das Marianne mir zu Weihnachten geschenkt hat. Ich wollte unbedingt gut aussehen.* »Schön, dass du da bist«, brachte sie hervor.

»Es hat sich so ergeben.« Er drückte ihre Hand und hielt sie fest. »Wenn ich aber ungelegen komme …«

»Überhaupt nicht.«

»Schön.« Er lächelte.

»Ja.« Sie lächelte zurück.

Er neigte den Kopf. Wollte er sie küssen? Hier, mitten im Salon vor allen Leuten? Er hatte sie noch nie geküsst, und sie wünschte sich für diesen besonderen Moment einen ruhigeren und vor allem abgeschiedenen Ort.

Der letzte Mann, den sie geküsst hatte, war Dietmar gewesen, und selbst dieser Kuss lag schon so viele Jahre zurück, dass sie sich nicht mehr daran erinnern konnte. Hatte sie ihn am Morgen geküsst, als er ins Büro gefahren war? Das war anzunehmen, aber sie wusste es nicht mehr. Auch das verschwamm mehr und mehr, war in ihrer Erinnerung in eine Wolke gehüllt, die grauer und grauer wurde.

»Ich freue mich, dich zu sehen, Gisela. Du siehst fantastisch aus.«

Sie blickte flüchtig an sich herab. Fantastisch? Sie trug ein Kostüm, das sie eigentlich längst in die Kleiderkammer hatte bringen wollen. Irgendwie hatte sie es nicht fertiggebracht. Im Grunde war es ja noch in Ordnung, der Stoff weder durchgescheuert noch ausgewaschen. Es war schlicht und einfach ein wenig in die Jahre gekommen, mehr nicht. »Danke.« Erst jetzt bemerkte sie, dass sie seine Hand noch immer hielt. Sie ließ sie los und trat einen kleinen Schritt zurück.

Er überreichte ihr den Blumenstrauß.

»Der ist … traumhaft, Helmut!« Sie steckte ihre Nase in die duftenden Blüten und seufzte leise. Vorsichtig blickte sie sich um. Niemand war zu sehen, sie waren allein.

»Nicht zu fassen«, murmelte sie kopfschüttelnd und musste dann lachen. »Da bin ich ihr doch glatt auf den Leim gegangen.«

»Du meinst deine Tochter?«

»Sie sagte, meine Freundin sei da.«

Er schmunzelte belustigt. »Sie ist sehr nett und sehr hübsch.« Er schaute sich interessiert um. »Ein wirklich schöner Salon. Alle Achtung.«

»Wenn doch nur die Männer kommen würden«, sagte sie leise und mit einem Seufzen.

»Wie bitte?«

»Ich hatte dir doch am Telefon erzählt, dass Marianne einen Herrenbereich einbauen ließ.«

»Und jetzt bleibt die männliche Kundschaft aus.« Helmut fasste sich ins Haar, wahrscheinlich ganz automatisch, wie viele Menschen es machten, wenn es um Haare und Frisuren ging. Gisela hatte das bereits mehrfach beobachtet. »Schade, ich war gerade erst vor ein paar Tagen beim Friseur«, sagte er.

»Sonst?«

»Sonst hätte ich mich in die Hände deiner Tochter begeben.« Er seufzte kopfschüttelnd. »Entschuldige, das war … dumm von mir. Von mir allein könnte der Salon nicht leben.«

»Das nicht, aber ich fand das sehr nett von dir.« Sie schluckte, so gerührt war sie von seiner Geste.

»Ja?«

»Ja.«

Helmut räusperte sich, und auch das fand sie sehr rührend. »Kommt denn gar kein einziger Mann?«

»Doch, doch. Hier und da der Ehemann einer Kundin.«

Er nickte, sah nachdenklich aus. »Wäre ich jemand Berühmtes«, sagte er schließlich, »würde ich mich frisieren lassen und dafür sorgen, dass es sich herumspricht.«

Gisela sah ihn an. Das war es! »Helmut«, flüsterte sie. »Ich glaube, mir ist gerade etwas eingefallen.«

»Magst du mir beim Abendessen davon erzählen?«

Sie schenkte ihm ein Lächeln und nickte.

»Suchst du ein Restaurant aus?«

Wieder nickte sie.

»Dann bis heute Abend.« Er nahm ihre Hand und hielt sie einen Moment fest. Dann ließ er sie los und ging zur Tür.

Gisela spürte, wie ein wohliger Schauer ihre Wirbelsäule hochkroch.

# 12.

Gisela hatte ein Lokal am Domshof ausgesucht. Früher war sie manchmal mit Dietmar hergekommen. Nun mit einem anderen Mann dort zu sitzen, fühlte sich nur anfangs ein wenig seltsam an. Schon nach wenigen Minuten war es ganz selbstverständlich, sogar den gleichen Weißwein wie damals zu trinken.

Nach dem Essen schlenderten sie durch die Stadt.

Sie zeigte ihm die Böttcherstraße und das Schnoor-Viertel. »Früher, als ich klein war, habe ich meine Eltern angebettelt, dass wir hierherziehen.«

Sie waren vor einem der schmalen, winzigen Häuschen stehen geblieben, die sich wie die Perlen einer Schnur aneinanderreihten. »Ist es nicht zauberhaft?«

Er legte die Hand über die Augen und nickte.

»Wenn wir dort drüben weitergehen, kommen wir an die Weser.« Sie zeigte geradeaus.

»Dann mal los.« Er nahm ihre Hand, und auch das fühlte sich selbstverständlich an.

Sie schwiegen, bis sie an die Schlachte kamen, die Uferpromenade der Weser. Ein Schwarm Möwen zog zeternd über sie hinweg, auf einer Bank saß ein altes Ehepaar, die Köpfe aneinandergelehnt.

Gisela schluckte gerührt. Was für ein schönes Bild. »Wollen wir uns da vorn setzen?« Sie deutete auf eine der anderen Bänke.

Sie nahmen Platz, und Helmut hob den Kopf. »Es wird gleich regnen, fürchte ich. Im Frühling muss es herrlich hier sein.«

Früher hatten sie und Dietmar oft hier gesessen und stundenlang aufs Wasser geschaut. *Ich müsste schon in eine andere Stadt ziehen, wenn ich will, dass Helmut und ich nicht dort essen oder spazieren gehen, wo Dietmar und ich früher waren,* dachte sie.

»Woran denkst du gerade?«, fragte Helmut, ohne sie anzusehen.

Sollte sie ehrlich sein? »Ich musste daran denken, dass ich früher oft mit meinem Mann hier war.«

Er nickte, schien nicht überrascht.

»Es hat lange gedauert, bis ich meine Trauer überwunden habe«, sagte sie leise. Sie hatte das Bedürfnis, es ihm zu erklären, auch wenn er vermutlich gut wusste, wie sie sich fühlte.

»Es dauert so lange, wie es dauert.«

Gisela schaute ihn an, musste lächeln. »Ja, das stimmt.«

»Ich dachte anfangs, ich könnte mich nie mehr auf eine andere Frau einlassen.« Er sah sie noch immer nicht an. »Aber jetzt kann ich es.«

Sie spürte ihren Herzschlag dumpf am Rippenbogen. Ihr war eigenartig feierlich und zugleich etwas beklommen zumute. Das hier war wie ein Neuanfang. Hier mit Helmut zu sitzen, zu schweigen, zu reden und nachdenklich zu sein, war ein Neuanfang, ihr Neuanfang. Deshalb fiel ihr auch leicht, das auszusprechen, was sie so lange in sich verschlossen hatte. »Dietmar war meine große Liebe und wird es immer bleiben. Aber ich bin bereit für etwas Neues, Anderes.«

»Das klingt sehr schön. Mir geht es genauso. Das, was da zwischen uns entsteht und wächst …« Er drehte den Kopf und sah sie nun an. »Das fühlt sich richtig an.«

Sie musste mehrmals schlucken. »Ja.« Mehr konnte sie nicht sagen. In ihrem Leben war wieder Platz für einen Mann, eine neue Liebe, und auch Helmut wollte ihr einen Platz in seinem Leben geben. Das plötzliche Gefühl von Glück schnürte ihr fast die Kehle zu.

»Trotzdem finde ich …«, setzte er an.

»Ja?«

»Ich finde, wir sollten uns Zeit lassen, es langsam angehen.«

»Das finde ich auch.«

Er lächelte sie an, griff nach ihrer Hand und hielt sie fest.

»Und deshalb werde ich auch brav im Hotel übernachten und morgen früh heimfahren.«

Sie war erleichtert, auch wenn sie es nicht zugeben würde.

Sie lehnte den Kopf an seine Schulter. Sie war bereit für etwas Neues, brauchte aber noch ein bisschen Zeit, um sich ganz und gar darauf einlassen zu können.

Gisela atmete den Duft seines herben Rasierwassers ein und fühlte sich geborgen und auf eine seltsame Weise auch getröstet.

Als sie sich später voneinander verabschiedeten, umarmten sie sich lange. Es gab keinen Kuss, keine weitere Berührung, nur diese wohltuende, beruhigende Umarmung.

»Wir telefonieren, ja?« Helmut machte sich los und hielt sie etwas von sich.

»Das machen wir.«

»Danke für den schönen Abend.«

»Ich danke dir.«

»Und berichte, wie es mit dem Herrenbereich im Salon weitergeht.« Er zwinkerte ihr zu. »Und wie deine Tochter deine Idee aufgenommen hat.«

»Ich habe eigentlich gar nicht vor, ihr zu sagen, dass es meine Idee war.«

»Du willst nicht die Lorbeeren einheimsen?«

Sie musste lachen. »Nein.«

Er schloss sie erneut in die Arme, und sie fragte sich, ob er sie jetzt doch noch küssen würde. »Schlaf gut«, sagte er schließlich und gab sie frei.

»Du auch.« Ihre Stimme war rau. »Würdest du kurz anrufen, wenn du wieder zu Hause bist?«

»Du sorgst dich um mich, wie schön.« Er lächelte, nickte dann und ging zu seinem Wagen, den er vor ihrem Haus abgestellt hatte. Dort, wo die Nachbarn ihn gut sehen konnten. Bestimmt stand Herr Plön bereits am Fenster und drückte sich die Nase platt. *Sieh an, Frau König hat einen Neuen. Wurde ja auch Zeit.*

# 13.

## Marianne

Sie war noch früher als gewöhnlich aufgestanden und zum Salon geradelt. Auf der Großen Weserbrücke waren ihr Dutzende Radfahrer entgegengekommen oder an ihr vorbeigefahren. Es schien, als hätten alle beschlossen, vom Auto aufs Fahrrad umzusteigen. Was möglicherweise auch mit der allgemeinen Trimm-dich-Begeisterung zusammenhing.

Vor einem der kleinen Vorgärten in der Neustadt hatte sie angehalten, rasch nach rechts und links geschaut und sich tief über den niedrigen schmiedeeisernen Zaun gebeugt, um eine kleine weiße Blüte abzuzupfen, die aus der Erde kam. Was mochte das sein? Sie steckte sie sich ins Haar und radelte weiter.

Ihre Mutter war bereits im Büro und blickte auf, als sie hereinkam. »Morgen, Schatz. Oh, eine Christrose. Hübsch. Hoffentlich bist du nicht gesehen worden. Die Leute sind ziemlich pingelig mit ihren Christrosen.«

Marianne küsste sie auf die Wange. »Morgen, Mama. Du bist ja noch früher auf als ich. Gut geschlafen?«

»Einigermaßen.«

»Ist Helmut gut heimgekommen?«

»Ja.« Ihre Mutter gähnte.

»Es ist doch alles in Ordnung zwischen euch?«

»Ja. Ja, natürlich. Wir wollen es langsam angehen, das ist alles.«

»Ich finde ihn sehr sympathisch. Und man sieht, dass ihr euch sehr mögt.«

Lustigerweise errötete ihre Mutter, und sie grinste in sich hinein. Hoffentlich würde aus Helmut und ihrer Mutter etwas Ernstes, Festes werden. Ihre Mutter hätte es verdient, mit einem neuen Mann glücklich zu werden.

Im Hinausgehen nahm sie eine Banane aus der Schale. »Bis später, Mama.«

Sie schloss die Eingangstür auf und lächelte beim melodischen Klang der neuen Türglocke, die sie hatte einbauen lassen.

Sie hatten recht behalten: Der hämische Zeitungsartikel hatte ihnen tatsächlich weitere Kundinnen beschert. Leider hatte sich bisher jedoch noch immer kein Mann blicken lassen. Es war wie verhext. Als stünde an der Tür, dass sie Männer bei lebendigem Leib verspeisen würden.

Lydia kam herein, in einem luftigen, kurzen Kleid in einem zarten Lilaton, darüber eine weiße taillierte Strickjacke. »Moin, Chefin.«

»Moin, Lydia. Du siehst toll aus.«

»Danke für die Blumen. Apropos …« Sie deutete auf die Blüte. »Schick.« Sie zog ihre Strickjacke aus, schlüpfte in ihren Kittel und band ihr langes Haar zu einem Zopf. »Ich war gestern im Kino. *Einer flog übers Kuckucksnest.*«

»Und?«

»Toll.« Sie räusperte sich. »Ich, ähm, würde gern was mit dir besprechen.«

»Raus mit der Sprache.«

»Der neue Herrenbereich ist wirklich schick geworden …«

»Aber?«

»Ich, ähm, würde nicht so gern Männer frisieren.«

»Und wieso nicht?«, fragte Marianne verblüfft. *Und warum sagt sie das erst jetzt?*

»Weil ich … Wie soll ich das sagen? Weil ich lieber Frauen frisiere.« Lydia setzte einen heiteren Gesichtsausdruck auf. »Aber Johanna macht das ja klasse, und du … Was ich damit sagen will: Ich wäre froh, wenn ich weiterhin nur die Frauen übernehmen dürfte.«

Marianne war sprachlos, und allzu oft kam das nicht vor. »Du weigerst dich, Männer zu frisieren?«

»Weigern würde ich's nicht nennen.«

»Sondern?«

Die Antwort blieb sie schuldig, denn die erste Kundin kam herein. »Guten Morgen, die Damen. Ich weiß, ich bin zu früh.«

»Frau Stein.« Marianne lächelte sie an. »Nehmen Sie bitte noch kurz im Wartebereich Platz. Möchten Sie lieber in einer Illustrierten oder in unserem neuen Frisurenkatalog blättern?«

»Frisurenkatalog?«

»Darin finden Sie die aktuellen Frisuren in diesem Jahr.«

»Oh ja, ich glaube, das würde mich interessieren.«

»Kommen Sie.« Lydia begleitete sie in den Frisierbereich.

Mariannes erste Kundin war für neun Uhr bestellt, bis dahin war noch etwas Zeit. Die hatte sie eigentlich nutzen und den Schaufenstergestalter anrufen wollen. Doch das musste warten. Sie war aufgewühlt, und wenn sie ehrlich war, dann war sie auch verärgert. Sie hatte ihre Mitarbeiterinnen von Anfang an miteinbezogen und sie nach ihren Meinungen, ihren Bedenken gefragt. Lydia hatte kein Wort darüber verloren, dass ihr die Vorstellung nicht behagte, Männer zu frisieren. Warum hatte sie nicht klipp und klar gesagt, sich nicht für die Herren zuständig zu fühlen? Weil es ihr unangenehm oder was auch immer war. Marianne verstand weder das eine noch das andere, aber hätte es ein ruhiges, klärendes Gespräch gegeben, wäre das vielleicht anders. So jedoch fühlte sie sich überrumpelt und fand, dass Lydia ihr in den Rücken gefallen war.

Am Nachmittag kam ihre Mutter aus dem Büro und streckte die Arme über dem Kopf aus. »Ich bin ganz verspannt.«

»Wolltest du nicht längst zu Hause sein?« Marianne hatte soeben eine Kundin telefonisch auf Ende des Monats vertrösten müssen.

»Ich hatte viel zu tun heute.«

»Du solltest dir Massagen aufschreiben lassen.«

»Wenn ich ehrlich bin, wäre es mir unangenehm, wenn ein wildfremder Mann an meinem Rücken herumknetet.«

Was Marianne wieder daran erinnerte, was Lydia gesagt hatte. »Lydia will keine Männer frisieren.«

Ihre Mutter sah sie verwundert an. »Und warum nicht?«

»Das hat sie mir nicht gesagt. Vielmehr hat sie es versucht, aber ich hab's nicht verstanden.«

»Und jetzt bist du wütend auf sie.«

»Ja. Ich finde, sie hätte es gleich sagen sollen, dann hätte ich …« Sie verstummte. Was hätte sie getan? Lydia gebeten, sich eine neue Stelle zu suchen? Ja, vielleicht.

»Wart's ab, wenn die ersten hübschen jungen Burschen kommen, wird sie darauf drängen, ihnen die Haare zu schneiden.« Es sollte vermutlich der Versuch sein, sie ein bisschen aufzuheitern und auch aufzumuntern. Ein vergeblicher Versuch.

Marianne war verstimmt und niedergeschlagen. »Ich hab mir das alles ganz anders vorgestellt, Mama«, sagte sie leise. »Ich dachte wirklich, das Geld für den Umbau hätten wir schnell wieder drin. Ich dachte, die männliche Kundschaft kommt von ganz allein.«

»Du bist verwöhnt, Marianne. Ihr seid Woche um Woche ausgebucht und müsst sogar hin und wieder neuen Kundinnen absagen. Du hast eben geglaubt, das ginge so weiter.«

»Vielleicht hätte ich es bleiben lassen sollen. Ja, wahrscheinlich war es eine himmelschreiend bescheuerte Idee. Erst bleiben die Männer weg, und dann sagt meine Mitarbeiterin mir auch noch, dass sie Männer nicht frisieren will.«

Ihre Mutter trat näher und legte die Hand auf ihren Arm. »Na, na. Du wirst doch jetzt nicht den Kopf in den Sand stecken. Noch ist nicht aller Tage Abend, Marianne. Man muss den Dingen eben manchmal etwas Zeit geben.«

»Und wie lange, Mama? Bis mir das Wasser bis zum Hals steht?«

»Jetzt übertreibst du aber.«

»Ach ja? Du weißt, dass der Umbau all meine Reserven verschlungen hat und ich noch dazu einen Kredit aufgenommen habe. Also erzähl mir nichts von Zeit und Gelassenheit.«

Ihre Mutter hob die Augenbrauen.

»Tut mir leid, Mama. Ich wollte dich nicht anfahren. Ich hab nur gerade das Gefühl, einen Fehler gemacht zu haben.«

»Das glaube ich nicht.« Mit einem seltsamen Lächeln drehte ihre Mutter sich weg. »Wart's ab, die Männer werden schon noch kommen.«

# 14.

Am Wochenende regnete es Bindfäden, was Mariannes trübe Stimmung nur noch verstärkte. Sie hatte ein weiteres Gespräch mit Lydia gesucht und war kaum schlauer als vorher. Entweder Lydia wusste im Grunde selbst nicht, warum sie keinen Mann frisieren wollte, oder sie mochte den wahren Grund nicht zugeben. Marianne hatte ernsthaft darüber nachgedacht, sie zu kündigen. Sie konnte im Salon niemanden mit einer solchen Arbeitseinstellung gebrauchen. Andererseits mochte sie Lydia ja grundsätzlich.

Es war ein Dilemma.

*Ich muss dringend mal wieder unter Leute. Ich brauche Ablenkung,* dachte sie.

Vielleicht sollte sie mal wieder ins *Maschinenhaus* gehen, eine sehr angesagte Diskothek, die sich über zwei Etagen erstreckte. Die Plattenspieler waren an Ketten an der Decke aufgehängt, und um Mitternacht wurde es auf den riesigen Tanzflächen oft so voll, dass man sich kaum bewegen konnte.

Vielleicht könnte sie einen neuen Freundeskreis aufbauen.

Nein, sagte sie sich gleich darauf. In einer Diskothek nach neuen Freunden suchen ist genauso sinnlos, wie an der Weser nach Gold zu schürfen.

Dennoch raffte sie sich Samstagabend auf.

Sie traf Kerstin, mit der sie seit zwei Jahren locker befreundet war. Gut bekannt traf es wohl besser.

Sie tanzten zu KC & The Sunshine Band und Boney M.s »Daddy Cool«. Danach setzte Marianne sich allein an einen der Tische und nippte an einem Cola-Rum. Kerstin hatte alte Freunde getroffen und war mit ihnen irgendwohin verschwunden.

Während Marianne das Treiben um sich herum beobachtete, wurde ihr bewusst, wie unwohl sie sich fühlte, fehl am Platz.

Die Frauen hier waren jünger, viel jünger, und die Männer benahmen sich wie Kinder. In den Ecken, in denen kleine Sofas standen, wurde hemmungslos geknutscht, und auch auf der Tanzfläche standen eng umschlungen Paare in ihrem eigenen langsamen Rhythmus, unpassend zur schnellen Discomusik.

Alles wollte nicht zueinanderpassen, sie selbst passte nicht hierher.

Kerstin kam an den Tisch, die Ponyfransen verschwitzt, und stürzte ihren Cola-Whisky herunter. »Was ist?«, brüllte sie gegen die Disco-Bässe an, die aus den riesenhaften Lautsprechern dröhnten. »Willst du nicht mehr tanzen?«

»Später vielleicht.«

Sie zuckte die Schultern und lief zurück auf die Tanzfläche. Dort drehte sie sich wild um ihre eigene Achse, die Arme über den Kopf gestreckt, und lachte einen jungen Burschen an, der ihr zuschaute und sie angrinste. »Für eine feste Beziehung bin ich noch zu jung«, hatte sie zu Marianne gesagt. »Dafür ist später noch Zeit. Erst mal will ich mein Leben genießen.«

Als »Girls, Girls, Girls« von Sailor gespielt wurde, kreischten die Frauen und stürmten auf die Tanzfläche.

Marianne ließ ihr halb volles Glas stehen, nahm ihre Tasche und stand auf.

»He.« Ein attraktiver Mann, ungefähr in ihrem Alter, mit dunklen Locken stand plötzlich vor ihr. »Ich beobachte dich schon den ganzen Abend. Aber du hast keinen einzigen Blick für mich gehabt. Schade.« Er legte den Kopf schief und lächelte sie an.

Irgendetwas an diesem Lächeln fesselte sie, und sie spürte, wie ihr warm wurde. Angenehm warm. Zum ersten Mal an diesem Abend war ihr nicht kalt.

»Wir könnten irgendwohin gehen und quatschen. Was sagst du?«

Sie überlegte kurz, wollte Nein sagen und nickte dann aber. »Ja, wieso nicht?«

Er spreizte den Ellbogen wie ein Gentleman, und sie kämpften sich durch die Menschenmassen.

»Wohin gehen wir? Hast du einen Vorschlag?«

Er hielt ihr die schwere Tür auf, und ein Schwall Leute, die gerade hereinwollten, stürmte an ihnen vorbei. Marianne wurde gegen die Wand gedrückt und schnappte nach Luft.

Er legte den Arm um ihre Schultern und führte sie nach

draußen. Schwüle Luft schlug ihr entgegen. Hier draußen war es nicht weniger stickig als in der Diskothek. Über ihnen funkelte ein atemberaubender Sternenhimmel.

»Sieh dir das an!« Er legte den Kopf zurück. »So was hab ich ewig nicht mehr gesehen. Das muss ein Zeichen sein.« Er zwinkerte ihr zu. »Ich heiße übrigens Jochen, und du?«

»Marianne.«

Er deutete nach rechts. »Da drüben ist eine kleine Bar. Da ist's nicht so laut. Einverstanden?«

Sie hatten zwei Cola-Rum getrunken und ein bisschen geredet.

Jochen war achtundzwanzig – *er ist jünger als ich,* hatte sie gedacht –, frisch getrennt und auf Montage in Bremen. Sie würden sich also sehr wahrscheinlich nicht wiedersehen.

Nach einer Weile schauten sie sich an und standen gleichzeitig auf, als hätten sie eine stille Übereinkunft getroffen.

»Ich hab ganz hier in der Nähe ein nettes kleines Zimmer bei einer alten Dame. ›*Keine Besuche am späten Abend, Herr Holtzbrinck.*‹« Er grinste. »Tatsache ist, sie hört nicht mehr gut.«

Marianne lachte. »Na, dann … Gehen wir zu dir.«

Er griff nach ihrer Hand, und sie begannen zu laufen.

Wenige Stunden später verließ Marianne das Haus. Auf Zehenspitzen huschte sie die Treppe hinunter, immer in der Erwartung, eine der Türen würde aufgehen und eine alte Dame mit Nachthaube und Nudelholz in der Hand käme heraus.

Um nicht loszulachen, presste sie die Hand auf den

Mund. Unten im Flur zog sie Jeans und Schuhe an, knöpfte ihre Bluse richtig zu und band ihr Haar zu einem Pferdeschwanz.

Als die Tür hinter ihr ins Schloss fiel, hielt sie den Atem an. Ihr Herz klopfte vor Aufregung und Anspannung.

Es war eine ganze Weile her, dass sie sich so lebendig, so weiblich gefühlt hatte.

Es wurde bereits hell, und die ersten Vögel zwitscherten.

Marianne ging los, wurde mit jedem Schritt etwas schneller. Die angenehme, kribbelnde Anspannung wich mit jedem Schritt, als hätte sich irgendwo ein Ventil geöffnet.

Es war das erste Mal, dass sie die Nacht mit einem im Grunde wildfremden Mann verbracht hatte. Einem Mann, den sie nicht wiedersehen würde, auch gar nicht wiedersehen wollte. Er bedeutete ihr nichts, wie ihr auch die gemeinsame Nacht nichts bedeutete. Sie hatte nur für einen Moment alles um sich herum vergessen wollen, und das hatte funktioniert.

Auf dem Osterdeich kam ihr eine Frau mit einem Pudel an der Leine entgegen. Der Hund beschnüffelte eine Linde, umkreiste sie zweimal und hob sein Bein.

Marianne kannte die beiden, sie wohnten zwei Häuser weiter.

»Guten Morgen.«

Die Frau lächelte sie an, und sie wechselten ein paar wenige Worte über das Wetter, dann ging jede ihrer Wege.

Als Marianne kurz darauf ihre Wohnungstür aufschloss, kam ihr der Duft der Blumen entgegen, die Ruth vor zwei Tagen überraschend vorbeigebracht hatte. »Sie sind genauso bunt und lebendig wie du. Und sie riechen fast genauso gut.«

Sie blieb auf dem Flur stehen und atmete durch.

Gleich Dienstag würde sie mit Lydia sprechen. Bestimmt würden sie eine Einigung finden.

# 15.

Montagnachmittag war Marianne erst zum Bäcker und dann zum Blumenhändler geradelt. Sie wollte ihre Mutter mit einem Stück frischen Butterkuchen und einem Strauß Blumen überraschen. Was für Blumen sie gekauft hatte, wusste sie nicht. Sie würde sich die Namen sowieso nicht merken können.

Ihre Mutter war gerade dabei, die Fenster zu putzen, und winkte ihr schon von Weitem zu.

Ihr Fahrrad schwankte bedenklich, am Lenker hingen zwei Taschen. Vorsichtig stieg sie ab und stellte es ans Haus. Schlagartig fühlte sie sich müde und völlig erschöpft. Sie atmete keuchend und schloss für einen Moment die Augen.

*Ich scheine Urlaub zu brauchen.*

Auf wackligen Beinen ging sie zur Tür und schloss auf.

Ihre Mutter erwartete sie oben in der Wohnungstür. »Du siehst blass aus, Schatz. Fehlt dir was?«

»Nein, nein. Oder vielleicht doch: Ein paar Tage Urlaub wären wohl nicht schlecht.«

»Dann nimm sie dir, Marianne.«

»Das geht nicht, Mama, wir haben zu viel zu tun.« Ihr

Standardspruch, seit sie den Salon führte. Es fiel ihr immerhin selbst auf.

»Oh, du hast Blumen gekauft, wie herrlich die duften!«

»Sie sind für dich.« Sie gab ihr den Strauß. »Kuchen hab ich auch mitgebracht.«

Sie betraten die angenehm kühle Wohnung, in der alle Fenster weit geöffnet waren.

»Du bist aber fleißig.« *Ich sollte auch mal wieder Fenster putzen oder aufräumen und putzen.* Sogar dazu fehlte ihr die Zeit und ehrlich gesagt auch der Antrieb. Nach Salonschluss und an den Wochenenden konnte sie sich zu nichts aufraffen.

In diesem Moment kam ihr ihr Leben furchtbar eintönig vor. Es bestand aus nichts anderem als der Arbeit im Salon.

»Ich hatte Lust auf einen Hausputz«, plauderte ihre Mutter. Es klang fröhlich, beschwingt.

Wann hatte Marianne sie je um ihren Schwung und ihre gute Laune beneidet?

»Lass uns in die Küche gehen. Die Blumen brauchen Wasser. Woher wusstest du, dass ich Anemonen liebe?« Ihre Mutter holte eine Vase aus dem Schrank und ließ Wasser hineinlaufen.

»Bis eben wusste ich nicht, dass es Anemonen sind. Aber schön, dass ich deinen Geschmack getroffen habe.«

Ihre Mutter lachte und stellte die Blumen in die Vase. »Ich möchte dir was zeigen.« Schon war sie aus dem Zimmer.

*Ob ihre gute Stimmung an Helmut liegt?*, überlegte Marianne. *Wenn ja, dann sollte ich die Augen offen halten. Vielleicht läuft mir der Richtige ja doch noch über den Weg.*

Das Seltsame und zugleich Beunruhigende aber war: Sie

hatte Angst, diesen besonderen Moment verpassen, nicht richtig deuten zu können.

*Was stimmt mit mir nicht?* Sie schüttelte den Kopf. Hatten andere Frauen auch solche merkwürdigen Gedanken und Ängste?

Fühlte es sich vor allem deshalb so befremdlich an, weil sie glaubte, die Einzige zu sein?

Ihre Mutter kam mit einem bunt geblümten Kleid aus luftigem Stoff zurück und hielt es sich an. »Das habe ich gestern Abend fertig genäht. Was sagst du?« Sie drehte sich zweimal um die eigene Achse.

»Du bist eine Künstlerin, Mama.«

»Übertreib mal nicht.«

»Kommt Helmut am Wochenende?«

Ihre Mutter ließ das Kleid sinken und schaute sie verblüfft an. »Nein, warum fragst du?«

»Na, wegen des Kleides.«

»Ich hatte einfach Lust, mir ein hübsches Kleid fürs Frühjahr zu nähen. Was hat das mit Helmut zu tun?«

»Schon gut, Mama. Ich weiß selbst nicht, was das sollte.« Marianne seufzte kopfschüttelnd.

Ihre Mutter setzte Wasser auf. »Sehnst du dich etwa nach einem Mann? Nach einer festen Beziehung?«

»Was?« Sie lachte auf. »Nein.«

»Wer war denn eigentlich der hübsche Bursche neulich?«

»Welcher hübsche Bursche?«

»Der junge Mann mit den dunklen Locken.«

Jochen. »Woher weißt du …?«

»Dass ihr innig verliebt Arm in Arm durch die Straßen

spaziert seid? Von Hannelore. Sie war mit Wilfried im Theater, und anschließend sind sie noch etwas trinken gegangen. Als sie aus dem Lokal kamen, gingst du mit diesem jungen Mann an ihnen vorbei.«

»Es ist nicht, wie du denkst, Mama. Oder wie Tante Lore ganz offenbar denkt.«

»Wie ist es dann?«

»Wir sind kein Paar.«

»Sondern?«

»Wir hatten uns gerade erst kennengelernt. Und wir … Ich hab die Nacht mit ihm verbracht.«

Ihre Mutter stutzte. »Ach … Ich wusste gar nicht, dass du …«

»So bist? Das wusste ich auch nicht, Mama. Ich wollte einfach …« *Ich wollte mich wieder spüren, das ist es.*

»Du musst mir nichts erklären, Marianne. Du bist erwachsen.« Ihre Mutter wandte sich ab und nahm Kuchengabeln aus der Schublade.

»Du bist schockiert, das verstehe ich. Es hat sich einfach … so ergeben. Ich habe mich so leer gefühlt, so einsam. Ich fürchte, ich kann es nicht besser erklären.«

»Das musst du auch nicht. Und nein, ich bin nicht schockiert.«

Ihre Mutter schnitt den Kuchen und naschte ein kleines Stück. Marianne hatte kaum hingehört. Sie zupfte gedankenverloren an der Tischdecke. »Ich glaube, ich wollte es einfach mal ausprobieren. Ich wollte wissen, ob es wirklich an der Unverbindlichkeit liegt, dass alle es so aufregend finden.«

»Und?«

»Für mich ist das nichts. Ich bin wohl doch monogam.«

Die Mundwinkel ihrer Mutter zuckten, und sie selbst musste lachen. »Früher hättest du das nicht lustig gefunden, Mama.«

»Früher war früher.«

# 16.

Bille hatte erneut ein kurzes Engagement in Bremen und war ohne Anmeldung in den Salon gekommen. Sie wusste, dass sie jederzeit hereinschauen konnte und Marianne sich Zeit für sie nehmen würde.

»Ich bin so gerne hier bei dir, Schätzchen. Dein Salon ist was ganz Besonderes. Egal, wie voll es auch ist, trotzdem hat man den Eindruck, die wichtigste Kundin auf der Welt zu sein.« Bevor sie am Waschbecken Platz nahm, blickte sie sich um, die Stirn gerunzelt. »Aber wo sind denn all die Männer?«

»Das fragen wir uns auch.«

Bille schnaubte. »Da führen sie sich immer auf wie die Weltretter, und dann trauen sie sich nicht in einen Salon, um sich von einer Frau das Haar schneiden zu lassen?«

»Ich habe eine Anzeige geschaltet, ein Reporter war hier, hat Fotos gemacht und einen netten Artikel geschrieben.« Die Reporterin unterschlug sie. »Was soll ich sonst noch tun? Immerhin gibt es mittlerweile ein paar wenige Stammkunden, die mit ihren Frauen kommen.« Marianne band ihr den Umhang um und begann, ihr blondes Haar auszubürsten.

»Am Ende müsste ich doch einen Friseur einstellen, aber das will ich eigentlich nicht.«

Bille zwinkerte ihr im Spiegel zu. »Verstehe. Ihr wollt unter euch bleiben.«

Marianne nickte. »Wir sind ein reiner Frauenverein, und das funktioniert wunderbar. Wieso sollte ich das ändern?«

»Richtig, Schätzchen. Nicht du sollst was ändern, sondern die Männer.« Bille nahm eine Illustrierte und begann, darin zu blättern. Mit einem Lächeln las sie einen Artikel, betrachtete das Foto eines Mannequins, murmelte etwas und blätterte weiter.

Sie schwieg ungewöhnlich lange, normalerweise plapperte sie unablässig, erzählte von ihren Engagements und gelegentlich auch von ihren komplizierten Männergeschichten, wie sie es nannte.

»Bille?«, fragte Marianne deshalb irgendwann, und sie hob den Kopf und sah sie im Spiegel an.

»Ja, Schätzchen?«

»Du heckst doch irgendwas aus.«

»Ich?«, fragte sie mit großen Augen.

Marianne reichte ihr einen Waschlappen für die Augen. »Nun sag schon: Was hast du vor?«

»*Ich* hab gar nichts, Schätzchen. Ich bin die Unschuld vom Lande.«

Hatte sie »ich« betont?

Am Tag darauf kam ein attraktiver Mann in den Salon.

Marianne grübelte, woher sie ihn kannte. Ein Sänger?

Nein, ein Schauspieler. Der Name wollte ihr jedoch nicht einfallen.

Sie begrüßte ihn und hoffte, ihm seinen Namen zu entlocken. »Was kann ich für Sie tun, Herr …?«

Er schaute sich um, lächelte, als gefiel ihm, was er sah. »Fräulein König, nehme ich an?«

Sie nickte.

»Ich komme auf Empfehlung einer lieben Freundin und Kollegin. Wir stehen heute Abend zusammen auf der Bühne.«

»Sie meinen nicht zufällig Sybille Krössnick?«

»Ach, dann wissen Sie bereits Bescheid? Ich habe nämlich leider keinen Termin und dachte, Sie könnten mich vielleicht dazwischenschieben.«

Sah er nicht, dass er gerade der einzige männliche Kunde war?

»Selbstverständlich, Herr …«

»Westphal, Gedeon Westphal.«

»Herr Westphal, natürlich.« Jetzt erinnerte sie sich auch wieder, hatte den letzten Film mit ihm vor Augen, den sie im Fernsehen gesehen hatte. Sie hatte noch gedacht, wie attraktiv und absolut unwiderstehlich sein jugendliches, unbekümmertes Lächeln war und wie gern sie in seine dunklen Locken greifen würde. Und nun stand er hier vor ihr mit genau diesem Lächeln. Plötzlich war sie nervös. Sie wollte unbedingt alles richtig machen, nein, es musste perfekt sein. Gedeon Westphal war ein großartiger Schauspieler, der sich vor Rollenangeboten kaum retten konnte, wie Bille ihr erzählt hatte. »Und er kann küssen, das sage ich dir.« Sie hatte den Finger gehoben. »Als Filmpartner, versteht sich.«

Marianne bat ihn, Platz zu nehmen, und sprach im Geiste ein Hoch auf Bille aus.

Der Schauspieler hatte kaum den Salon verlassen – und er war sehr zufrieden gewesen –, als Kai Paulsen hereinkam.

Marianne stand am Tresen und blickte erfreut auf. »Herr Paulsen, was für eine nette Überraschung. Waschen, Schneiden, Föhnen?«, scherzte sie, und er grinste.

»Nein, ich bin beruflich hier.«

»Wie schade.« Er hätte nämlich wirklich einen Haarschnitt vertragen können.

Er trat näher. »Ich habe gehört, dass Gedeon Westphal und Sybille Krössnick zu Ihren Kunden gehören. Und ein Vögelchen hat mir gezwitschert, dass heute Herr Westphal hier war.« Er zückte Stift und Block aus seiner Umhängetasche, die stark nach Leder roch.

»Das ist richtig, Herr Paulsen.« Das zwitschernde Vögelchen war vermutlich auch Bille gewesen. »Wollen wir uns dort drüben setzen?« Sie deutete auf die Wartesessel im Herrenbereich.

Er folgte ihr und setzte sich.

»Bille Krössnick und ich kennen uns seit Jahren, wir sind befreundet«, begann sie ohne Aufforderung. »Sie kommt immer hierher, wenn sie in der Stadt ist.«

Er schrieb eifrig mit. »Unsere Leser wird brennend interessieren, dass auch berühmte Männer herkommen.«

»Darf ich fragen, von wem Sie gehört haben, dass Frau Krössnick und Herr Westphal hier waren?«

In seinen Augen flackerte es kurz. »Tut mir leid.« Er schüttelte den Kopf.

»Reporterehre, ich verstehe.«

»Dachte mir, dass Sie das verstehen, wo Sie doch selbst berühmt waren.« Er steckte den Block in die Jackentasche und erhob sich. »Haben Sie was dagegen, wenn ich noch ein paar Fotos mache? Von dem Platz, auf dem Herr Westphal gesessen hat, zum Beispiel?«

»Überhaupt nicht. Wenn ich Sie auch etwas fragen darf?«

»Klar.«

»Muss ich damit rechnen, dass gleichzeitig mit Ihrem Artikel wieder ein zweiter erscheinen wird? Einer, der nicht so – sagen wir – freundlich ist?«

»Danke für die Blumen. Und um Ihre Frage zu beantworten – tja, ich fürchte, damit müssen Sie rechnen.«

»Aber dieser Reporter … dieser Herr …« Sein Name wollte ihr nicht einfallen. »Er hat noch nie einen Fuß in den Salon gesetzt.«

»Es ist trotzdem nicht verboten, darüber zu schreiben.« Paulsen hängte sich den Fotoapparat um. »Ich berichte hin und wieder auch über Ereignisse, die ich nicht besucht habe. Ich trage Informationen zusammen, die ich von Kollegen bekomme, und schreibe einen Artikel. Das ist nicht ungewöhnlich, so arbeiten wir.« Er machte ein paar Fotos, notierte sich noch etwas und verabschiedete sich schließlich. »Danke für Ihre Zeit.«

»Oh, ich danke Ihnen.«

Paulsen ging zur Tür. »Der Artikel erscheint übrigens kommenden Mittwoch.« Die Tür fiel hinter ihm zu.

Johanna kam aus der Teeküche. »Er schon wieder?«

In diesem Moment kam ihre Mutter aus dem Büro. »Ihr seht ja so fröhlich aus.«

»Ein bekannter Schauspieler war hier, Mama! Und nach ihm kam Herr Paulsen von der Zeitung und hat darüber berichtet.« Plötzlich hatte sie Lust zu tanzen. »Das könnte der Startschuss sein.«

»Das kann ich mir auch vorstellen.«

»Bestimmt hat Bille ein paar Bröckchen ausgestreut.«

Ihre Mutter lächelte, und irgendetwas an diesem Lächeln und dem eigenartigen Blick erregte ihre Aufmerksamkeit. »Mama?«

»Ja?«

»Hast du irgendwas damit zu tun?«

»Ich?« Ihre Mutter legte die Hand auf ihr Herz. »Wie kommst du denn darauf? Ich kenne diesen Schauspieler doch gar nicht.«

»Aber du kennst Bille.« Marianne sah sie forschend an.

»Du glaubst, ich hätte mir dein Adress- und Telefonbüchlein ausgeliehen, Bille angerufen und sie gebeten, ein bisschen die Werbetrommel zu schlagen?«, fragte ihre Mutter unschuldig. »Und dann habe ich auch noch Kai Paulsen angerufen und ihn gebeten, einen Artikel darüber zu schreiben und Fotos von dem Platz zu machen, auf dem Herr Westphal gesessen hat?«

Johanna prustete los.

»Ich glaube, ich habe nie erwähnt, dass der Vorname von

Herrn Paulsen Kai ist, und auch nicht, dass der Schauspieler Gedeon Westphal war. Ich habe auch nicht gesagt, dass Paulsen Fotos von dem Sessel gemacht hat, in dem Herr Westphal gesessen hat.«

»Nicht?« Die Augen ihrer Mutter funkelten.

Für Marianne Beweis genug. »Du warst es!«

»Na schön, ja, ich war es.«

Marianne umarmte sie und schnürte ihr fast die Luft ab. »Danke, Mama!«

»Irgendetwas musste ich doch tun. Du warst so niedergeschlagen. Und dann ist mir Bille eingefallen und dass sie Kontakte hat.«

»Ach, Mama.« Marianne gab sie frei und lachte kopfschüttelnd. »Was würde ich nur ohne dich machen?«

»Wahrscheinlich wärst du irgendwann selbst auf die Idee gekommen und hättest Bille angerufen.«

# 17.

## Gisela

An diesem Abend saß sie in der Küche am Tisch, vor sich eine Tasse Kamillentee und ein zusammengeklapptes Käsebrot, das sie noch nicht angerührt hatte. Ihr war speiübel.

In ihrem Magen brannte es, und sie drückte eine weitere Tablette aus dem Blister. Sie hatte nur noch diesen einen, sie musste unbedingt in die Apotheke und sich neue Tabletten holen.

Alle nicht nur gut gemeinten, sondern auch besorgten Ratschläge ihrer Tochter, endlich zum Arzt zu gehen, hatte Gisela bisher in den Wind geschlagen. Sie brauchte keinen Arzt, sie brauchte nur Ruhe und Harmonie in ihrem Leben.

Im Hausflur waren Schritte zu hören, gleich darauf ein Schlüssel in der Tür. »Mama? Bist du da?«

Sie wollte aufstehen, blieb jedoch sitzen, mit einem Mal ganz matt. »In der Küche!«

Marianne kam herein und rümpfte die Nase. »Kamillentee, igitt. Schon wieder dein Magen? Wie lange hast du diese

Schmerzen jetzt schon? Du solltest wirklich zum Arzt gehen, Mama.«

Gisela seufzte verhalten. Sie war einfach nicht der Typ, der bei jedem Zipperlein zum Arzt lief. »Möchtest du mitessen? Zu zweit schmeckt's doch gleich viel besser.« Wie in Zeitlupe erhob sie sich, schwankte leicht und runzelte die Stirn. Ob sie krank wurde? »Du hast bestimmt den ganzen Tag noch nichts Vernünftiges gegessen. Ich hab frisches Brot da. Mit vielen gesunden Körnern.« Sie nahm es aus dem Brotkasten und schnitt zwei Scheiben ab.

»So sieht es auch aus.« Marianne stellte ein zweites Gedeck hin.

»Und? War am Nachmittag noch viel los?« Sie hatte ihre Arbeit am Vormittag erledigt und am Nachmittag einen Einkaufsbummel gemacht. Ohne etwas zu kaufen.

Anschließend hatte sie Hannelore angerufen, die auf dem Sprung gewesen war. »Ich habe gerade Gymnastik gemacht. Du, zwei Kilo sind schon runter.«

»Du musst doch nun wirklich nicht abnehmen.«

»Du hast mich offenbar länger nicht im Unterrock gesehen. Drei, vier Kilo dürfen schon runter. Findet Wilfried übrigens auch.«

»Wieso interessiert dich das? Ich dachte, du willst die Scheidung.«

»Will ich ja auch. Aber es fühlt sich gut an, wenn er mich so ansieht. Dass er überhaupt noch sieht, dass ich abgenommen habe. Oh Gott, jetzt, wo ich's sage, hört es sich schon komisch an.«

Gisela hatte lachen müssen. »Allerdings. Davon ganz abgesehen, ist Wilfried nicht gerade ein Adonis.« Das hatte sie sich nicht verkneifen können. Weshalb hatte sie eigentlich angerufen? Ach ja, richtig. »Wir sollten uns mal wieder treffen, Hannelore. Auf einen Plausch unter Freundinnen.«

»Unbedingt. Wir könnten auch zusammen über den neuen Trimm-dich-Pfad laufen.«

»Ich denke darüber nach.«

»Die letzten Kunden sind um kurz nach halb sieben gegangen«, riss Marianne sie aus ihren Gedanken. »Ich bin völlig erledigt.«

»Hast du noch mal mit Lydia gesprochen?«

»Ja, aber sie hat ihre Meinung nicht geändert. Ich glaube, ich werde sie entlassen. Hätte sie es mir vernünftig erklärt, und zwar von Anfang an, hätten wir einen Weg gefunden. Aber so?« Marianne schüttelte den Kopf. »Nein, ich kann mir nicht vorstellen, weiterhin mit ihr zusammenzuarbeiten. Und ehrlich gesagt finde ich es auch Johanna und Christina gegenüber unkollegial.«

»Allerdings.« Gisela nickte. »Ich hätte sie längst entlassen, wenn du mich fragst. Du bist viel zu gutmütig.«

Marianne setzte sich neben sie. »Warum lässt du dein Haar eigentlich nicht endlich abschneiden? Es wäre so viel praktischer.«

»Praktischer, als es morgens zusammenzustecken?«

»Du kannst dich nur nicht davon trennen, gib's zu.«

»Vielleicht. Ich bin eben ein Gewohnheitstier und kann mich schlecht von alten Dingen trennen, das weißt du doch.«

»Aber mit dir und Helmut ist doch alles in Ordnung?«

»Wie kommst du jetzt darauf? Ja, es ist alles in Ordnung.

Wir lassen es langsam angehen, das sagte ich doch, Marianne.«

»Gut.«

»Dann bist du beruhigt?«

Ihre Tochter lächelte matt. »Ja, ich bin beruhigt, und ich nehme dich beim Wort.« Sie nahm eine Scheibe Brot und betrachtete sie stirnrunzelnd. Sie legte Käse darauf – ohne Butter. Ob sie die vergessen hatte? Sie musste doch nicht mehr auf Kalorien achten. Dann nahm sie ihre Handtasche von der Stuhllehne und zog etwas heraus. Zwei Eintrittskarten für das Konzert einer bekannten Schlagersängerin. »Das hätte ich fast vergessen. Ich mache mir nichts aus Schlagern, wie du weißt. Aber vielleicht willst du mit Hannelore hingehen.«

»Was ist mit Ruth?« Sie war die Schlagerverrückte von ihnen.

»Sie hat schon zwei Karten.«

»Ich werde Hannelore fragen. Und? Ist sie nett? Die Sängerin meine ich.«

»Sehr. Und sie hat überhaupt keine Allüren.«

Was man nicht von jeder Berühmtheit, die im Salon gewesen war, behaupten konnte.

Gisela zündete sich eine Zigarette an, inhalierte und verzog das Gesicht. Ihr wurde schon wieder übel. Hoffentlich hatte Marianne es nicht gesehen.

»Mama.« Sie *hatte* es offenbar gesehen. »Du solltest nicht so viel rauchen.«

»Ich weiß, und ich bewundere deine eiserne Disziplin.«

»Gelernt ist gelernt.« Marianne seufzte. »Ich glaube, ich brauche wirklich Urlaub.«

»Ach, dann gestehst du es dir endlich ein?«

»Aber wie soll das gehen, Mama?«

»Du meinst, du bist unabkömmlich?«

»Etwa nicht?«

»Nein. Niemand ist unabkömmlich, Marianne. Die meisten halten sich nur dafür. Mach Urlaub, fahr irgendwohin, wo du richtig entspannen und dich erholen kannst. Irgendwohin, wo du auf andere Gedanken kommst.«

»Ganz allein?«

»Warum nicht?«

»Ich weiß nicht, ich glaube, das ist nichts für mich. Ich würde mich zu Tode langweilen.«

»Unsinn.« Aber Gisela wusste, dass es zwecklos war.

Ihrer Tochter fehlten ganz einfach ein Privatleben, Hobbys und Freunde. Sie hatte nur den Salon.

# 18.

## Marianne

An diesem Samstagnachmittag hatte sie nach Salonschluss einen langen Spaziergang an der Weser gemacht, obwohl es die ganze Zeit geregnet hatte. Es hatte sie nicht gestört, im Gegenteil, das gleichmäßige Rauschen auf ihrer Kapuze war beruhigend gewesen. Sie hatte wunderbar nachdenken können.

Lydia hatte unerwartet heftig auf die Kündigung reagiert. »Du wirfst mich raus, bloß weil ich keine Männer frisieren will?«

»Das ist nicht der Hauptgrund«, hatte sie erwidert. »Ich bin enttäuscht, weil du mich im Unklaren gelassen hast. Du hast so getan, als würde es dir nichts ausmachen, und jetzt erwartest du, dass Johanna und Christina deine Arbeit mitübernehmen.« Sie war schonungslos ehrlich gewesen.

»Schreibst du mir jetzt ein mieses Zeugnis?«, hatte Lydia schmallippig gefragt.

»Hältst du mich für so unfair?«

»Unfair genug, um mich rauszuwerfen.«

»Das hat nichts mit unfair zu tun. Es geht um Offenheit, Lydia.«

»Und wenn ich dir von Anfang an gesagt hätte, dass ich keine Männer frisieren will? Was dann? Hättest du mich gleich gefeuert?« Lydia hatte sie herausfordernd angesehen.

»Das weiß ich nicht«, hatte Marianne zugegeben.

Trotz Regenmantel war sie ziemlich nass geworden, und zu Hause hatte sie sich rasch umgezogen, bevor sie sich aufs Rad geschwungen hatte, um zu ihrer Mutter zu fahren.

Sie wollten gemeinsam zu Abend essen und anschließend etwas fernsehen. Marianne hatte das Bedürfnis, ihre Mutter etwas aufzuheitern, sie war ihr ein wenig bekümmert vorgekommen.

Waren Helmut und die Tatsache, es langsam angehen lassen zu wollen, der Grund? Oder ging es ihr gesundheitlich nicht gut?

Als Marianne die Ellhornstraße entlangkam, sah sie einen Mann vor dem Haus stehen, der versuchte, durchs verhängte Schaufenster zu spähen. »Kann ich helfen?«, fragte sie beim Näherkommen, und er wirbelte zu ihr herum.

*Was für Augen!*, war das Erste, was sie dachte. Seine Augen hatten unterschiedliche Farben, eins war blau, das andere braun. Er war groß und eher schlaksig und musste ungefähr in ihrem Alter sein.

»Das nennt man Heterochromie.« Er lächelte sie an.

»Wie bitte?«, stammelte sie, als sie vom Rad stieg.

»Meine Augen.«

»Verzeihung, ich wollte Sie nicht anstarren.«

»Das bin ich gewohnt. Heterochromie ist erblich und kommt nur sehr selten vor.«

Erst jetzt sah sie, dass das eine Auge nicht blau, sondern grün war. »Entschuldigung«, murmelte sie wieder. Nicht nur seine Augen waren faszinierend, auch sein Lächeln versetzte sie in Aufruhr. Ihr Magen zog sich zusammen, und ihr Herzschlag stolperte. Sein Haar hatte die Farbe von frischen Haselnüssen, und sie wünschte, sie könnte hineingreifen und es durchwuscheln.

»Aber vielleicht können Sie mir tatsächlich helfen«, nahm er den Faden wieder auf. »Seit wann ist der Salon geschlossen?«

»Schon seit Jahren.«

»Ach, tatsächlich? Nun, das ist …« Er ließ offen, was es war. Nachdem er sich geräuspert hatte und durchs Haar gefahren war, sagte er: »Ich wollte eigentlich zu Herrn Fellbach. Kurt Fellbach. Sie kennen ihn nicht zufällig?«

»Nicht nur zufällig. Er ist mein Onkel.«

»Ach, tatsächlich?«, sagte er wieder und räusperte sich erneut. »Tja, das ist … interessant.«

»Was wollen Sie denn von ihm?«, fragte sie geradeheraus.

»Das … würde ich gern mit ihm persönlich besprechen.«

»Natürlich.« Sie spürte, wie sie errötete. Ob es an ihrer direkten Frage lag oder daran, dass sie sich ein wenig unbeholfen und verwirrt fühlte?

»Wären Sie so nett und verraten mir, wo ich ihn finden kann?«

»Er wohnt nicht mehr in Bremen. Er ist vor Jahren in die Schweiz gezogen.«

Er sackte sichtbar in sich zusammen. Die Enttäuschung stand ihm ins Gesicht geschrieben. »In die Schweiz«, wiederholte er leise und mit einem Seufzen. »Würden Sie mir dann vielleicht seine Telefonnummer geben?« Es klang, als sei er sich nicht sicher, ob er das überhaupt wollte.

»Vielleicht sagen Sie mir erst mal, wer Sie sind?«

»Natürlich. Entschuldigung. Ich heiße Felix Niehaus.«

»Marianne König.« Sie schenkte ihm ein zaghaftes, schüchternes Lächeln, und Gänsehaut kroch über ihren Rücken. »Ich weiß nicht, ob es meinem Onkel recht wäre, wenn ich seine Telefonnummer so einfach …«

Er nickte. »Sie haben recht. Tut mir leid, ich wollte Sie nicht überfahren.«

»Das haben Sie nicht«, versicherte sie ihm, und bevor sie noch etwas sagen konnte, hatte er sich umgedreht und ging davon.

»Warten Sie! Sie könnten meine Mutter fragen! Sie ist seine Schwester.«

Niehaus blieb stehen und drehte sich langsam zu ihr um. »Danke.« Er lächelte flüchtig. »Das werde ich vielleicht tun, ja. Ich muss erst mal …« Was, sagte er nicht, sondern wandte sich um und ging weiter. Rasch diesmal und sehr entschlossen.

Marianne blickte ihm nach, bis er um die Ecke verschwunden war. Dann hörte sie sich seufzen, schüttelte verwundert den Kopf und zog ihren Hausschlüssel aus der Manteltasche.

Der Tisch war bereits gedeckt, und ihre Mutter setzte gerade

Teewasser auf, als sie hereinkam. »Mit wem hast du da eben geredet?«

»Ach, dann hast du uns gesehen?« Marianne schlüpfte aus ihrem Mantel.

»Ja, ich dachte noch, wie seltsam, dass er vor dem Salon steht. Aber vielleicht interessiert er sich für die Räume. Ein neuer Pächter?«

Marianne schüttelte den Kopf und setzte sich. »Nein, er wollte Onkel Kurt sprechen.«

Ihre Mutter drehte sich zu ihr um. »Kurt? Und warum?«

»Das wollte er nicht sagen.«

»Das ist aber eigenartig.« Ihre Mutter nahm ihr gegenüber Platz. »Was hat er sonst noch gesagt? Seinen Namen wenigstens?«

»Ja. Er heißt Felix Niehaus.«

»Niehaus, Niehaus … Nein, nie gehört. Woher mag er Kurt nur kennen?«

»Als ich ihm sagte, dass Onkel Kurt nicht mehr in Bremen wohnt, sah er ziemlich enttäuscht aus. Ich habe ihm vorgeschlagen, dass er mit dir sprechen soll.« Jetzt ärgerte sie sich, dass sie ihn nicht nach seiner Telefonnummer gefragt hatte. Vielleicht würde sich das Ganze so gar nicht aufklären.

»Am besten, ich rufe Kurt morgen an.«

»Tu das.« Marianne nickte. Ihr Magen knurrte laut, und ihre Mutter lachte.

»Das klingt, als hättest du Hunger. Komm, lass uns essen.«

Am Samstag darauf beschloss Marianne, mal wieder tanzen zu gehen. Sie brauchte dringend etwas Privatleben.

Doch schon als sie ins *Maschinenhaus* kam, bereute sie es.

Es war so voll, dass sie sich zur Tanzfläche durchzwängen musste. Ständig wurde sie angerempelt, zur Seite gedrängt oder angefahren, Platz zu machen. Die Luft war zum Schneiden, es roch nach einer Mischung aus Schweiß, Parfüm, Alkohol und Rasierwasser. Vielleicht hatte ihr das früher nicht so viel ausgemacht, heute aber wurde ihr übel davon.

Sie suchte sich einen Platz, an dem es einigermaßen auszuhalten war, und nippte schlecht gelaunt an einem Cola-Rum. Warum war sie nicht zu Hause geblieben? Privatleben hin oder her, das hier war nicht ihre Welt. Nicht mehr. Aber vielleicht war sie es auch nie gewesen, nur hatte sie sich früher keine Gedanken darum gemacht.

Als Boney M. kam, schob sie sich durch die Menschenmenge und tanzte allein. Für die Dauer des Liedes vergaß sie tatsächlich alles um sich herum, sogar der ekelhafte Geruch störte sie nicht mehr. Doch mit Ende des Stückes hatte die Wirklichkeit sie wieder. Sollte sie auf ein weiteres tanzbares Lied warten oder gleich heimfahren?

In diese Überlegung hinein erregte ein Mann ihre Aufmerksamkeit. Er hatte ihr den Rücken zugedreht und stand zusammen mit zwei anderen Männern einige Schritte entfernt. Da war etwas an seiner Bewegung, seiner Gestalt, das ihr bekannt vorkam. Als er sich zur Seite drehte, erkannte sie ihn: Es war Felix Niehaus.

Ihr Herz schlug schneller, und sie verspürte den Drang, hinzugehen und ihn zu begrüßen. Aber was sollte sie sagen?

Ihre Mutter hatte ihren Onkel telefonisch nicht erreichen können, und sie hatten auch noch nicht wieder über das Thema gesprochen. Sie hätte also keine Neuigkeiten, nichts, was Niehaus interessieren könnte. Vielleicht hatte er sein Anliegen auch längst abgehakt, vielleicht war es inzwischen bedeutungslos.

Sie sah, wie er erst grinste und dann lachte. Sie ertappte sich dabei, wie sie lächelte, als er sich das Haar aus der Stirn strich. *Was tue ich hier eigentlich?*

Sie nahm ihre Jacke und verließ eiligen Schrittes die Diskothek. Ohne Niehaus auch nur noch einmal anzusehen.

Sie konnte keinen Schlaf finden, nicht nur, weil unten auf der Straße heftig und lautstark gestritten wurde. Sie wollte aufstehen und das Fenster schließen, doch dazu war sie zu träge. Sie musste wieder an Felix Niehaus denken, an sein Lächeln und seine ungewöhnlichen Augen.

Schließlich stand sie doch auf und setzte sich mit dem Telefonbuch auf die Couch. Es gab viele mit dem Namen Niehaus, aber niemanden mit Vornamen Felix.

Marianne klappte das Buch wieder zu und schüttelte über sich selbst den Kopf. *Ich muss den Verstand verloren haben.*

Sie ging wieder ins Bett und wartete auf den Schlaf.

Der kam erst im Morgengrauen, und sie träumte von Felix.

# 19.

Wochen vergingen.

Von Felix Niehaus hatte Marianne nichts mehr gehört, und sie beschloss, ihn und sein Anliegen zu vergessen. Wäre es ihm wichtig gewesen, hätte er sich bestimmt wieder gemeldet.

An diesem Vormittag, wie gewöhnlich war es voll im Salon, stand sie hinter Frau Klement und umwickelte eine Haarsträhne mit Alufolie.

»Sie duften himmlisch, Marianne. Was ist das für ein Parfüm?« Die Kundin reichte ihr einen weiteren Alustreifen.

»*Misty* von Margaret Astor. Das gibt es in verschiedenen Düften: Flieder, Jasmin, Moschus, Rose. Meins duftet nach Maiglöckchen. Ich liebe den Duft von Maiglöckchen.«

»Oh, ich auch. Sie haben mir irgendwann erzählt, dass Sie sich zur Kosmetikerin ausbilden lassen wollen. Was ist daraus geworden? Also mit mir hätten Sie eine erste Kundin.«

Marianne seufzte verhalten. Sie hatte ständig neue Pläne, viele verpufften früher oder später. »Stimmt, das hatte ich vor«, erklärte sie vage, während sie die letzte Haarsträhne mit

Alufolie umwickelte. Sie hatte überlegt, einen Teil des Salons abzutrennen, um einen Kosmetikbereich einzurichten.

Wieder waren die Pferde mit ihr durchgegangen. Wozu ein Kosmetikbereich? Hatte sie mit dem Salon nicht schon genug zu tun? Wieso ständig neue Pläne und Wünsche? Warum konnte sie sich nicht mit dem zufriedengeben, was sie erreicht hatte? Sie war Inhaberin eines modernen, wenn nicht des modernsten Salons in ganz Bremen. Zu ihren Kunden – mittlerweile auch Männer – gehörten Berühmtheiten, und sie konnten sich vor Neukunden kaum retten.

»Dann wollen Sie es nicht weiterverfolgen?« Frau Klement schaute sie im Spiegel an.

»Ich weiß es nicht«, sagte sie ausweichend.

Die Idee kam ihr längst verrückt und abgehoben vor, undurchführbar beziehungsweise nur mit sehr großem Aufwand.

Johanna kam mit einem Stapel Zeitschriften. »Für Sie eine neue *Brigitte,* Frau Klement?«

»Oh, da sage ich nicht Nein.«

Marianne war froh, dass ihre Kundin nun abgelenkt war und hoffentlich nicht weiter nachhaken würde. »Es soll bald eine feministische Zeitschrift geben, die *Emma*«, erzählte sie. Herausgeberin war Alice Schwarzer, die die Emanzipation in Deutschland vehement vorantrieb. Eine Frau mit »Haaren auf den Zähnen«, wie Rainer gemeint hatte.

»Wozu brauchen wir eine solche Zeitschrift?«

»Ich denke schon, dass wir sie brauchen«, meinte Marianne. »Sie ist von Frauen für Frauen. Ich finde das großartig.«

»Brauchen wir diese Emanzipation wirklich?« Frau Klement blätterte in der *Brigitte.*

»Ich finde schon. Es gibt noch immer viel zu viele Männer, die glauben, uns Frauen die Welt erklären zu müssen. Und leider auch zu viele, die Frauen als minderwertige Wesen sehen.«

»Das müssen wir uns ja nicht gefallen lassen.«

»Und genau deswegen brauchen wir eine Zeitschrift wie die *Emma.*«

Frau Klement sah sie im Spiegel an. »So gesehen … Ich glaube, Sie haben recht. Ich habe mich durchsetzen müssen, um den Führerschein zu machen. Mein Mann hat mich ausgelacht. ›Wozu willst du Auto fahren?‹, hat er gefragt. ›Es reicht doch, wenn ich's kann.‹« Sie schnaubte. »Dem hab ich aber was erzählt.«

Marianne lachte. »Dann scheinen Sie die Emanzipation wirklich nicht zu brauchen, Frau Klement.«

Am Abend fuhren sie und ihre Mutter zusammen mit der Straßenbahn heim. Der Vorderreifen ihres Fahrrads war platt, und sie hatte die Luftpumpe am Morgen nicht gefunden. Ihre Mutter lud sie zum Abendessen ein, und sie sagte zu, auch wenn sie weder Appetit noch Hunger hatte.

Sie war todmüde und fühlte sich so erschöpft, dass sie auf der Stelle hätte einschlafen können.

Als sie die Ellhornstraße entlangkamen, sah sie einen Mann vor dem Haus stehen. Sie hatte ihn auch gleich erkannt: Felix.

Ihr Herz klopfte schneller, und sie ärgerte sich, dass allein sein bloßer Anblick sie so nervös machte. Bis eben noch hatte sie geglaubt, ihn längst vergessen zu haben.

»Wer ist das denn?«, fragte ihre Mutter.

»Das ist der junge Mann, von dem ich dir erzählt hatte. Der mit Onkel Kurt sprechen wollte.«

Er hatte sich zu ihnen umgedreht und lächelte, als sie näher kamen. »Fräulein König.«

»Herr Niehaus.« Ihr wurde heiß und kalt, und sie verfluchte sich und ihre dummen Gefühlsregungen. Es war lange her, dass ein Mann sie so durcheinanderbrachte. »Das ist meine Mutter. Mama, das ist Felix Niehaus.«

»Sie wollten meinen Bruder sprechen?«, setzte ihre Mutter an, und er nickte. »In welcher Angelegenheit?«

Er hielt ihrem Blick stand. »In einer privaten.«

»Verstehe. Wenn Sie mir aber sagen, worum es geht, kann ich vielleicht etwas für Sie tun.«

Er schien mit sich zu kämpfen. »Na schön«, sagte er schließlich. »Ihr Bruder … Ich glaube, er ist mein Vater.«

# 20.

## Gisela

Sie traute ihren Ohren nicht. Wie vom Blitz getroffen stand sie da. Dieser junge Mann sollte Kurts Sohn sein? Dann müsste ihr Bruder früh Vater geworden sein. Und davon abgesehen – wieso wusste sie nichts davon?

Ihre Tochter war kreidebleich geworden, sie stammelte eine Entschuldigung und ging zum Nebeneingang. Kurz darauf war sie im Haus verschwunden.

Gisela hatte ihr verwundert nachgeblickt. Dann wandte sie sich wieder dem jungen Mann zu. Für den Bruchteil eines Moments sah sie ihren Sohn vor sich, den Sohn, den sie und Dietmar nicht hatten haben dürfen. Der gestorben war, ehe er hatte leben dürfen. Er wäre jetzt ungefähr in Niehaus' Alter, vielleicht hätte auch er braunes Haar.

Sie war, ohne es zu merken, einen Schritt näher auf ihn zugegangen. Täuschte sie sich, oder hatte er zwei unterschiedlich farbige Augen? So etwas hatte sie noch nie gesehen.

Sie blinzelte ungläubig. »Mein Bruder soll also Ihr Vater sein.«

Er sah mit einem Mal so unglücklich aus, dass sie das Bedürfnis hatte, ihn zu trösten. Ihm zu versichern, dass ihr Bruder bestimmt alles stehen und liegen lassen würde, wenn er davon erführe. »Tut mir leid, das muss ein Schock für Sie sein. Ich komme hierher und …«

Gisela hob die Hand und musste sich beherrschen, sie nicht auf seine Wange zu legen. Nur ganz kurz. »Ich gebe zu, dass ich mehr als überrascht bin, Herr Niehaus. Warum kommen Sie erst jetzt?«

Er senkte den Blick, und wieder wurde sie von der Heftigkeit ihrer Gefühle überrumpelt. »Ich habe es selbst erst vor Kurzem erfahren.«

»Ach ja?«

»Meine Mutter hat es mir erzählt.«

»Und wer ist Ihre Mutter?«

»Hanna Niehaus, geborene Wilhelm.«

Sie dachte nach. Hanna Wilhelm. Der Name sagte ihr etwas. Irgendwo, tief in ihrer Erinnerung, lag er vergraben und gab nur ein paar Bruchstücke frei; ein vages Bild von einer hübschen jungen Frau mit dunklen Locken und von zierlicher Statur.

»Als meine Mutter mir sagte, mein Vater sei gar nicht mein richtiger Vater gewesen …«

Gisela schüttelte verwirrt den Kopf. Sie kam nicht mehr mit. »Tut mir leid, ich fürchte, ich verstehe nicht.«

»Mein Vater ist im letzten Herbst verstorben.«

»Das tut mir sehr leid.«

»Als meine Mutter mir dann sagte, er sei gar nicht mein leiblicher Vater gewesen, wollte ich alles über ihn wissen. Über meinen richtigen Vater.«

Sie nickte mitfühlend. Der arme Junge! Er war mit einer Lüge aufgewachsen, einer unverzeihlichen Lüge. Und nun wollte er verständlicherweise seinen leiblichen Vater kennenlernen. Wer konnte ihm das verübeln?

Sie konnte sich nur schwer vorstellen, dass Kurt tatsächlich dieser Vater sein sollte. Felix Niehaus hatte nichts, aber auch gar nichts von ihm, weder das Haar noch die Augen oder Gesichtsform. Auch war Kurt eher stämmig und gedrungen, während Niehaus groß und sehr schlank war.

In diesem Augenblick kam ein weiteres Erinnerungsbruchstück zutage, und sie musste schlucken: Kurt, blutjung und ungeheuer verliebt, eine dunkelhaarige, zierliche Frau an seiner Hand. *Darf ich dir Hanna vorstellen, Gisela.*

Hanna Wilhelm! Wieder schluckte sie. Dann war Kurt möglicherweise wirklich der Vater dieses jungen Mannes.

Gisela war überwältigt von ihren Gefühlen. Das letzte Mal war ihr das passiert, als sie Helmut betrachtet hatte.

Sie holte tief Luft, weil das schlechte Gewissen sie überrollen wollte. Sie hatte ihren Bruder nicht erreichen können und sich nichts weiter dabei gedacht. Tage später war dann eine Ansichtskarte aus Tirol gekommen, wo er und Beatrix gerade Urlaub machten. Und danach hatte sie die Angelegenheit vollkommen vergessen. Wie hätte sie auch ahnen sollen, wie wichtig es war? Sie hatte so viele Fragen, wusste jedoch, dass sie sich nicht einmischen durfte. Das hier war eine Sache zwischen ihrem Bruder und Herrn Niehaus.

»Ich schreibe Ihnen seine Telefonnummer auf«, sagte sie und öffnete mit flattrigen Fingern ihre Handtasche. Sie suchte nach einem Kassenbon oder einem ausgedienten Einkaufszettel.

Felix Niehaus räusperte sich. »Wenn ich Sie um etwas bitten dürfte, Frau König?«

»Natürlich dürfen Sie«, sagte sie, ohne nachzudenken.

»Würden Sie Ihren Bruder anrufen und fragen, ob er mit mir sprechen wird?« Es klang zutiefst verunsichert, und Gisela wurde erneut von einer Welle des Mitgefühls überrollt. »Ich fürchte, er … Ich habe Angst, dass er gleich wieder auflegen könnte.«

*Oh, diese Angst ist nicht ganz unberechtigt,* dachte sie, und wenn die Angelegenheit nicht so ernst wäre, würde sie nun lachen. »Wenn Sie das möchten, werde ich es tun«, versprach sie mit eigenartig feierlicher Stimme. *Gott, Kurt wird tot umfallen und wahrscheinlich glauben, ich wollte ihn hereinlegen.*

»Vielen Dank, Frau König.«

»Da nicht für, Herr Niehaus. Schreiben Sie mir Ihre Telefonnummer auf, damit ich Sie anrufen und Ihnen Bescheid geben kann.« *Kurt wird mir auch an den Kopf werfen, mich gefälligst nicht in seine Angelegenheiten zu mischen,* dachte sie unbehaglich.

Egal, wie sie es auch drehte und wendete, es wäre zu ihrem Nachteil. Ihr Bruder würde ihr so oder so einen Strick daraus drehen. Aber es war ihr gleichgültig, ihr war nur wichtig, Felix Niehaus helfen zu können.

»Ich rufe Sie an.« Sie nickte ihm zu und schenkte ihm ein zuversichtliches Lächeln. Dabei verspürte sie alles andere als Zuversicht. Ihr Bruder würde sich gar nicht mehr einkriegen, davon war sie überzeugt, und er würde alles abstreiten. Vielleicht würde er sogar behaupten, keine Hanna Wilhelm zu kennen.

Marianne saß in der Küche, die Hände im Schoß, und blickte auf, als sie hereinkam. »Und?«

Gisela setzte sich neben sie. »Er hat mir von seiner Mutter erzählt. Als sein Vater im letzten Jahr starb, sagte sie zu ihm, dass er gar nicht sein leiblicher Vater gewesen ist.«

»Sondern Onkel Kurt?« Marianne war ganz blass.

Gisela nickte seufzend. »Stell dir vor, du erfährst als erwachsener Mensch, dass dein Vater gar nicht dein Vater war.« Wieder seufzte sie. »Ich habe mich sogar an seine Mutter erinnert. Ich weiß noch, wie Kurt sie mir vorgestellt hat und wie verliebt er aussah.«

»Und jetzt?«

Sie zuckte die Schultern. »Ich rufe ihn an und erzähle ihm alles.«

»Was glaubst du, wie er reagiert?«

Sie sah ihre Tochter an. »Kannst du dir das nicht denken? Er wird alles abstreiten, und er wird mich anpflaumen, mich um meine eigenen Angelegenheiten zu kümmern. Und dann wird er auf Tauchstation gehen und hoffen, dass sich das Ganze von selbst erledigt.« Er hatte sich bewusst gegen Kinder und eine Familie entschieden. »Ich tauge zu so was wohl nicht«, hatte er vor Jahren gemeint. »Ich bin und bleibe ein Einzelgänger.« Und dann war Beatrix in sein Leben getreten, und er hatte seine Meinung geändert. Nur dass es für eine Familie inzwischen zu spät war. Und nun sah es aus, als hätte er einen erwachsenen Sohn. Nein, begeistert wäre er wohl nicht.

»Beatrix wird wahrscheinlich auch nicht sehr erfreut sein«, warf ihre Tochter ein und drehte eine Haarsträhne um ihren Finger. »Dann glaubst du Herrn Niehaus?«

»Warum sollte ich das nicht tun?«

»Er könnte sich das alles ausgedacht haben.«

Sie sah ihre Tochter verdutzt an. »Wieso, Marianne? Ach, du meinst, er könnte auf den großen Geldsegen hoffen, auf nachträgliche Alimente?« Sie musste lachen. »Das ist Unsinn. Bei deinem Onkel ist nichts zu holen.«

»Was er nicht wissen kann.« Marianne schüttelte den Kopf. »Nein, du hast recht, das wäre verrückt.«

»So wie es aussieht, habe ich einen erwachsenen Neffen.« Gisela lächelte in sich hinein. Der Gedanke gefiel ihr. »Und du einen Cousin.«

Seltsam nur, dass Marianne sich darüber so gar nicht zu freuen schien.

Kurt ging erst ans Telefon, als sie schon wieder auflegen wollte. »Guten Abend, Bruderherz. Wir haben lange nichts voneinander gehört. Wie geht es dir? Wie war euer Urlaub?«

Er klang überrascht, sogar erfreut. »Mir geht's gut. Und der Urlaub war herrlich. Wir haben uns gut erholt.«

»Wie schön.« Sollte sie gleich mit der Tür ins Haus fallen?

»Und bei dir? Alles im Lot?«

»Ja, Kurt, alles im Lot. Bei Marianne und Ruthchen übrigens auch.«

»Nun lass mich doch erst mal Luft holen«, brummte er.

Sie musste sich räuspern. »Weswegen ich anrufe … Heute stand ein junger Mann vor dem Haus, der dich sprechen wollte.«

»Mich?«

»Er behauptet, dein Sohn zu sein.« *Zack, also doch gleich mit der Tür ins Haus,* dachte sie ein wenig erschrocken. Aber vielleicht war es ganz gut, wenn sie nicht lange um den heißen Brei herumredete.

Es blieb einen Augenblick still, dann ein fassungsloses »Wie bitte?«.

»Erinnerst du dich an Hanna Wilhelm?«

Wieder war es kurz still. »Ach Gott, Hanna.« Ein Seufzen. »Das ist eine Ewigkeit her.«

»Ungefähr so lange, wie der junge Mann alt ist. Ich war auch ziemlich überrascht, das kannst du mir glauben.«

Und wieder schwieg ihr Bruder eine Weile, ehe er sich äußerte. »Warum kommt er erst jetzt? Warum hat Hanna nie was gesagt?«

»Das solltest du sie selbst fragen. Und der junge Mann ist erst jetzt gekommen, weil sein Vater, von dem er glaubte, er wäre sein leiblicher Vater, letztes Jahr gestorben ist.«

»Gott noch mal …« Ihr Bruder stöhnte auf. »Ich kann das alles nicht glauben.« Plötzlich senkte er die Stimme. »Wenn Beatrix das erfährt, kann ich mir eine Wohnung suchen.«

»Du glaubst, sie wird dich rauswerfen?«

»Und ob.«

»Weil du gerade erfahren hast, dass du einen Sohn hast?«

»Wenn es denn stimmt.«

»Das lässt sich rausfinden, Kurt.«

»Sie wird stinksauer sein.«

»Sei nicht albern. Wir alle haben unsere Vergangenheit.«

Nun redete er mit einem Mal sehr laut. »Ja, es war auch schön, dich zu hören, Gisela. Grüß alle von mir, ja?« Er legte auf.

Sie blieb verdattert stehen und schüttelte den Kopf.

*Armer Herr Niehaus,* dachte sie voller Mitgefühl. *Es wird nicht leicht sein, einen Platz im Leben meines Bruders einzunehmen.*

# 21.

## Marianne

Seit geraumer Zeit stand sie mit verschränkten Armen am Fenster, als sei ihr kalt. Regentropfen prasselten an die Fensterscheibe, und der Wind pfiff ums Haus. Das unangenehme Wetter sorgte zusätzlich für trübe Stimmung.

Die erneute Begegnung mit Felix Niehaus hatte sie durcheinandergebracht. Als er gesagt hatte, ihr Onkel sei sein Vater, war sie ins Haus geflüchtet. Weil sie befürchtet hatte, dass er und auch ihre Mutter ihr anmerken würden, wie aufgewühlt sie war. Anfangs hatte sie sich nicht erklären können, warum, doch mit der Zeit war die Erkenntnis gekommen, und sie hatte es sich eingestehen müssen: Sie war drauf und dran gewesen, sich in Felix zu verlieben. In den Sohn ihres Onkels!

Das Telefon klingelte. Sie ignorierte es, setzte sich auf die Couch und zog die Beine an. Sie schlang die Arme darum und legte den Kopf auf die Knie. Das Klingeln verstummte.

Als sie aufstand, um sich ein Glas Wasser zu holen, läutete es wieder. Diesmal nahm sie ab.

»Ich bin's.« Kerstin. »Was hältst du von Kino? Oder einem schicken Essen bei *Antonio*?«

»Ich hab keine Lust.«

»Und keinen Hunger? Ach, komm schon, Marianne. Ich langweile mich zu Tode.«

»Dann ruf wen anders an.« Sie legte auf und schluckte. Sie ließ ihren Unmut, ihre Verunsicherung an jemand anderem aus, und das war nicht gut.

Sie rief Kerstin zurück. »Tut mir leid, ich bin zurzeit dauermüde. Ich wollte dich nicht anfahren.«

»Schon vergessen. Wenn du dennoch Lust auf Gesellschaft hast, lass es mich wissen.«

»Ich könnte schon jemanden gebrauchen, der mir zuhört.« Es war kaum heraus, da ärgerte sie sich bereits. Wieso konnte sie ihren Mund nicht halten! Sie hatte überhaupt keine Lust, Kerstin ihr Herz auszuschütten.

»Ich bin in einer halben Stunde bei dir.«

Nach zwei Gläsern Rotwein hatte sich ihre Zunge gelockert, und sie hatte Kerstin alles erzählt. »Ich wusste bis jetzt gar nicht, wie sehr ich mich nach jemandem sehne«, endete sie und seufzte.

Kerstin sah sie verwundert an. »Ich dachte, du bist froh, keinen Kerl an der Backe zu haben.«

Sie musste lachen, erwiderte aber nichts.

Kerstin knabberte an einem Cracker und griff gedankenverloren nach ihrem Weinglas. »Also ich wollte noch nie eine klassische Familie. Vater, Mutter, Kind – das ist nichts für mich. Ich will frei sein, unabhängig bleiben.«

»Ich will beides«, gab Marianne zu und seufzte erneut. Konnte man beides haben? Könnte *sie* beides haben?

»Darf man sich eigentlich in seinen Cousin verlieben?«, überlegte Kerstin und runzelte die Stirn. »Ich meine, dürfen Cousin und Cousine heiraten?«

»Von heiraten kann nun wirklich keine Rede sein.«

»Und Kinder haben?«

»Ich weiß gar nicht, ob ich eine gute Mutter sein könnte.«

»Die Adeligen und so haben ja gern untereinander geheiratet, aber das gemeine Volk …« Kerstin trank einen großen Schluck. »Ob das unter Strafe steht?« Sie lachte auf. »Stell dir vor, die führen dich in Handschellen ab. Weil du deinen Cousin liebst.«

Marianne hatte nicht mehr zugehört. »Worüber lachst du denn so?«

»Na, stell dir vor, du würdest angeklagt werden.«

»Wie kommst du denn jetzt darauf?«

»Hörst du mir gar nicht zu?«

Marianne blieb die Antwort schuldig, stand auf und stellte sich ans Fenster. Was Felix wohl gerade machte? Ob er traurig war, enttäuscht, weil ihr Onkel sich, seitdem er von ihm wusste, in Schweigen hüllte? Weil er ganz offenbar nichts von ihm wissen wollte?

Ihre Mutter hatte ihr von dem Telefonat erzählt und dass er einfach aufgelegt hatte, weil Beatrix in der Nähe gewesen war. Felix tat ihr leid, und sie wünschte, sie würde nichts weiter als freundschaftliche – verwandtschaftliche! – Gefühle für ihn hegen. Es würde es so viel leichter machen.

»Was ist denn?«, fragte Kerstin.

»Gar nichts.«

»Komm schon, du musst zugeben, dass es eine urkomische Vorstellung ist – du und dein Cousin. Und ihr beide steht vor dem Kadi.« Kerstin kicherte albern. »Angeklagte, Sie haben das letzte Wort.« Sie prustete vor Lachen.

»Ja, wirklich lustig«, sagte Marianne säuerlich. »Schön, dass ich zu deiner Erheiterung beitragen kann.«

»Meine Güte, du bist wirklich anstrengend.« Kerstin stand auf, schnappte sich ihre Handtasche, die unter dem Tisch lag, und stapfte aus dem Zimmer. »Tschüss!«, rief sie auf dem Flur und ließ die Tür hinter sich zufallen.

Marianne lief hin, schloss zweimal hinter ihr ab, als wollte sie damit das Ende von etwas besiegeln, das möglicherweise irgendwann eine Freundschaft hätte sein können.

Sie war gerade dabei, sich bettfertig zu machen, als das Telefon klingelte. Kerstin würde es sicher nicht sein.

»Ja?«, meldete sie sich mit heiserer Stimme. Ihr Hals fühlte sich rau und wund an, seit Kerstin sie mit ihren Gedanken und Emotionen allein gelassen hatte.

Es war ihre Mutter. »Ich wollte nur deine Stimme hören, Kleines.«

Kleines. Sie schluckte bemüht. Eine Ewigkeit war sie nicht mehr so genannt worden. »Hat Onkel Kurt sich gemeldet?«

»Nein, aber damit habe ich auch nicht gerechnet. Er wird jetzt eine Weile abtauchen und sich totstellen. So ist er nun mal.«

»Aber Felix … Herr Niehaus …«

»Ich weiß. Mir tut er auch leid. Der arme Junge will doch bloß seinen Vater kennenlernen.«

»Ja …«

»Alles in Ordnung, Schatz?«

»Nein, Mama. Es ist nicht alles in Ordnung. Ich bin … ein bisschen durcheinander.«

»Soll ich vorbeikommen?«

»Das ist nicht nötig, aber sehr lieb.«

»Kann ich sonst irgendwas für dich tun?«

Sie spürte Tränen aufsteigen, die in ihren Augen brannten. »Nein, ich glaube nicht.« Sie riss sich zusammen. »Ich werde jetzt schlafen gehen. Ich brauche meinen Schönheitsschlaf«, scherzte sie angestrengt.

Einen Moment blieb es still, bis ihre Mutter sagte: »Dann sehen wir uns morgen. Schlaf schön, Schatz.«

»Du auch, Mama.« Marianne legte schnell auf, bevor ihre Stimme kippen und sie verraten würde.

Zärtlichkeit, Zuneigung und ein wohltuendes Gefühl von Geborgenheit wallten in ihr auf, und sie spürte diesen Gefühlen nach, die so guttaten, sie erwärmten und sich über die vorherigen Emotionen legten.

# 22.

## Gisela

Kurt rief etliche Tage später an und versuchte wortreich – für seine Verhältnisse erstaunlich wortreich –, sich zu erklären. Oder sich herauszureden, da lag beides dicht beieinander. »Er kann gar nicht mein Sohn sein.«

»Ach ja, und wieso nicht? Hattet ihr, also du und Hanna, etwa nicht … habt ihr nie …?« Gisela spürte, wie sie errötete. Sie war wirklich die Prüderie in Person.

»Ich wüsste doch, wenn Hanna von mir schwanger gewesen wäre.« Es klang entrüstet, als sei allein die Vorstellung ein Unding.

Sie knirschte mit den Zähnen. Sie musste sich sehr beherrschen, ihn nicht zusammenzustauchen.

»Bist du noch dran?«, fragte er.

»Natürlich. *Ich* lege nicht einfach auf.«

Er räusperte sich. »Das war wegen Beatrix. Sie … Soll sie etwa erfahren, dass ich einen Sohn habe?«

»Dann streitest du es nun doch nicht mehr ab?«

»Das hab ich nicht gesagt.«

Ihr Bruder mochte sich in den letzten Jahren verändert haben, zu seinem Vorteil, in manchen Dingen jedoch war er ganz der Alte geblieben.

»Beatrix wird es früher oder später erfahren, Kurt. Du kannst sie nicht belügen.«

»Ich muss das erst mal selbst verdauen.« Es klang kläglich, und sie stellte sich vor, wie er gerade das Gesicht verzog und sich selbst furchtbar leidtat.

»Willst du gar nichts über deinen Sohn wissen? Interessiert dich gar nicht, was für ein Mensch er ist?«

Er stöhnte auf. »Gisela, Menschenskind! Wer sagt denn, dass er kein Schwindler ist? Dass er sich irgendwas erhofft?«

»Was sollte er sich denn erhoffen?«, fragte sie verständnislos.

»Na, dass ich Alimente für all die Jahre zahle.«

Sie verdrehte die Augen. »Felix Niehaus ist ein äußerst sympathischer, netter junger Mann, Kurt«, sagte sie. »Und ich hatte nicht den Eindruck, als wollte er irgendwelche Forderungen stellen.«

»Das wird ihm kaum auf der Stirn gestanden haben«, knurrte ihr Bruder.

»Ein wenig Menschenkenntnis solltest du mir zutrauen.«

Sie schwiegen eine Weile, bis Gisela sagte: »Du kannst dich nicht ewig vor ihm verstecken«, setzte sie an und überlegte, noch mehr zu sagen.

»Verstehst du denn nicht, wie das für mich ist? Ich bin aus allen Wolken gefallen!«

»Glaubst du, er nicht?«, sagte sie ruhig.

»Ich brauche einfach noch Zeit.«

Sie musste ihn etwas fragen, das ihr die ganze Zeit auf den Nägeln brannte. »Wärst du bei Hanna geblieben, wenn du gewusst hättest, dass sie ein Kind erwartet?«

Seine Antwort kam nicht sofort. »Wahrscheinlich schon. Ich stelle mich meinen Verpflichtungen.«

»Dann steh auch jetzt dazu, Kurt.« *Das wäre ein guter Schlusssatz, um aufzulegen,* überlegte sie, brachte es aber doch nicht fertig.

Wieder schwieg er eine Weile, dann hörte sie ihn seufzen. »Schön, ich werde nach Bremen kommen und mit ihm reden.«

»Ich bin froh, dass du das sagst.«

»Ich rufe dich wieder an. Tschüss, Gisela.« Er legte auf.

Ihre Tochter kam ins Büro, und Gisela fragte sich, ob sie wohl vor der Tür gestanden und gelauscht hatte. »Wolltest du nicht längst Feierabend machen, Mama?«

Gisela erhob sich träge und dehnte ihr Kreuz. »Dein Onkel hat gerade angerufen.«

»Und?« Marianne sah sie gespannt an.

*Also hat sie nicht gelauscht.* »Erst wollte er wieder alles abstreiten, dann hat er was von Forderungen gesagt, die Herr Niehaus stellen könnte, und schließlich hat er eingelenkt und gemeint, dass er nach Bremen kommen wird.«

Marianne setzte sich auf die Ecke des Schreibtischs und nahm eine Banane aus der Obstschale. Sie aß sie aber nicht, sondern betrachtete sie nachdenklich.

*Irgendetwas beschäftigt sie,* dachte Gisela. Doch sie wollte nicht in sie dringen. »Ich werde Herrn Niehaus anrufen und ihm Bescheid geben.« Sie stellte sich vor, wie er und ihr Bruder voreinander standen und sich anschauten. Und sehr wahrscheinlich nach Ähnlichkeiten suchten. So wie sie selbst, als Felix Niehaus vor ihr gestanden hatte. Das eigenartige, etwas ungute Gefühl, das sie beschlich, konnte sie nicht ignorieren. Ihr Bruder und Vater? »Was, wenn sie sich nicht mögen?« Sie hatte laut nachgedacht.

»Das habe ich mich auch schon gefragt.« Marianne legte die Banane zurück. »Ich stelle mir die ganze Zeit vor, wie Felix … wie Herr Niehaus vor Onkel Kurt steht und hofft, dass er ihn mag. Dass er ihn als Sohn sehen wird.«

Gisela nickte. »So geht's mir auch. Es wird keine leichte Aufgabe werden, zumal Beatrix nichts davon wissen soll.«

»Er will es vor ihr geheim halten?«

»Ich fürchte ja.« Sie nahm den Telefonhörer und unterdrückte ein Seufzen. Ein wenig bekam sie es mit der Angst zu tun. Was sollte sie Niehaus sagen? Am besten erst mal nur, dass sie Kurt erreicht hatte und er nach Bremen kommen wollte.

Marianne ging zur Tür, blieb unschlüssig stehen. »Würdest du ihn von mir grüßen?«

»Sicher, natürlich«, murmelte sie zerstreut und nahm den Kassenbon aus der Schublade, auf der Niehaus' Nummer stand.

# 23.

## Marianne

Sie hatte sich nicht getraut, ihre Mutter nach Felix' Reaktion zu fragen. Aus Angst, ihre Miene könnte verraten, dass sie mehr für ihn empfand, als sie empfinden wollte und auch durfte. Es ging einfach nicht, dass sie sich in ihren Cousin verliebte.

Deshalb hatte sie ihrer Mutter nach Salonschluss nur eine kurze Nachricht hingelegt und war losgeradelt. Sie war immer schneller geworden, bis sie den kühlen Fahrtwind im Gesicht spürte und hoffte, er würde ihr einen klaren Kopf bescheren. Sie musste kurz anhalten und ihr Schultertuch festbinden, das sich gelöst hatte und wie ein Segel im Wind flatterte.

Auf der Großen Weserbrücke kam ihr ein Mann entgegen, und ihr Herz reagierte schneller als ihr Verstand. Felix!

Fieberhaft überlegte sie umzukehren, doch sie fuhr weiter.

*Meine Güte, ich bin kein kleines Mädchen mehr, das sich die Augen zuhält und »Finde mich doch!« ruft,* dachte sie.

»Hallo.« Er hatte sie ebenfalls erkannt und blieb stehen, ein Lächeln auf dem Gesicht, das sie direkt ins Herz traf.

»Wie nett, Sie hier zu treffen, Fräulein König. Oder darf ich Marianne sagen? Fräulein König klingt so förmlich.«

»Gerne.« Sie spürte, wie ihr Magen sich zusammenzog und ihr Herz wild galoppierte.

»Ich habe gerade mit Ihrer Mutter telefoniert und brauchte ein bisschen frische Luft.« Nun war sein Lächeln etwas verkrampft. Marianne nickte, wusste aber nicht, was sie sagen sollte.

»Ich wohne an der Schlachte.« Er drehte sich um und zeigte nach links.

»Ich wohne dort drüben.« Sie deutete in Richtung Osterdeich.

»Da wohnen wir ja gar nicht weit voneinander entfernt«, sagte er verblüfft. Er schwieg einen Augenblick, schob die Hände in die Taschen seiner Jeans und zog die Schultern hoch. »Ihr Onkel will kommen, damit wir uns kennenlernen.« Er sagte nicht »mein Vater«, vielleicht war es ihm nicht mal aufgefallen.

*Und wenn doch alles ein Missverständnis ist?*, dachte sie mit einem Anflug von Hoffnung. *Wenn er einfach nur Felix Niehaus ist, der in keinerlei Verwandtschaft zu mir steht?*

»Ich weiß«, sagte sie und senkte schüchtern den Blick.

»Ich hab in der Zeitung gelesen, dass Sie ein berühmtes Mannequin waren.«

»Das ist lange her. Jetzt habe ich einen Frisiersalon in der Neustadt.«

»Warum haben Sie nicht den Salon Ihres Großvaters übernommen?«

»Das ist eine längere Geschichte.«

Er lächelte sie an. »Also ich hab Zeit.«

Marianne erwiderte das Lächeln, sie konnte nicht anders. Die Mauer, die sie um sich herum aufgebaut hatte, begann zu bröckeln. Felix war so nett, so freundlich und charmant, wie konnte sie ihm da die kalte Schulter zeigen?

»Wir könnten irgendwo was essen gehen und in Ruhe reden«, schlug er vor. »Bitte sagen Sie nicht Nein, Marianne. Ich würde Sie gern besser kennenlernen.« Er sagte nicht, dass sie schließlich Cousin und Cousine waren, und sie war ihm dankbar dafür.

Vielleicht war es sogar gut, ihn näher kennenzulernen, weil sie dann endlich einen Grund hatte, ihn sich aus dem Kopf zu schlagen. Bisher war es doch bei jedem Mann so gewesen: Je besser sie ihn kennengelernt hatte, desto uninteressanter fand sie ihn. »Ja, wieso eigentlich nicht«, sagte sie deshalb.

»Klasse. Sie kennen bestimmt *Alfonso* am Wall.«

Der Italiener hatte erst vor ein paar Monaten neu aufgemacht; ein hübsches, lauschiges Restaurant mit Blick auf Wallanlagen und Mühle. Der Salon von Rainer und Ruth war nur wenige Schritte entfernt.

Sie saßen sich gegenüber, hatten eine Weile geschwiegen und jeder eine Cola bestellt.

»Soll ich einfach anfangen?«, schlug Felix schließlich vor.

»Also – ich bin in Bremen geboren und aufgewachsen, dreiunddreißig Jahre alt und meine Hobbys sind …«

Marianne musste lachen. »Das klingt, als würden Sie sich als neuer *Bravo*-Boy bewerben.«

Er grinste. »Ob ich da eine Chance hätte? Ich gehe gern ins Kino …«, fuhr er fort, hielt dann aber inne. »Nein, erst möchte ich etwas fragen. Wollen wir nicht Du sagen?«

*Schließlich sind wir miteinander verwandt,* fügte sie im Stillen hinzu. Hatte er das noch sagen wollen? »Einverstanden.«

»Wo war ich stehen geblieben?« Er dachte kurz nach. »Ach ja. Ich gehe auch ganz gern ins Theater, hin und wieder auch in die Disco, und ich habe einen kleinen, netten Freundeskreis. Ich sammele keine Briefmarken, lese zu wenig, weil mir die Zeit dazu fehlt, und ich müsste mehr Sport machen. Ich sehe mir ab und an ein Fußballspiel an und springe dann vom Sofa, wenn ein Tor fällt.«

Sie lachte wieder. »Interessanter Steckbrief. Nur eines weiß ich noch nicht.«

»Und zwar?«

»Was machst du beruflich?«

»Hatte ich das noch gar nicht erwähnt?« Er runzelte die Stirn, trank einen Schluck und sagte dann: »Ich arbeite bei Radio Bremen und kümmere mich um die Beleuchtung und das ganze Drumherum. Ich bin gelernter Elektriker und eher zufällig zum Sender gekommen. Ein Freund kannte jemanden, und der kannte wieder jemanden, du weißt schon.«

»Bei Radio Bremen? Das muss ungeheuer interessant sein.«

»Ist es auch. Man lernt viele berühmte Leute kennen.«

»Wen zum Beispiel?«

»Loriot. Oder Rudi Carrell. Schaust du dir manchmal seine Samstagabendshow an?«

»Oft sogar.« Die Show war sehr unterhaltsam.

Ihr Essen wurde gebracht, und Marianne war froh über die Unterbrechung. Sie brauchte Zeit, um sich neu zu sortieren. Sie hatte sich den Abend anders vorgestellt. Sie hatte geglaubt, nein gehofft, dass Felix sich als entsetzlicher Langweiler entpuppen würde. Doch das Gegenteil war der Fall.

»Und jetzt du«, forderte er sie auf.

»Ich habe in unserem Frisiersalon am Rosenplatz eine Lehre gemacht«, begann sie. »Es war ein Familiensalon. Meine Mutter, meine Tante und mein Onkel arbeiteten dort. Es war irgendwie selbstverständlich, dass auch ich Friseuse wurde. Ich hab nie groß darüber nachgedacht. Und dann – ich war gerade volljährig geworden – traf ich Anthony, einen Fotografen aus London. Er nahm mich mit, und ich wurde Mannequin.« Sie drehte eine Gabel Spaghetti auf.

»Vermisst du dein altes Leben?«

»Nein. Ich bin froh, wieder in Bremen zu sein. Es ist überschaubar und viel ruhiger. Aber die Londoner Zeit hat mich geprägt und zu dem Menschen gemacht, der ich bin. Ich habe viel daraus mitgenommen.«

»Ich habe ein Jahr in Hamburg und ein halbes Jahr in Berlin gearbeitet. Ich möchte die Zeit auch nicht missen, weil ich viel gelernt habe. Aber mein Herz gehört Bremen. Das klingt pathetisch, oder?«

Sie überlegte fieberhaft, was genau pathetisch bedeutete. »Das macht doch nichts.« Sie rang sich ein Lächeln ab.

»Du hast mir noch nicht erzählt, was du machst, wenn du nicht im Salon stehst.« Er trank einen Schluck Cola.

»Nicht sehr viel«, musste sie zugeben. »Ich gehe manchmal aus …« *Viel zu selten.* »Lese gern …« *Auch zu selten.* »Und ich mag Musik.« Sie überlegte, ob sie ein außergewöhnliches Hobby erfinden sollte, nur leider fiel ihr keins ein. *Ich hab nicht mal genug Fantasie.* »Eigentlich ist mein Leben … ziemlich langweilig.«

*Nicht er entpuppt sich als Langweiler, sondern ich,* dachte sie etwas beschämt.

»Weil du keine verrückten, gefährlichen Hobbys hast? Du hattest ein aufregendes Leben, und du besitzt einen eigenen Salon.« Er sah sie an, und sie spürte, dass sie unter seinem Blick schrumpfte.

»Ich verbringe mein bisschen Freizeit mit Nichtstun, Felix.« Es war schön, seinen Namen auszusprechen. »Aber ich mag mein Leben.« *Stimmt das? Wirklich?* »Auch wenn ich hier und da gern etwas verändern würde.«

»Wenn du weißt, was, ist es doch machbar.«

Sie nickte zögernd und aß weiter.

»Dann hast du keinen festen Freund? Den hättest du doch sicher erwähnt, oder?«

»Nein, ich hab zurzeit keinen Freund.« *Zurzeit,* dachte sie. *Ein netter Versuch, so zu tun, als könnte ich mich vor Verehrern kaum retten und ließe mir nur Zeit, den Geeignetsten auszusuchen.* »Und du?« Ihre Stimme kiekste. Sie wollte nicht hören, dass er etwas wie »Natürlich hab ich eine feste Freundin« sagte.

»Ich schon.«

»Ach ja?« Ihr Herz klopfte zum Zerspringen. Also doch!

»Du wolltest wissen, ob ich einen Freund habe. Ja, ich habe sogar einen sehr guten.« Er grinste, wurde dann aber ernst. »Nein, ich habe keine Freundin.« Er nestelte an seiner Serviette. »Es ist bisher immer schnell wieder vorbei gewesen, bevor ich überhaupt begriffen habe, warum.«

»So geht's mir auch.«

»Tatsächlich?« Er schaute sie an, und sie musste rasch wegsehen.

Sie spürte, wie die Hitze ihr ins Gesicht kroch und Schmetterlinge in ihrem Bauch flatterten. *Anderes Thema*, dachte sie fieberhaft. *Nun mach schon!* »Wir haben den ganzen Abend noch nicht über meinen Onkel gesprochen.«

»Ich wollte dich nicht über ihn ausfragen. Ich wollte dich besser kennenlernen.«

»Aber es interessiert dich doch sicher, wie er so ist«, hakte sie nach.

»Natürlich.« Er seufzte und sagte schließlich: »Ich weiß ehrlich gesagt nicht, ob ich mich freuen oder Angst haben soll. Wie wird es sein, wenn wir das erste Mal voreinanderstehen? Was, wenn wir uns … gar nicht mögen?«

*Und was, wenn du ihm völlig gleichgültig bist*, ging ihr durch den Kopf. Das würde *sie* viel schlimmer finden.

»Es muss ein Schock für ihn gewesen sein, zu erfahren, dass er einen erwachsenen Sohn hat.«

»Für dich wird es auch ein Schock gewesen sein.« Sie lächelte ihn an, wollte ihm Zuversicht geben. »Er wird dich bestimmt mögen, und du wirst ihn mögen.«

»Glaubst du?« Es klang so hoffnungsvoll.

»Aber ja, Felix.«

Er hob die Hand, und keine drei Sekunden später stand der Kellner am Tisch. »Ich brauche jetzt was Starkes. Was ist mit dir?«

Nach dem Essen spazierten sie durch die Wallanlagen. Bis auf ein paar Laternen, die den Weg beleuchteten, war es dunkel.

Man konnte das Wasser plätschern hören, und die Bäume und Sträucher raschelten im Wind. Als sie ein paar Enten aufschreckten, die offenbar geschlafen hatten, schrie Marianne auf.

»Früher sind wir als Jugendliche manchmal im Dunkeln hierhergekommen. Wir wollten beweisen, wie ungeheuer mutig wir sind.«

Sie stellte sich vor, dass sie damals vielleicht gerade auf dem Sofa gesessen und ferngesehen hatte, während er gar nicht so weit entfernt durch die Wallanlagen spaziert war. »Und? Wart ihr mutig?«

»Meistens nicht.«

Sie stieß mit ihrem Rad gegen etwas. »Huch! Was war das?«

»Hoffentlich keine Ente.«

»Oh Gott, hoffentlich nicht.«

»Das war übrigens ein wirklich schöner Abend.«

»Das finde ich auch. Es fühlt sich noch immer ziemlich ungewohnt an, plötzlich einen erwachsenen Cousin zu haben. Darf ich dich was fragen? Wie war es für dich, als du erfahren hast, dass dein Vater gar nicht dein richtiger Vater ist?« Die beiden Sambuca hatten ihre Zunge gelockert.

»Ziemlich schlimm.« Er blieb direkt unter einer Laterne stehen, und sie sah, wie er mit sich rang.

»Tut mir leid«, sagte sie schnell. »Ich wollte dich nicht aufwühlen. Es war eine blöde Frage, bitte entschuldige.«

»Nein, schon gut, Marianne. Ich bin froh, dass mein Vater es nie erfahren hat. Ich glaube, er hätte es nicht verkraftet.«

»Wie war er?«

»Der beste Vater, den ich mir hätte wünschen können.«

Sie musste schlucken, hatte das Bedürfnis, ihn zu trösten.

Langsam schlenderten sie weiter, und Marianne begann, von ihrem Vater zu erzählen, seinem viel zu frühen Tod. »An die erste Zeit nach seinem Tod kann ich mich gar nicht mehr erinnern. Als hätte ich schlafgewandelt.«

Er nickte. »Das kenne ich. Als meine Mutter mir sagte, dass er gar nicht mein leiblicher Vater war, habe ich mit mir gekämpft, ob ich es einfach dabei belassen soll. Für mich war er mein Vater. Wieso sollte das plötzlich jemand anderes sein? Aber dann irgendwann …« Er verstummte.

»Ich glaube, ich weiß, was du meinst. Irgendwie will man immer seine Wurzeln kennen.«

»Ja. Genauso ist es.«

Wieder blieben sie stehen, schauten sich im fahlen Licht der Laterne an und lächelten. Die Emotionen, die Marianne durchströmten, waren angenehm, auch wenn sie nicht verstand, was genau in ihr vorging. Weil diese Gefühle ihr vollkommen fremd waren.

# 24.

In der Woche darauf kam Ruth auf einen Sprung in den Salon.

»Ich dachte, ich sehe mal nach euch.« Sie blickte sich um. »Ihr seid schon wieder ausgebucht?«

Marianne nickte. »Diese ganze und auch die nächsten beiden Wochen.«

»Und endlich kommen auch die Männer.« Ruth lächelte.

»Ja, endlich. Eine Zeit lang hatte ich wirklich Angst, einen Fehler gemacht zu haben. Mama hat uns mit ihrem genialen Einfall gerettet.«

»Ist sie im Büro? Ich will ihr auch schnell Guten Tag sagen.«

Marianne schüttelte den Kopf. »Heute ist ihr freier Tag. Ich hatte gehofft, dass sie einen Arzttermin macht.«

Ruth seufzte. »Ich hab auch schon auf sie eingeredet. Ständig diese Magenschmerzen und die Übelkeit.«

»Ja, aber was soll ich machen? Sie hört einfach nicht auf mich. Und auf dich offenbar auch nicht.«

»Ich fürchte eher, dass sie Angst hat. Sie ist einfach nicht der Typ, der zum Arzt geht, wenn sie sich nicht wohlfühlt. Das war sie noch nie.«

»Wer geht schon gern zum Arzt? Aber ich werde weiter auf sie einreden.«

»Ich auch.«

Ruth schien noch etwas auf dem Herzen zu haben. »Hat Kurt sich schon gemeldet? Er wollte doch kommen.«

»Bisher noch nicht.«

Als Marianne ihr von Felix erzählt hatte, war sie sprachlos gewesen, und es hatte gedauert, bis sie die Sprache wiedergefunden hatte. »Kurt und Vater? So richtig kann ich mir das nicht vorstellen.«

»Hoffentlich kneift er nicht doch noch im letzten Moment«, sagte Marianne.

»Zuzutrauen wäre es ihm. Er hat schon immer gern Vogel Strauß gespielt.« Ruth warf einen Blick auf ihre Armbanduhr. »Ich muss los und mich um das Mittagessen kümmern. Danke für deine Zeit, Marianne.«

»Immer gern, das weißt du doch.« Marianne begleitete sie zur Tür. »Wenn Onkel Kurt kommt, will Mama ein Essen für die ganze Familie kochen. Damit alle sich kennenlernen können.«

»Das klingt schön. Sag ihr, dass ich selbstverständlich helfen werde. Es sei denn, sie will alles allein machen.« Ruth war schon halb aus der Tür, als ihr noch etwas einfiel. »Ach, ich soll dich übrigens von Frau Zimmermann grüßen. Sie war vorgestern bei uns im Salon.«

Marianne verzog keine Miene. »Wenn sie wieder zu uns kommt, lasse ich *dich* von ihr grüßen.«

»Bei uns bekommt sie einen unschlagbaren Preis«, erwiderte Ruth ungerührt.

»Und bei mir den besten Schnitt«, konterte Marianne.

Ruth hob die Hand und grinste, bevor sie sich abwandte.

Sie neckten sich in schöner Regelmäßigkeit, dass sie sich gegenseitig die Kundinnen abspenstig machten. Dabei verhielt sich Elfriede Zimmermann, frühere Stammkundin im ehemaligen Salon am Rosenplatz, äußerst diplomatisch: Sie ging abwechselnd zu Kronewinkel und zu Marianne.

Ruth war kaum fort, als Herr Konrad hereinkam, Vertreter für Haarpflegeprodukte seit einer Ewigkeit.

»Haben wir einen Termin?« Marianne schaute rasch im Kalender nach und stellte fest, dass er sich für heute angekündigt hatte. »Bitte entschuldigen Sie, Sie sind mir irgendwie durchgerutscht.«

»Soll ich lieber wann anders wiederkommen?«

»Nein, nicht nötig. Sie müssen meine Schusseligkeit nicht ausbaden.«

Er klappte sein Köfferchen auf.

»Wie geht's Ihren Söhnen?«, erkundigte sie sich.

»Wunderbar. Es sind zwei Prachtjungen.« Er strahlte.

Sie schnupperte. »Wonach riecht es denn hier?« War dieser fruchtige Geruch etwa sein Rasierwasser?

Er nahm ein grünes Fläschchen aus seinem Koffer und stellte es auf den Tresen. »Der Duft eilt ihm offenbar voraus.«

»Was ist das?« Sie öffnete den Verschluss und roch daran. »Riecht nach Äpfeln«, stellte sie verblüfft fest.

»Ganz neu auf dem Markt, Fräulein König: grünes Apfelshampoo.«

»Sehr intensiv.«

»Ein Duft, den man nicht so schnell vergisst.«

Sie musste lachen. »So kann man es auch sagen. Wir nehmen zwölf Flaschen. Vorerst.«

Er notierte es fix und nickte. Sie orderte stets rasch und ohne viel Tamtam, das kannte er bereits. »*Schönes Haar, das man am Duft erkennt*. Ab morgen Abend läuft Werbung mit diesem Spruch im Fernsehen.«

»Schönes Haar, das man am Duft erkennt.« Marianne nickte. »Klingt gut und prägt sich ein. Wissen Sie was, Herr Konrad, ich nehme gleich vierundzwanzig.«

# 25.

## Gisela

Am Abend zuvor hatte Kurt endlich angerufen und Bescheid gesagt, dass er in zwei Wochen nach Bremen kommen würde.

»Das wurde auch Zeit« hätte sie am liebsten gesagt, es sich aber verkniffen. Stattdessen erzählte sie ihm, dass sie ein Familienabendessen veranstalten wollte. »Und vorher habt ihr, Herr Niehaus und du, genug Zeit, euch in Ruhe kennenzulernen.«

»Beatrix kommt auch mit. Ich wusste nicht, was ich ihr sagen sollte. Also hab ich gesagt, dass ich euch mal wieder besuchen will, und sie hat gesagt, dass sie gern mitkommen will. Was hätte ich tun sollen, Gisela? Sie anlügen?«

»Willst du ihr etwa erzählen, dass Herr Niehaus Mariannes Freund ist?«

Seiner verhaltenen Reaktion entnahm sie, dass er das tatsächlich gehofft hatte. »Das ist nicht dein Ernst, Kurt.«

»Könnten wir es nicht so machen, Gisela? Nur dieses eine Mal. Danach erzähle ich ihr alles, versprochen.«

»Und was soll ich Herrn Niehaus sagen? Dass er sich als Mariannes Freund vorstellen muss, um dich inkognito kennenzulernen?«

»Ich werde es ihm erklären. Später.« Es klang kläglich, doch sie gab nicht nach.

»Nein, Kurt, so kannst du mit ihm nicht umspringen. Du musst Beatrix die Wahrheit sagen. *Bevor* ihr herkommt.«

Ohne ein weiteres Wort hatte er aufgelegt, und sie hatte befürchtet, er würde später anrufen und absagen. Kneifen. Weil Beatrix ihm die Hölle heißgemacht hatte. Doch bisher hatte er sich nicht wieder gemeldet.

Als Gisela an diesem Vormittag in ihrem Büro saß und wieder über das Gespräch nachdachte, schüttelte sie den Kopf. »Und ich hab gedacht, er hätte sich geändert«, sagte sie zu sich selbst. »Aber in mancher Hinsicht ändern sich Menschen offenbar wohl doch nicht.«

Marianne kam schwungvoll herein, und sie fuhr zusammen.

»Musst du mich so erschrecken?«

»Entschuldige. Hab ich nicht angeklopft?«

»Nein. Dein Onkel hat übrigens gestern angerufen. Er und Beatrix kommen in zwei Wochen.«

»Er bringt sie mit?«

»Unfreiwillig.«

Marianne gluckste, und sie musste ebenfalls grinsen. »Er hat mir doch tatsächlich vorgeschlagen, dass Herr Niehaus sich als dein neuer Freund vorstellt.«

Ihre Tochter wurde überraschenderweise rot. »Was?«

»Keine Bange, ich hab's ihm gleich wieder ausgeredet. Er

hat einfach nicht den Schneid, es Beatrix zu sagen. Ich hab kurz darüber nachgedacht, auch Helmut einzuladen.« Doch sie hatte sich dagegen entschieden. »Aber ich denke, es ist besser, wenn dein Onkel und Herr Niehaus sich erst mal ganz in Ruhe kennenlernen können.«

»Wahrscheinlich hast du recht.«

Sie und Helmut telefonierten fast täglich, und immer wenn sie seine Stimme hörte, war ihr, als würde für einen Moment die Zeit stehen bleiben. Und wenn die Uhr weitertickte, war sie ein anderer Mensch. Entspannter, unbefangener, heiterer. Glücklicher.

Sie musste sich räuspern. War sie wirklich schon bereit, ihn ganz in ihr Leben zu lassen? Es offiziell zu machen?

»Alles in Ordnung, Mama?«

Sie lächelte. »Ja, alles in Ordnung.« Seit sie Helmut kannte, fühlte es sich wirklich so an. Er gab ihr das, was ihr früher Dietmar gegeben hatte: Geborgenheit, Halt und Zuversicht.

»Ich finde es übrigens sehr schön, wie rührend du dich um Herrn Niehaus kümmerst, Mama.«

»Ich versuche doch nur, zwischen ihm und Kurt zu vermitteln.«

»Nicht nur. Da ist mehr. Du magst Herrn Niehaus.«

»Wie kann man ihn nicht mögen?«

Ihre Tochter verzog das Gesicht zu einem flüchtigen Lächeln, und sie war so schnell aus der Tür, dass Gisela ihr verwundert nachblickte.

# 26.

Gisela hatte ihrem Bruder und seiner Frau Mariannes altes Zimmer als Gästezimmer angeboten, auch wenn es ihr lieber gewesen wäre, wenn die beiden ein Hotel gebucht hätten.

Sie hatte sich eingeredet, dass es hauptsächlich an ihrer Schwägerin lag, mit der sie nach wie vor nicht warm wurde. In Wahrheit aber lag es an dem angespannten Verhältnis zu ihrem Bruder. Früher waren sie beide gut miteinander ausgekommen, auch wenn es immer mal wieder Missverständnisse und kleine Streitereien gegeben hatte. Kurt war eben Familie, und Familie war etwas Schützenswertes, da sah man über so manches hinweg.

Doch seitdem er mit Beatrix verheiratet war, fühlte es sich an, als gehöre er nicht mehr zur Familie, als sei seine Frau nun seine einzige Familie.

Gisela hatte sich für diesen Tag ein neues Kleid in Königsblau mit passendem Schultertuch genäht. Sie leugnete es gar nicht: Sie wollte ihre stets adrette Schwägerin beeindrucken. »Das hast du wirklich selbst genäht, Gisela?« – vielleicht würde Beatrix das sogar sagen.

Wieder und wieder hatte sie sich ausgemalt, wie die Unterhaltung zwischen ihrem Bruder und Felix Niehaus wohl verlaufen würde. Wie würde Kurt sich verhalten? Würde er sich offen und freundlich geben oder eher verschlossen und grummelig, wie es häufig seine Art war? Und was war mit Beatrix, wie würde sie reagieren?

*Würde er sie doch bloß zu Hause lassen*, dachte Gisela, als sie im Wohnzimmer am Fenster stand und nervös an ihrem Kleid zupfte. Wie mochte Herr Niehaus sich gerade fühlen? Ihm galt ihr ganzes Mitgefühl, seine Welt war gehörig ins Wanken geraten.

Sie drehte sich um und lehnte den Rücken an die kalte Fensterbank. Ihr Blick fiel auf die durchgesessene Couch und den gefliesten, unmodernen Tisch. Beides hatte sie längst durch etwas Neues, Schickes ersetzen wollen. Sie wollte mit ihrer Tochter einkaufen und sich umschauen, aber bisher war es bei dem Vorsatz geblieben. Immerhin war sie ehrlich genug, sich den Grund dafür einzugestehen: Die Möbel gehörten zu ihrem und Dietmars früherem Leben, wenn sie sie austauschen würde, würde sie auch einen Teil von Dietmar weggeben. Ihn vielleicht sogar wirklich eines Tages vergessen.

Doch nun wurde ihr etwas klar: Das Andenken an ihren Mann würde sie auf alle Zeit bewahren, sie könnte ihn gar nicht vergessen. Aber sie sollte Helmut in ihr Leben lassen.

Vielleicht war sie nun wirklich bereit für ein neues Leben, ein Leben mit ihm. Eins, das vermutlich vollkommen anders aussehen würde. Helmut liebte das Ländliche, er hatte noch nie in der Stadt gewohnt. Dietmar hatte lange versucht, ihr das Landleben schmackhaft zu machen. »Ein hübsches kleines Haus mit Garten, Gisela. Stell dir das doch mal vor. Du könntest Gemüse ziehen, Äpfel und Birnen ernten …«

»Und der Salon?«, hatte sie gefragt. »Soll ich ihn etwa schließen?«

»Unsinn, alles bliebe, wie es ist. Nur dass der Weg zum Salon weiter wäre als nur ein paar Schritte. Willst du nicht wenigstens darüber nachdenken?«

»Da gibt es nichts nachzudenken.« Sie hatte seine Wange gestreichelt. »Ich kann das Haus hier nicht aufgeben. Das würde bedeuten, dass jemand Fremdes über dem Salon wohnt. Nein, Dietmar, es geht nicht.«

Ihr wurde das Herz schwer, als sie sich das Gespräch in Erinnerung rief. Sie hatte Dietmar den Wunsch abgeschlagen, und nun bereute sie es. Immer war es nur um den Salon gegangen. Wie oft hatte sie ihn verflucht, und wie erleichtert war sie letztlich gewesen, als sie sich nach dem Brand endlich eingestanden hatte, ihn nicht wieder eröffnen zu wollen.

»Tut mir leid, Dietmar«, flüsterte sie. »Ich wünschte, ich könnte vieles rückgängig machen.«

Doch sie könnte von nun an vieles anders machen.

Sie lächelte, als sie sich an das letzte Telefonat mit Helmut erinnerte. Er war glücklich gewesen, weil sein jüngster Sohn sich verlobt hatte. »Ich dachte schon, er würde sie nie fragen.« Gisela war durch den Kopf gegangen, ob ihre Tochter wohl doch noch den Richtigen finden würde. Verloben würde sie sich bestimmt nicht. Vermutlich würde sie irgendwo klammheimlich heiraten und ihnen danach ihren Ehemann vorstellen.

Sie hörte Schritte im Hausflur, gleich darauf ein Klopfen

und dann einen Schlüssel im Schloss. Ihre Tochter. Ihr wurde ganz warm ums Herz. »Ich bin's, Mama!«

Marianne kam herein. »Ich weiß, ich bin zu früh.« Sie stellte sich neben sie und gab ihr einen Kuss auf die Wange. »Wann wollten sie am Bahnhof sein?«

»Laut Fahrplan um 13 Uhr 15.«

Beide warfen gleichzeitig einen Blick auf ihre Armbanduhren. »Der Zug wird Verspätung haben«, meinte Gisela und versuchte, das mulmige Gefühl zu vertreiben, das sie beschleichen wollte.

»Oder er kneift doch noch.«

Sie unterdrückte eine Antwort.

Marianne ging zur Couch und setzte sich. Sie strich über das verblichene Polster. »In Stuhr hat letztes Jahr ein schwedisches Möbelhaus aufgemacht. Wir könnten zusammen hinfahren und uns umsehen.«

»An etwas ganz Ähnliches habe ich vorhin auch gedacht.«

»Du brauchst wirklich eine neue Couch, Mama.«

»Ich weiß.« Mehr würde sie nicht sagen. Heute war nicht der Tag, um mit ihrer Tochter über ihre Zukunft zu sprechen. Es würde einen geeigneteren Zeitpunkt geben.

»Die Kundinnen schwärmen, wie herrlich unkonventionell es dort zugeht.« Marianne schlug die Beine übereinander. »Die Möbel sind praktisch, modern und erschwinglich. Man muss sie nur selbst zusammenbauen.«

Unkonventionell und zum Zusammenbauen. Gisela musste lachen.

»Was ist so lustig?«

»Ich hab mir gerade vorgestellt, wie ich einen Tisch oder Schrank zusammenbaue.«

Draußen vor dem Haus war eine Autotür zu hören. Beide liefen zum Fenster.

»Das sind sie.« Gisela betrachtete ihren Bruder. Hatte er abgenommen? Er hielt seiner Frau die Autotür auf, während der Taxifahrer zwei Reisetaschen aus dem Kofferraum nahm.

»Wie lange wollen sie eigentlich bleiben?«, fragte Marianne.

»Zwei Tage.« Was ihr in diesem Moment endlos lang vorkam. Was sollte sie in der Zeit mit den beiden anstellen? Worüber sollte sie mit Beatrix plaudern?

»Ich bin so gespannt, wie das Treffen mit Felix verlaufen wird«, flüsterte Marianne.

Gisela seufzte verhalten. »Erst mal bin ich gespannt, wie *unser* Treffen verlaufen wird.«

Sie hatte eine zweite Kanne Kaffee gekocht und auf den festlich gedeckten Tisch gestellt.

»Die Käse-Sahne-Torte schmeckt köstlich«, lobte Beatrix überschwänglich, lehnte aber ein weiteres Stück ab.

»Hast du etwa Angst um deine Figur?«, scherzte Gisela.

Ihre Schwägerin ging nicht darauf ein. »Ich bin noch nie auf die Idee gekommen, eine Torte mit Mandarinen aus der Dose zu machen.«

»Giselas Käse-Sahne-Torte ist legendär«, meinte Kurt und räusperte sich. Er hatte bereits ein paarmal auf die Uhr geschielt. »Ähm, wann wollte er kommen, sagtest du?«

»Um vier.« Als sie Herrn Niehaus angerufen und eingeladen hatte, hatte er sich erfreut angehört, aber wie mochte es wohl wirklich in ihm aussehen? Sie hatte überlegt, ihn bereits zum Kaffee dazuzubitten, sich dann aber dagegen entschieden.

»Wie läuft dein Salon, Marianne?«, erkundigte sich Kurt und bat um ein zweites Stück Torte. Wobei Beatrix ihm einen bedeutungsvollen Blick zuwarf.

»Sehr gut. Inzwischen können wir wieder Neukunden annehmen.«

Er hob beeindruckt die Augenbrauen. »Donnerwetter.«

Er stocherte in seiner Torte, schaute immer wieder auf die Uhr und fühlte sich sichtlich unbehaglich.

Gisela verstand ihn ja, aber musste er so tun, als sei das, was vor ihm lag, eine kaum lösbare Aufgabe, eine immense Herausforderung? Vielleicht sogar eine Zumutung?

»Tja, dann sind wir mal gespannt auf den jungen Mann, was?« Es klang, als wollte er eine Zaubershow besuchen.

Sie sah ihn wieder an und überlegte, ob er und Herr Niehaus nicht doch Ähnlichkeit miteinander hatten. »Wusstest du, dass es Menschen gibt, die unterschiedliche Augenfarben haben?«

»Was? Nein.«

Sie und Marianne wechselten einen raschen Blick.

In diesem Augenblick schellte es an der Tür, und ihre Tochter lächelte. »Er ist pünktlich.«

Kurt räusperte sich erneut und nestelte am Hemdkragen, bis Beatrix ihm etwas zuraunte und er nervös nickte.

Gisela ging zur Tür, um zu öffnen. »Schön, dass Sie da sind, Herr Niehaus.«

»Würden Sie mich vielleicht Felix nennen?«, bat er. »Kaum jemand nennt mich Herr Niehaus.« Er überreichte ihr einen Blumenstrauß duftender Freesien.

»Für mich? Die sind wunderhübsch! Vielen Dank, Herr Niehaus. Felix.«

Er lächelte flüchtig, als er an ihr vorbeiging. Auch ihm war die Nervosität anzumerken.

Gisela ging voran, und als sie ins Wohnzimmer kamen, saß Kurt kerzengerade da und starrte Herrn Niehaus mit halb offenem Mund an. »Kurt, darf ich dir Felix vorstellen. Felix, das ist mein Bruder Kurt Fellbach.«

»Herr Fellbach.«

»Herr Niehaus. Darf ich Ihnen, ähm, meine Frau Beatrix vorstellen?« Er hatte kurz die Hand ausgestreckt, sie aber rasch wieder zurückgezogen.

»Setz dich doch.« Marianne bot Felix einen Platz auf dem Sessel neben ihrem an. »Schön, dass du da bist.«

»Vielen Dank für die Einladung.«

Ein betretenes Schweigen entstand.

»Ich stelle nur schnell die Blumen ins Wasser.« Gisela verließ so eilig das Zimmer, dass sie im Flur über den Läufer stolperte.

Während sie Wasser in eine Vase laufen ließ, betete sie immer wieder denselben Satz herunter: *Lass sie sich mögen. Bitte lass sie sich mögen oder wenigstens sympathisch sein.*

Als sie die Freesien in die Vase stellte, betete sie: *Und lass Kurt ihn nicht die ganze Zeit anstarren wie das achte Weltwunder.*

# 27.

Das erste Kennenlernen war Gisela vorgekommen wie ein Loriot-Sketch. Kurt nestelte ständig an seinem Hemdkragen oder betastete seinen Nasenflügel, während Beatrix ihm mahnende Blicke zuwarf.

Das Gespräch war eine verkrampfte Unterhaltung voller Floskeln. Erst hatten sie über das Bremer, dann über das Schweizer Wetter geredet, dann hatte ihre Schwägerin von den Alpen geschwärmt und dass ihr die Luft dort viel besser bekäme als die in Norddeutschland.

Als Kurt Felix fragte, was er beruflich mache, fiel Gisela ein Stein vom Herzen. Vielleicht würde die Unterhaltung nun ein wenig persönlicher werden. Doch nachdem Felix von seiner Arbeit bei Radio Bremen berichtet hatte, geriet das Gespräch erneut ins Stocken, bis es schließlich ganz abebbte.

»Wie wär's mit einem Likörchen?« Sie öffnete die Schranktür und sah hinein. Es gab nur noch eine angebrochene Flasche Kirschlikör. »Ich habe einen leckeren Likör da. Beatrix? Kurt?«

»Hast du auch einen Schnaps?«, fragte er.

»Nein, leider nicht. Beatrix?«

Ihre Schwägerin schüttelte den Kopf. »Danke.«

*Dann lass es halt, und trink dein albernes Wasser.*

Marianne war aufgestanden. »Im Kühlschrank ist Bier.«

»Klingt gut.« Kurt verzog das Gesicht zu einem schiefen Grinsen.

Gisela stellte sich vor, wie er mit Felix anstoßen würde, und verscheuchte den Gedanken gleich wieder. Das würde er im Leben nicht tun, dazu war er viel zu verkrampft und verstockt.

Marianne brachte das Bier, und er steckte die Nase tief in sein Glas. Als wollte er darin versinken.

*Es war eine schlechte Idee, sie alle herzubitten,* dachte Gisela unglücklich. *Eine grauenvolle, die schlechteste, die ich je hatte. Kurt und Felix hätten sich einfach irgendwo in einem Café oder sonst wo treffen sollen. Dann hätten sie die Chance gehabt, einfach aufzustehen und zu verschwinden, wenn sie genug voneinander hätten. Aber ich musste ja unbedingt die Vermittlerin spielen.*

Felix tat ihr leid, er schien ein echtes Interesse an ihrem Bruder zu haben. Immer wieder stellte er eine Frage, die Kurt einsilbig beantwortete.

Ihr Magen rebellierte, und ihr Herz zog sich zusammen, als sie die beiden beobachtete. Sie schämte sich für ihren Bruder. Wie konnte er nur dasitzen und so tun, als sei Felix irgendein Bekannter, der zufällig vorbeigekommen war?

Gisela atmete auf, als es endlich an der Tür schellte und sie hinauslaufen konnte. »Das werden Ruth und Rainer sein!«

»Es ist furchtbar«, raunte sie ihrer Schwester im Flur zu. »Einfach schrecklich. Kurt benimmt sich wie ein …« Sie fand keinen passenden Ausdruck. »Er tut so, als ginge Felix ihn überhaupt nichts an.«

»Hast du was anderes erwartet?«

Rainer half Ruth aus dem Mantel, dann fiel ihm ein, dass er die Blumen im Wagen vergessen hatte. Als die Tür hinter ihm zufiel, flüsterte Ruth: »Und was jetzt? Sollen wir lieber wieder fahren?«

»Bloß nicht! Ohne euch bin ich völlig aufgeschmissen, Ruthchen. Felix tut mir so leid.« Es brach ihr das Herz, wenn sie nur daran dachte, was diese Begegnung mit ihm machen musste.

Sie wollte noch etwas sagen, doch in diesem Moment kam er aus dem Wohnzimmer. »Ich glaube, es ist besser, wenn ich wieder gehe.«

»Kommt ja gar nicht infrage! Du bleibst schön hier.« Hatte sie ihn gerade geduzt? »Das ist jetzt auch egal.« Sie winkte ab. »Lassen wir das förmliche Sie. Ich heiße Gisela, und das hier ist meine Schwester Ruth. Ruth, das ist Felix, unser Neffe.«

Er blieb doch noch bis nach dem Abendessen, verabschiedete sich aber dann recht schnell und verließ das Wohnzimmer.

Gisela und auch Marianne folgten ihm.

»Es war eine dumme Idee, Felix«, sagte Gisela bekümmert. »Ich habe wirklich geglaubt …« Sie verstummte.

»Du hast es gut gemeint.« Er lächelte sie an. »Dafür danke ich dir. Du kannst nichts dafür, dass er nichts von mir wissen will.«

»Aber das wird sich bestimmt noch ändern«, versicherte sie ihm. »Wenn er dich erst mal besser kennenlernt.«

Er schüttelte den Kopf. »Das glaube ich nicht. Er will mich ja gar nicht besser kennenlernen. Und seine Frau …« Er sprach nicht weiter.

Gisela hatte große Lust, in die Stube zu stürmen und ihren Bruder samt Frau hinauszuwerfen. Sollten sie doch in irgendeinem Hotel unterkommen. Die Vorstellung, die beiden noch bis zum nächsten Tag hier bei sich in der Wohnung zu haben, behagte ihr nicht. Sie wusste kaum, auf wen sie wütender war, auf Kurt oder auf Beatrix. »Es tut mir so leid, Felix. Du bist in unserer Familie herzlich willkommen. Ich möchte, dass du das weißt.«

»Danke.« Wieder lächelte er, ein trauriges Lächeln.

In diesem Moment dachte sie, dass er unmöglich Kurts Sohn sein konnte. Wie hatte sie das überhaupt auch nur einen Moment denken können? Sie wäre sogar froh und zutiefst erleichtert – für Felix –, wenn es sich als Irrtum herausstellen würde.

Als die Tür hinter ihm ins Schloss fiel, machte sie die Augen zu und seufzte. »Weißt du, was ich gerade gedacht habe?«, sagte sie leise zu Marianne. »Dass es besser wäre, wenn sich alles als Missverständnis herausstellen würde.«

»Manchmal ist es wohl doch besser, wenn man nicht in der Vergangenheit wühlt.«

Es klopfte an der Tür, und ihre Tochter öffnete.

Felix stand wieder vor ihnen. »Ich hab ganz vergessen, dir zu sagen, dass ich dich nächsten Montag mit zum Sender nehmen will. Sie drehen die Innenaufnahmen zum neuen *Tatort*.«

Sie strahlte. »Und ich darf wirklich zusehen?«

»Nur, wenn du dich ganz klein machst.«

»Ich werde winzig wie ein Mäuschen sein.«

Die beiden schauten sich einen Moment an, dann wandte sich Felix ab und sagte beim Gehen: »Bis dann! Ich hole dich ab.«

»Ihr versteht euch gut.« Gisela lächelte, als sie ihm hinterherschaute. »Ich mag ihn wirklich.« *Nicht nur, weil ich mir ständig vorstelle, dass mein Sohn wie er hätte sein können.*

Mit einem tiefen Seufzen hakte sie ihre Tochter unter. »Komm, machen wir gute Miene zum bösen Spiel.«

Marianne sah sie verwundert an. »Meinst du das ernst?«

»Nein.«

Nachdem sich auch Ruth und Rainer verabschiedet hatten und Gisela mit ihrer Tochter den Tisch abräumte, sagte Kurt in das Schweigen hinein: »Und wenn er ein Betrüger ist?«

Gisela funkelte ihn an. »Du denkst allen Ernstes, er hätte es sich aus den Fingern gesaugt, dass du sein Vater bist?«

*Ausgerechnet du,* fügte sie im Stillen hinzu.

Er regte sich unbehaglich. »Wäre das so abwegig? Seine Mutter kann ihm sonst was erzählt haben.«

Es verschlug ihr die Sprache, und sie machte, dass sie in die Küche kam. Dort klapperte sie so heftig mit dem Geschirr, dass Marianne sie sacht beiseiteschob. »Lass mich das machen, Mama, sonst brauchst du morgen neues Porzellan.«

»Ich bin so wütend, dass ich …« Sie ballte die Fäuste und

presste den Kiefer zusammen. »Hätte ich mich doch bloß rausgehalten! Was für eine schlechte Idee, die beiden hier zusammenzubringen!«

»Mama.« Marianne nahm ihre Hände und hielt sie fest. »Im Grunde hast du doch erwartet, dass es so ähnlich ablaufen wird, oder etwa nicht? Du kennst Onkel Kurt, und du wusstest, dass er nicht mit wehenden Fahnen herkommen und Felix an seine Brust drücken wird.«

»Schon, aber ...« Sie stieß die angehaltene Luft aus und spürte, wie ihr Magen sich schmerzhaft zusammenzog. »Ich hatte so gehofft, dass er sich besinnt. Wenn er sieht, was für ein netter Kerl Felix ist. Dass er vielleicht sogar stolz ist, einen Sohn wie ihn zu haben.«

»*Du* wärst stolz, nicht wahr?«

Sie errötete. »Ja«, gab sie zu. »Ich wäre sogar sehr stolz. Ich habe mir immer einen Sohn wie ihn gewünscht.«

»Stattdessen hast du eine Tochter, die gar nicht schnell genug von hier wegkommen konnte.«

Sie sah Marianne überrascht an. »Warum sagst du das? Du hast zugegriffen, als du die Chance auf ein neues Leben hattest. Warum hättest du das nicht tun sollen?«

»Damals hast du das anders gesehen.«

»Ich habe mich geändert, Marianne, mich und meine Einstellung. Ihr habt mir dabei geholfen, du und Ruth.« Sie zog ihre Tochter fest an sich, weil sie spürte, dass sie weinen musste.

»Weinst du etwa, Mama?«, flüsterte Marianne an ihrer Schulter.

»Ach was.« Mit einem energischen Schniefen machte sie

sich los. »Ich frage mich, wieso Kurt überhaupt gekommen ist.«

»Vielleicht wollte er sich etwas beweisen.« Marianne ließ heißes Wasser in die Spüle. »Du brauchst eine Spülmaschine.«

»Ich wasche gern ab, das weißt du doch. Ich kann prima dabei nachdenken. Was sollte Kurt sich beweisen, Marianne? Dass er an seinen Prinzipien festhält, komme, was wolle?«

Nach dem gemeinsamen Abwasch fuhr Marianne heim, und als Gisela ins Wohnzimmer zurückkam, sprachen Kurt und Beatrix leise miteinander.

»Kann ich euch noch was zu trinken anbieten?«, fragte sie, sehr um Freundlichkeit bemüht. Sie kochte innerlich.

»Nein danke.« Ihr Bruder räusperte sich und sah seine Frau Hilfe suchend an.

*Er hat sich den ganzen Abend geräuspert.*

Beatrix ergriff das Wort. »Es ist wohl besser, wenn wir wieder abreisen. Wir hätten gar nicht herkommen sollen.«

*Ich wollte dich wirklich mögen, Schwägerin, aber du machst es mir sehr schwer,* dachte Gisela und biss so fest die Zähne aufeinander, dass sie knirschten.

»Es war ein schwerer Tag für Kurt. Versuch doch bitte, dich in ihn hineinzuversetzen. Er erfährt plötzlich, dass er möglicherweise einen erwachsenen Sohn hat.«

»Möglicherweise?«

»Es ist genauso möglich, dass Herr Niehaus lügt. Oder seine Mutter.«

Gisela schnappte nach Luft.

»Sie hat recht«, sagte Kurt. »Ich frage mich ehrlich gesagt auch, wieso ich hier bin. Eine blöde Idee.«

»Eine blöde Idee, deinen Sohn kennenlernen zu können?«

»Wenn er es denn wirklich ist.«

»Verstehst du denn nicht, wie durcheinander Kurt ist?« Beatrix schüttelte verständnislos den Kopf. »Es hat seine Welt völlig auf den Kopf gestellt.«

»Genau wie deine, nicht wahr?«, entgegnete Gisela ein wenig spitz.

»Hört auf damit«, brummte Kurt. »Das fehlte mir gerade noch.«

»Wir alle haben eine Vergangenheit, Beatrix«, sagte sie unbeirrt weiter. »Oder gab es keinen anderen Mann vor Kurt?«

Ihre Schwägerin errötete. »Doch, durchaus, aber er weiß davon. Ich habe keine Geheimnisse vor ihm, falls du das meinst.« Sie beugte sich vor und funkelte Gisela an. »Und ich habe kein Kind von einem anderen.«

*Es ist zwecklos,* dachte Gisela resigniert. Sie würden sich die Köpfe heiß reden und sich am Ende hoffnungslos zerstreiten.

Kurt räusperte sich erneut. »Wenn er beweisen kann, dass ich sein Vater bin …« Beatrix sah ihn verwundert an, sagte jedoch nichts, und er redete weiter. »Vielleicht würde das etwas ändern.«

»Du willst einen Vaterschaftstest?«

Er nickte mit stoischer Miene.

»Und du erwartest, dass ich ihm das sage.«

»Nein, ich erwarte gar nichts, Gisela.« Er stand auf und ging durchs Zimmer. Irgendwann blieb er vor dem Ölgemälde stehen, das sie und Dietmar in einer kleinen Worpsweder Galerie gekauft hatten. Ihr gefiel das Bild längst nicht mehr, eigentlich hatte sie es schon damals viel zu düster, zu unheilvoll gefunden. Aber sie hatte nichts sagen wollen, weil Dietmar so angetan gewesen war. »Wir nehmen den nächsten Zug. Beatrix, bist du so lieb und packst unsere Sachen?«

»Ihr hattet doch gar keine Zeit auszupacken«, murmelte Gisela.

Beatrix war so schnell aufgesprungen, dass ihr allein vom Hinsehen schwindelig wurde.

Als ihre Schwägerin das Zimmer verlassen hatte, stand sie auf und ging zu ihrem Bruder. »Bist du sicher, dass du fahren willst, Kurt?«

»Ja, es ist besser so. Am Ende kriegen wir uns noch in die Köppe. Du weißt doch, wie das ist. Wir können beide hitzig sein, Gisela.«

»Und was ist mit Herrn Niehaus?«, fragte sie leise.

Er antwortete nicht, blieb vor dem Gemälde stehen, den Rücken ihr zugewandt.

Sie wartete noch einen Moment, dann drehte sie sich um und verließ das Wohnzimmer.

# 28.

**Marianne**

Sie konnte und wollte ihrem Onkel nicht verzeihen, und sie stellte sich vor, wie es Felix gerade ging. Wie gekränkt und niedergeschlagen er sein musste.

Am Tag darauf hatte sie ihn angerufen, und er hatte gesagt, dass er keinen Vaterschaftstest machen wollte. »Was würde das bringen? Dass dein Onkel mich dann plötzlich akzeptieren, mögen würde?«

Sie hätte ihn gern getröstet, nur wie? »Ich verstehe dich, Felix, ich würde auch keinen Test wollen.« Gefühle konnte man nicht erzwingen.

Als sie aufgelegt hatte, musste sie sich fragen, wie sie künftig mit ihrem Onkel umgehen würde. Selten zuvor hatte ein Mensch sie so enttäuscht.

An diesem sonnigen Montagmorgen saß sie auf dem kleinen Balkon ihrer Wohnung und trank einen zweiten Kaffee. Wieder musste sie an ihren Onkel denken.

Der Kaffee schmeckte ihr plötzlich nicht mehr, und sie

goss den Rest in den Balkonkasten. Ruth hatte gemeint, Kaffee sei gut für Geranien. Während er in der Erde versickerte, ging ihr auf, dass Ruth möglicherweise Kaffeesatz gemeint hatte.

»Tut mir leid«, sagte sie zu den roten Geranien. »Nächstes Mal weiß ich es besser.«

Unten auf der Straße war lautes Johlen zu hören, und sie schaute über das Geländer. Zwei Kinder radelten am Haus vorbei und forderten sich lautstark zu einem Wettrennen heraus. *Das Leben kann so schön sein,* dachte sie bekümmert. *Wenn man Kind ist und noch nicht begreift, was in der Welt vor sich geht.*

Für einen langen Moment war ihr ganz wehmütig zumute.

Dann schüttelte sie den Kopf und warf einen Blick auf ihre Armbanduhr. Schon so spät, du lieber Himmel! Felix würde gleich da sein, um sie abzuholen.

Just in diesem Moment sah sie seinen Wagen den Osterdeich entlangkommen. Sie wartete, bis er anhielt und ausstieg, dann gab sie ihm ein Zeichen, schlüpfte in ihre Schuhe, nahm im Vorbeigehen die Sonnenbrille von der Kommode und verließ die Wohnung.

Er wartete an seinen Wagen gelehnt auf sie, den Kopf im Nacken, die Augen geschlossen, ließ er sich die Sonne aufs Gesicht scheinen. »Da bist du ja«, sagte er, ohne die Augen zu öffnen. »Ich habe dein Parfüm gerochen.«

Sie betrachtete ihn, während er ihr die Tür aufhielt. Wie ging es ihm? Sah er sehr niedergeschlagen aus? »Geht's dir gut?«, fragte sie, als er einstieg und den Motor startete.

»Nein, ehrlich gesagt nicht besonders.« Er fädelte sich in den Verkehr ein. »Ich habe viel nachgedacht und bin zu dem Schluss gekommen, einen Schlussstrich unter die Sache zu ziehen.«

Er sagte »die Sache«, was von etwas Abstand herrühren mochte. Sie nickte. »Das verstehe ich. Ich würde es wahrscheinlich genauso machen.« Wenn sie es könnte.

»Mein Vater bleibt mein Vater. Ich hätte es dabei belassen sollen, von Anfang an. Aber ich musste ja unbedingt wissen, wer mein leiblicher Vater ist.«

»Weiß deine Mutter, dass du … meinen Onkel getroffen hast?«

»Nein, ich wollte ihr später davon erzählen. Sie ist krank. Ich werde sie nächste Woche besuchen.«

»Wohnt sie nicht in Bremen?«

»Nein, sagte ich das nicht? Sie wohnt in der Nähe von Hamburg. Meine Eltern sind vor Jahren dorthin gezogen. Mein Vater hatte ein kleines Haus geerbt.« Er verstummte, blickte konzentriert auf die Fahrbahn.

Marianne konnte nachempfinden, wie er sich fühlte. Vielleicht schämte er sich sogar, glaubte, dass er seinen Vater verraten hatte. »Es tut mir wirklich leid, Felix. Ich glaube, ich weiß, was in dir vorgeht.«

Er schwenkte plötzlich um, lächelte sie an und fragte: »Und? Aufgeregt? Immerhin wirst du gleich ein paar berühmte Schauspieler kennenlernen. Ach, wie blöd von mir. Was rede ich denn da? Du bist Berühmtheiten ja gewohnt. Du warst schließlich selbst mal eine.«

»Jetzt hör aber auf.«

Er grinste sie an.

»Du hast doch hoffentlich Bescheid gesagt, dass du wen mitbringen wirst?«

»Klar. Aber nicht *wen*, sondern dich.«

Als er kurz darauf vor dem Studio hielt und sie ausstiegen, überlegte Marianne, ob sie sich nicht auch ein Auto anschaffen sollte. Vor ein paar Jahren hatte sie endlich den Führerschein gemacht, über ein eigenes Auto hatte sie allerdings nie ernsthaft nachgedacht.

Felix hielt ihr die Tür zum Nebeneingang auf. »Die tiefe Falte zwischen deinen Augen sehe ich zum ersten Mal. Worüber denkst du gerade nach?« Er legte die Hand auf ihre Schulter. »Es ist doch nicht etwa wegen deinem Onkel? Hör mal, Marianne, zerbrich dir deswegen nicht deinen hübschen Kopf. Ich möchte auch nicht, dass irgendwas zwischen euch steht. Das darf eure Beziehung nicht belasten.«

Sie sah ihn ungläubig an. »Glaubst du wirklich, das ist so einfach? Mein Onkel hat sich unmöglich verhalten. Ich kann das noch immer nicht fassen. Natürlich belastet es unsere Beziehung.« Sie ging weiter, auch wenn sie nicht wusste, wohin.

»Rechts und dann die zweite Tür wieder rechts«, sagte er hinter ihr. »Du bist sauer, das sehe ich an deinem Schritt.«

Sie drehte sich zu ihm um, hatte aber nicht geahnt, dass er so dicht hinter ihr war. So standen sie sich beinahe Nase an Nase gegenüber. »Ich bin nicht sauer, Felix.«

»Bist du doch.«

»Du kennst mich gar nicht gut genug, um das zu beurteilen.«

»Ich habe eine gute Menschenkenntnis.« Er legte den Kopf schief und betrachtete sie. Sein Blick war so intensiv, dass sie unbewusst einen halben Schritt zurücktrat. »Wollen wir hier stehen bleiben und darüber diskutieren, wie gut ich dich einschätzen kann? Oder wollen wir weitergehen, damit ich noch einigermaßen pünktlich bin?«

»Ich möchte, dass du eins weißt, Felix. Egal, was auch passiert ist, du hast jetzt eine weitere Familie.«

»Danke.« Ihm war anzusehen, wie bewegt er war.

Um auch ihre Verlegenheit zu überspielen, fragte sie: »Muss ich eigentlich irgendwas beachten?«

»Nicht im Weg rumstehen und nicht dazwischenreden, wenn jemand ›Wir drehen!‹ ruft.«

»Das sollte ich hinbekommen.«

Marianne hatte still in einem alten Plüschsessel gesessen und beim Dreh zugeschaut. Eine Filmproduktion hatte sie sich ganz anders vorgestellt: chaotischer, unruhiger.

Stattdessen ging es sehr geordnet zu. Jeder wusste, wo er stehen oder sitzen musste und was er zu tun oder zu lassen hatte. Manch eine Klappe musste mehrmals wiederholt werden. Zum Beispiel als eine Schauspielerin irrtümlich den Text ihres Partners gesprochen hatte. »Nett von dir, dass du dir auch meinen gemerkt hast«, hatte der trocken kommentiert.

Für die Außenaufnahmen hatten alle das Studio verlassen, und Marianne war allein zurückgeblieben. Erst als das Studio leer war, stand sie leise auf, blickte sich suchend um und öffnete eine Tür. Hoffentlich die, die nach draußen führte. Ihr Orientierungssinn war eine mittlere Katastrophe. Sie hatte es schon geschafft, Ruths Wagen auf einem größeren Parkplatz suchen zu müssen, und war prompt in die völlig falsche Richtung gelaufen. Zu Weihnachten hatte Ruth ihr daraufhin einen Kompass geschenkt.

Felix hatte gesagt, dass es spät werden würde und sie mit der Bahn zurückfahren müsste. Wenn sie denn nur erst mal aus dem Studio heraus war!

Sie ging weiter, bog rechts ab, dann wieder links und stand vor einer geschlossenen Tür. Also wieder zurück und statt nach links nach rechts. Auch diese Tür war zu.

Marianne drehte sich um die eigene Achse. Hatte man sie hier eingesperrt?

Dann endlich eine Tür, die nicht verschlossen war. Erleichtert öffnete sie sie und stand in einem Raum voller Requisiten. Rückwärts ging sie wieder hinaus. Links von ihr wurde eine Tür geöffnet, und eine junge dunkelhaarige Frau mit einem Klemmbrett kam heraus. »Kann ich Ihnen helfen?«

»Gott sei Dank! Ich suche den Ausgang.«

Die Frau grinste. »Jeder verläuft sich hier anfangs. Machen Sie sich nichts draus. Gehören Sie zu den Komparsen?«

»Nein, ich …«

»Ach, Sie sind die neue Schauspielerin!« Sie warf einen Blick auf das Klemmbrett, die Stirn gerunzelt.

»Nein, nein, ich …«

»Jetzt weiß ich's. Sie sind Dagmar Berghoff.«

»Nein, mein Name ist Marianne. Marianne König. Herr Niehaus hat mich mit hierhergenommen, damit ich beim Dreh zusehen kann.«

»Ich könnte schwören, dass Sie Dagmar Berghoff sind.« Die Frau musterte sie und schüttelte dann den Kopf. »Kommen Sie, ich bringe Sie nach draußen.« Sie öffnete eine Tür, und sie durchquerten einen großen Raum, der zu einem Wohnzimmer umgebaut war. »Hier dreht gerade Loriot.«

Marianne schaute sich neugierig um.

Die Frau öffnete eine schwere Metalltür, die laut ächzte und knarrte; eine Außentür.

Beim Anblick einer Birke und dem Geräusch eines Autos, das gerade vorbeifuhr, stieß Marianne ein erleichtertes Seufzen aus. Von der stickigen Raumluft hatte sie Kopfweh bekommen, außerdem musste sie dringend etwas essen.

Die Frau musterte sie erneut und meinte dann plötzlich: »Quatsch, Dagmar Berghoff! Jetzt weiß ich, woher Sie mir so bekannt vorkommen. Sie sind dieses berühmte Mannequin, das in der Neustadt einen Frisiersalon aufgemacht hat.«

Leugnen war zwecklos. Ob sie ein Autogramm geben sollte? Nach einer kleinen Ewigkeit mal wieder?

Die Frau nestelte am Klemmbrett und zog ein Blatt Papier hervor. »Würden Sie mir ein Autogramm geben? Für meine kleine Schwester. Sie will unbedingt auch Mannequin werden.«

»Wie haben Sie mich erkannt? Ich bin schon seit Jahren auf keiner Illustrierten mehr zu sehen.«

»Meine Schwester hat ein paar Zeitschriften gesammelt, auf denen Sie sind. Mensch, wenn ich ihr das erzähle!«

Marianne überlegte, ob sie den alten Titelbildern wirklich noch ähnlich sah.

»Es muss ein Traum sein, durch die Welt reisen zu können und in schicken Klamotten herumzulaufen.« Die junge Frau blickte ihr über die Schulter, während sie einen Stift aus ihrer Handtasche nahm und ihren Namen auf das Papier kritzelte.

»Ganz so traumhaft und idyllisch ist es nicht.«

»Ach nein?«

»Es ist ungeheuer anstrengend, aber wenn man bereit ist, alles andere zurückzustellen, kann man es zu etwas bringen. Wie heißt Ihre Schwester?«

»Cornelia. Sie ist nach Conny Froboess benannt, weil unsere Mama die so mag. Sie können ruhig ›Conny‹ schreiben.«

Marianne lächelte in sich hinein. Auch Ruth war früher häufig mit Cornelia Froboess verwechselt worden. Sie schrieb *Für Conny von Ann* dazu und reichte ihr den Zettel. »Danke, dass Sie mich hier rausgeführt haben. Ich würde wahrscheinlich noch immer durch die Gänge irren.«

# 29.

## Gisela

Noch immer konnte sie ihrem Bruder nicht verzeihen. Er hatte sich nicht nur unmöglich benommen, er hatte ihr mit seinem Verhalten gezeigt, dass sie sich in ihm getäuscht hatte. Sie hatte geglaubt, er hätte sich geändert, sei reifer, offener geworden. Was ihr jedoch besonders zu schaffen machte, war ihre Hilflosigkeit. Hilflosigkeit gegenüber dem armen Felix, der doch nichts weiter gewollt hatte, als seinen leiblichen Vater kennenzulernen.

Nächtelang hatte sie wach gelegen und sich den Kopf zerbrochen, wie sie sich verhalten sollte. Sollte sie sich einmischen und ihrem Bruder die Leviten lesen? Oder lieber zurückhalten und abwarten? Und darauf hoffen, dass er doch noch zur Besinnung und zur Einsicht kommen würde?

Und mal angenommen, Felix würde den Beweis erbringen. Würde das etwas ändern? Würde Kurt sich dann plötzlich als sein Vater fühlen? Sie hatte so gehofft, dass er zeigen würde, ein guter Mensch zu sein, ein Mensch mit Rückgrat.

Sie war schlagartig so müde, so erschöpft von all dem

Streit und den vielen Gedanken, die sie sich gemacht hatte und die ihr den Schlaf raubten. Ihr Magen rebellierte noch stärker, und bei jeder Mahlzeit musste sie sich zwingen, etwas zu essen.

Vielleicht sollte sie wirklich zum Arzt gehen.

An diesem Vormittag saß sie im Büro und kämpfte wieder mit Erschöpfung und Müdigkeit. Sie konnte sich kaum auf ihre Arbeit konzentrieren.

Das Telefon klingelte, und wie so oft sagte ihr Gefühl, es könnte Helmut sein.

Und tatsächlich. »Ich hatte Sehnsucht nach deiner Stimme. Ich hoffe, ich störe nicht.«

»Du störst nie«, sagte sie mit einem Lächeln. Es tat so gut, seine Stimme zu hören. Sie spürte, wie sie sich merklich entspannte und tief durchatmen konnte.

»Ich komme am Freitag nach Bremen, wenn es dir recht ist.«

»Ob es mir recht ist? Ich freue mich, Helmut!«

»Schön.« Es war zu hören, dass er lächelte. »Ich möchte gern etwas mit dir besprechen.«

»Ach ja?« Ihr Herz pochte vor Aufregung.

»Von Angesicht zu Angesicht.«

»Du machst es spannend.«

»Hältst du es bis dahin aus?«

»Nein.« Sie musste lachen. »Doch, natürlich.«

In diesem Moment wusste sie, dass sie ihn diesmal bitten würde, nicht im Hotel zu übernachten.

»Du möchtest mit mir zusammenziehen?« Gisela sah Helmut überrascht an. Es war Sonntagmorgen, und sie hatte die halbe Nacht wach gelegen und ihn immer wieder im Mondlicht, das durchs Fenster fiel, betrachtet. Sie hatte seinen Atemzügen gelauscht und die Hand sacht auf sein Herz gelegt und das Pochen gespürt. Es hatte sich richtig angefühlt, dass er hier neben ihr lag, auf dem Platz, wo früher Dietmar gelegen hatte. Und doch war da etwas gewesen, ein leiser Stich, der ihr sagte, dass etwas nicht stimmte.

»Du findest es zu früh.« Er nickte. »Das habe ich befürchtet.«

»Nein, ich …«, stammelte sie. »Ich finde es nicht zu früh.«

»Was ist es dann, Gisela? Du hast mich gerade so verwundert angesehen.«

»Ich weiß es nicht«, stammelte sie. Doch, sie wusste es.

Er griff nach ihrer Hand und drückte sie. »Wir sind nicht mehr jung, und ich will nicht einfach Zeit verstreichen lassen. Zeit, die wir anders, besser nutzen könnten.«

»Du hast ja recht«, begann sie zögernd. Wie sollte sie ihm nur erklären, was in ihr vorging? Wie sollte sie ihm klarmachen, dass sie so gern mit ihm zusammenleben würde? Nur nicht so, nicht ohne Trauschein.

»Aber? Das klingt nach einem Aber. Warum sprichst du nicht aus, was du denkst?«

Sie zerknüllte die Serviette und legte sie auf ihren Teller.

»Ach, ich glaube, jetzt weiß ich.« Er lächelte plötzlich. »Du denkst, ich erwarte, dass du zu mir ziehst. Du willst Bremen nicht verlassen.« Wieder drückte er ihre Hand. »Aber das musst du auch gar nicht. Ich könnte hierherziehen, Gisela.« Er sah sie an, liebevoll, zärtlich, erwartungsvoll.

Sie fühlte sich wie ein Schulmädchen und wich seinem Blick aus. »Darf ich … noch ein bisschen darüber nachdenken? Es kommt so plötzlich, und ich …«

Er stand auf und hockte sich vor sie hin.

Ihr Magen zog sich vor freudiger Erwartung zusammen, und ihr Herz machte einen Satz. Er wollte ihr einen Antrag machen! Er wollte es ganz offiziell machen, so wie sie es sich wünschte. »Gisela.« Er nahm ihre Hand zwischen seine Hände. »Ich glaube, es war ein Wink des Schicksals, dass wir uns kennengelernt haben. Wir haben beide einen sehr schmerzhaften Verlust erlitten und brauchten lange, um darüber hinwegzukommen. Ich bin froh, dass ich dich getroffen habe, und ich wünsche mir sehr, dass wir den Rest unseres Lebens zusammen verbringen. Aber du hast recht, wir müssen nichts überstürzen.« Er erhob sich und setzte sich wieder. »Denk in Ruhe darüber nach, bis du dir ganz sicher bist.«

Als er am Abend heimfuhr, blieb Gisela lange vor dem Haus stehen.

Erna Jansen fegte den Weg zu ihrem Vorgärtchen, bestimmt war sie nur aus dem Haus gekommen, um sich Helmut genauer anzuschauen. *Das ist also der Neue von Frau König. Und er bleibt über Nacht.* Natürlich zerrissen die Nachbarn sich längst das Maul über sie.

Gisela fasste sich ein Herz und schlenderte zu ihr. Um abenteuerliche Gerüchte gleich im Keim zu ersticken, war es sicher zu spät, aber sie konnte hoffentlich eine Erklärung liefern. »Ein herrlicher Abend, nicht wahr?« Sie zeigte zum Himmel, der leuchtete, als stünde er in Flammen.

»Frau König.« Erna Jansen schaute überrascht auf. »Hab Sie gar nicht kommen sehen.«

*Sie wird nicht mal rot.* »Mein *Bekannter* ist wieder nach Stade zurückgefahren«, erklärte Gisela, bevor sie fragen würde.

Erna Jansen stützte sich auf ihren Besen. »Ihr Bekannter?« Es klang erstaunt, aufrichtig erstaunt.

In diesem Moment ging Gisela durch den Kopf, wie albern es war, dass sie sich nach all den Jahren noch siezten. Aber sie hatte es so gewollt, weil sie immer die Distanz geschätzt hatte. Sie musste sich räuspern. »Ja, der Mann in dem hellen Wagen, der gerade an Ihnen vorbeigefahren ist.«

»Hab nicht drauf geachtet.«

*Wer's glaubt.* »Wie praktisch, dass ich ein Gästezimmer habe.« Sie lachte, selbst in ihren Ohren klang es aufgesetzt. »Schönen Abend noch, Frau Jansen.« Sie drehte sich um, bevor sie noch mehr glühen würde, und ging zum Haus zurück.

Bevor sie sich bettfertig machte, rief sie ihre Tochter an. »Stell dir vor, Helmut will mit mir zusammenziehen.«

»Und du? Was willst du?«

»Wenn ich das wüsste. Ich hab ihm gesagt, dass ich darüber nachdenken muss.«

»Hör auf dein Herz, Mama. Was sagt es dir?« Marianne wartete ihre Antwort gar nicht erst ab. »Du magst ihn doch, sehr sogar, oder irre ich mich?«

»Das ist es nicht, Marianne.« Sie kam nicht umhin, es auszusprechen. »Ich kann das einfach nicht.«

»Was genau?«

»Mit ihm zusammenleben. Ohne Trauschein.« Jetzt war es heraus.

»Ach, deshalb zögerst du?« Ihre Tochter lachte. »Das hätte ich wissen müssen. Die Zeiten haben sich geändert, Mama, und ihr seid zwei erwachsene Menschen.«

»Die Zeiten haben sich geändert? Ach ja? Du hättest Frau Jansen sehen sollen, wie sie eifrig vor dem Haus gefegt hat, als Helmut weggefahren ist. Ich wette, sie tuscheln schon alle über uns.«

Wieder lachte ihre Tochter. »Du hörst das Gras wachsen.«

»Du weißt doch, wie das ist.«

»Ich weiß, wie *du* bist, Mama.« Es lang liebevoll-neckend.

»Ich hab ihr gesagt, dass Helmut selbstverständlich im Gästezimmer schläft.«

Marianne lachte so laut, dass sie den Hörer vom Ohr nehmen musste.

»Was findest du daran so lustig?«

»Du kannst einfach nicht aus deiner Haut, Mama. Was kümmert es dich, was die Nachbarn denken? Vielleicht denken sie nicht mal das, was du glaubst. Vielleicht freuen sie sich einfach nur, dass es wieder jemanden in deinem Leben gibt.«

*Nein, so sind die Menschen nicht,* dachte Gisela.

»Ich habe übrigens beschlossen, einen Arzttermin zu machen.«

»Gott sei Dank! Ich bin wirklich froh, dass du dich endlich dazu durchgerungen hast.«

Sie war noch nie wegen Kleinigkeiten zum Arzt gegangen, die meisten Wehwehchen verschwanden von allein wieder. Aller Wahrscheinlichkeit nach hatte sie nur einen empfindlichen Magen, und das war alles. Aber sie wollte ihrer Tochter den Gefallen tun.

Als sie zu Bett ging, fragte sie sich, ob Marianne nicht vielleicht doch recht haben könnte. Nicht die Menschen waren altmodisch und prüde, sondern schlicht und einfach sie selbst.

# 30.

## Marianne

Wie üblich war an diesem Samstagvormittag im Salon der Teufel los. Bille hatte zudem ganz kurzfristig einen Termin gemacht, genau wie Gedeon Westphal, der am Abend zuvor angerufen und gefragt hatte, ob sie ihn noch dazwischenschieben konnten.

»Irgendwie kriegen wir das hin«, hatte Marianne gemeint.

Doch es war schwieriger, als sie gedacht hatte. Sehr viel schwieriger. Die Kunden gaben sich die Klinke in die Hand, als hätte in der Zeitung gestanden, dass sie an diesem Tag kostenlos frisiert würden.

Bille verspätete sich, und Marianne fragte sich nervös, ob sie die weitere Terminplanung einigermaßen einhalten konnte. Ihr Magen knurrte, sie hatte seit einem sehr frühen und sehr kargen Frühstück nichts mehr gegessen.

Am Abend zuvor hatte sie mit ihrer Mutter telefoniert, die endlich beim Arzt gewesen war. »Wie ich schon sagte: Ich habe einen nervösen Magen. Der Arzt meint, es handele sich um eine Magenschleimhautentzündung. Ich muss ein paar

Tropfen und Tabletten einnehmen.« Sie war zutiefst erleichtert gewesen.

Marianne ging in ihr Büro und nahm einen Apfel und eine Banane aus der Obstschale.

*Ich muss noch jemanden einstellen,* dachte sie. *Das hätte ich längst tun sollen.*

Aus Sorge, sich finanziell zu übernehmen, hatte sie keinen Ersatz für Lydia eingestellt. Anfangs schien es auch die richtige Entscheidung gewesen zu sein.

Johanna kam um die Ecke, und sie prallten beinahe zusammen.

»Huch! Entschuldige, ich war gerade in Gedanken.«

»Ich hab auch nicht aufgepasst.« Johanna lächelte flüchtig und wollte weitereilen.

*Ich muss schleunigst für etwas Entlastung sorgen, sonst laufen sie mir davon.*

»Ich werde noch jemanden einstellen.«

Johanna blieb stehen. »Ich bin erleichtert, dass du das sagst.«

Es hatte nie einen Vorwurf gegeben, dass sie Lydia gekündigt hatte.

»Vielleicht eine Friseuse nur für den Herrenbereich. Was meinst du?«

Johanna zuckte die Schultern. »Wieso nicht.«

»Ich werde gleich Montag eine Stellenanzeige aufgeben.«

Johanna warf einen raschen Blick auf ihre Uhr. »Ich muss weiter. Die Farbe muss aus Frau Bentheims Haar.«

Marianne aß gedankenverloren ihr Obst und blätterte dabei im Terminkalender. Nimm dir Zeit. Erledige erst das eine und dann das andere. Tu niemals zwei Dinge gleichzeitig. Wer hatte das mal gesagt? Ihre Mutter? Nein, sie hatte es irgendwo gelesen. Sie legte den Apfel beiseite und musste grinsen. Na schön, sie würde erst im Kalender nachschauen und dann essen.

Nein, sagte sie sich gleich darauf. Dafür war schlicht und ergreifend keine Zeit.

Als sie in den Frisierbereich gehen wollte, kam Bille herein. Sie sah abgehetzt aus. »Ich bin zu spät, ich weiß, Schätzchen. Nett, dass du mich noch angenommen hast.« Sie schlüpfte aus ihrem Mantel und hängte ihn im Vorbeigehen an die Garderobe, bevor Marianne ihn ihr abnehmen konnte.

»Die Generalprobe gestern war eine Katastrophe«, erzählte sie, als sie kurz darauf vor dem Spiegel saß und ein paarmal tief durchatmete.

»Das bedeutet, dass die Aufführung heute Abend ein Erfolg wird.« Marianne band ihr den Umhang um und suchte nach einer Bürste. Doch das Körbchen war leer. Wo waren alle Bürsten geblieben?

Sie blickte sich um und fragte Johanna, die am Nachbarwaschbecken stand und eine Stammkundin frisierte.

»Ich hab nur diese hier.« Johanna hielt eine Rundbürste hoch.

Marianne griff in ihre Kitteltasche, schüttelte den Kopf und nahm eine Bürste heraus. Anscheinend hatte sie sie eingesteckt und vergessen.

»Zu viel Stress ist ungesund«, sagte Bille und sah sie im Spiegel an.

»Das sagst ausgerechnet du?«

»Ich weiß.« Bille winkte ab. »Ich hab gerade auch zu viel davon. Und ich hasse Stress und Hektik.«

Marianne nickte zustimmend.

»Du siehst zwar ziemlich erledigt aus, aber ich könnte wetten, dass da irgendwas in deinen Augen ist.« Bille musterte sie im Spiegel. »Eine Art Leuchten. Komm schon, was ist es? Ein Mann? Ja, es muss ein Mann sein. Wer ist es?«

»Kein Mann, Bille, ich muss dich enttäuschen«, schwindelte sie. In Wahrheit musste sie gleich wieder an Felix denken. Sie mochte ihn und wusste nicht, ob da mehr war. »Und du? Was ist mit dir?«

»Ach, ich und die Männer.« Bille zog eine Grimasse. »Ich glaube, ich bin ihnen zu anstrengend. Sieh mich an, Marianne. Bin ich etwa anstrengend?«

Marianne hob den Kopf und sah sie im Spiegel an. »Du und anstrengend.« Das Grinsen konnte sie sich jedoch nicht verkneifen.

»Wer hat die Kiste mit den Papilloten?«, rief Christina.

Offenbar niemand, und sie machte sich auf die Suche.

In Marianne kribbelte und vibrierte es, wie immer, wenn sie zu viel Stress hatte und es besonders hektisch war. Es sich nicht anmerken zu lassen, war nicht nur eine Herausforderung, es war eine Kunst für sich. Betont langsam kämmte sie Billes Haar, teilte einzelne Strähnen ab und begann zu schneiden. Dennoch konnte sie ihren Kopf nicht ausschalten, der immerzu vor sich hin brütete und überschlug, ob sie alle Termine einhalten konnten.

»Es ist höchste Eisenbahn, dass du ein bisschen Privatleben in dein Leben lässt, Schätzchen.«

Marianne wollte etwas entgegnen, als Johanna kam und ihr etwas zuraunte. »Was sagst du da?«

»Ich habe gerade eine kleine Wasserpfütze weggewischt.«

»Wo kam die denn her?«

»Offenbar aus der Wand neben der Teeküche.«

»Wie bitte?« Marianne ließ den Kamm sinken. »Bin gleich wieder da, Bille.«

Als sie an zwei Kundinnen vorbeiging, hörte sie die beiden miteinander tuscheln. »Ist das dort drüben nicht die Schauspielerin Sybille Krössnick? Ob ich sie nach einem Autogramm frage?«

»Fragen Sie nur, Frau Walther«, sagte Marianne. »Sie hat immer einen Stapel Autogrammkarten in der Handtasche.«

Sie lief weiter und sah die Bescherung: eine kleine Wasserlache gleich neben der Teeküche. Kam das Wasser aus der Wand?

Sie hockte sich hin und strich mit der flachen Hand an der Wand entlang.

»Könnte ein Wasserrohrbruch sein«, meinte Johanna.

»Was? Das fehlte noch!«

»Wir hatten mal einen in der Küche.« Johanna strich ebenfalls über die Wand und nickte.

Marianne stand wieder auf. »Ich rufe einen Klempner an.«

»Heute ist Samstag.«

»Ach Gott, ja, richtig! Was mache ich denn jetzt?«

»Es wird einen Notdienst geben.«

»Du hast recht.« Sie lief zum Telefon. Ausgerechnet heute, wo so viel los war! Sie blätterte im Telefonbuch und fand schließlich einen Klempner-Notdienst.

Es klingelte mehrmals, bis sich endlich eine Frauenstimme meldete. In wenigen Worten hatte Marianne berichtet.

»Klingt nach einem Wasserrohrbruch«, meinte auch die Frau in der Leitung. »Ich fürchte, Sie werden sich etwas gedulden müssen. Es gibt einen weiteren Notfall im Viertel. Sobald der erledigt ist, kommt der Klempner zu Ihnen.«

Sie legte auf und schloss die Augen. Das hatte ihr gerade noch gefehlt!

Christina kam angelaufen. »Es tropft aus der Wand. Ich bin gerade ausgerutscht, als ich in die Teeküche wollte.«

Marianne atmete tief durch. »Ich weiß. Ich habe schon den Klempner angerufen. Am besten wir holen Eimer und Feudel.«

Alle packten mit an, auch die Kundinnen waren aufgestanden und hatten nach Lappen und alten Frotteetüchern gegriffen.

Manche mit Alufolie und Wickler im Haar, andere halb fertig frisiert.

Marianne hatte erst versucht, sie davon abzuhalten und sie zu bitten, einfach sitzen zu bleiben, doch als die Erste aufgestanden war, folgte die Nächste.

Gedeon Westphal kam herein – auch er zu spät –, und als er sah, wie sie alle dahockten und aufwischten, ließ er sich von Marianne die Wand zeigen.

»Verstehen Sie was davon?«, fragte sie hoffnungslos.

»Leider nicht. Aber ich kann auch mithelfen.«

Die Discokugel an der Decke funkelte in der Vormittagssonne, die durchs Schaufenster fiel. Immer mehr Wasser lief aus der Wand, bis Marianne sich fragte, wann es ein hässliches Geräusch geben und ein gewaltiger Wasserstrahl herausschießen würde. Sie sah bereits sämtliche Möbel davonschwimmen und auf die Straße hinaustreiben.

Johanna und Christina hatten begonnen, zwei Regale auszuräumen und in den Eingangsbereich zu bringen. Zwei Kundinnen hockten auf allen vieren auf dem Linoleum und breiteten Tücher und Lappen aus, um das Wasser aufzufangen, das langsam, aber stetig in den Frisierbereich lief.

»Wir haben keine Feudel und keine Tücher mehr!«, rief Johanna. »Ich laufe rasch rüber und besorge welche!«

Doch Bille kam ihr zuvor. »Das kann ich übernehmen.« Sie nahm den Umhang ab, fuhr sich kurz durchs Haar und setzte die Baskenmütze auf, mit der sie gekommen war.

»Das kommt gar nicht infrage«, sagte Marianne entschieden. »Du kannst doch nicht …«

»Und ob ich kann«, unterbrach Bille sie und war bereits an ihr vorbei zur Tür geschlittert.

»Wir sollten die Sessel rausschaffen«, meinte Christina. »Bevor sie nass werden.«

Marianne nickte unglücklich. Hoffentlich kam der Klempner bald. Ihr war zum Heulen zumute.

Plötzlich flackerte das Licht, dann gab es einen Knall, als hätte jemand einen Schuss abgefeuert, und sämtliche Lampen gingen aus.

Irgendwer schrie auf, ansonsten war es erstaunlich still.

»Ein Kurzschluss«, meinte Gedeon Westphal. »So wie's aussieht, brauchen Sie jetzt auch einen Elektriker.«

Felix, schoss Marianne durch den Kopf. Er war Elektriker.

Aber sie wusste, dass er an diesem Samstag in der Stadthalle arbeitete, wo am Abend ein Schlagerkonzert stattfand. Sie hatten vor zwei Tagen telefoniert.

»Sofort alle Stecker abziehen!«, rief sie und spürte eine verblüffende Ruhe aufsteigen. Wie früher, wenn es hinter den Kulissen einer Modenschau heiß hergegangen und sie eine der ganz wenigen gewesen war, die einen kühlen Kopf bewahrt hatte. »Und keine elektrischen Geräte anfassen!«

Sie lief zum Sicherungskasten und drehte den Hauptschalter ab. Dann brachte sie die neue Hi-Fi-Anlage in Sicherheit.

»Sind Sie gut versichert?«, raunte Gedeon Westphal ihr zu, und sie nickte. Sie hatte aus den Fehlern ihrer Mutter gelernt.

Plötzlich eine vertraute Stimme hinter ihr, und sie wirbelte herum.

Ruth stand da, die Augen vor Schreck geweitet. »Was ist denn hier los?«

»Dich schickt der Himmel, Ruthchen! Es gab offenbar einen Wasserrohrbruch.«

»Ach du grüne Neune!«

»Kannst du Frau Schäfer und Frau Dettmer mit zu euch nehmen? Die Farbe muss schleunigst aus ihrem Haar. Und wenn du auch Bille und Herrn Gedeon mitnehmen würdest? Die beiden stehen heute Abend auf der Bühne.«

»Selbstverständlich.« Wie üblich fackelte Ruth nicht

lange, ging zu den beiden Frauen, die mit Alufolie auf dem Kopf dastanden und klatschnasse Feudel in der Hand hielten.

In diesem Moment kam auch Bille zurück. »Die sollten reichen.« Sie drückte Marianne einen Stapel Feudel in die Hand.

Marianne nahm sie beiseite und gab ihr rasch Bescheid.

Ohne viel Federlesens zog sie ihren Mantel an, hakte Gedeon Westphal unter und verließ zusammen mit Ruth und den anderen Kundinnen den Salon. »Ruf mich an, und erzähl, wie es ausgegangen ist, Schätzchen!«, rief sie noch, bevor die Tür hinter ihr zufiel.

Marianne atmete heftig aus, und gerade als sie die neuen Feudel auspackte, kam ein Mann mit Werkzeugkoffer herein. »Hier gibt's einen Wasserrohrbruch?«

Fast hätte sie ihn umarmt.

# 31.

»Das wird eine Weile dauern, junge Frau«, meinte der Klempner, nachdem er sich den Schaden angesehen hatte. »Die Wand muss aufgestemmt werden.« Er berichtete ausführlich, dass es sich um eine tragende Wand handele und das Rohr vermutlich seit einiger Zeit schon ein Leck habe. Der Linoleumboden musste vollständig erneuert werden, genau wie die Elektrik. »Wie alt sind die Leitungen?«, fragte er.

»Da muss ich in den Pachtunterlagen nachsehen.« Doch wo waren die? Wo verwahrte ihre Mutter den Ordner? »Ich rufe meine Mutter an, die weiß da besser Bescheid.«

Gleich nach dem zweiten Klingeln nahm sie ab, und Marianne fragte sie nach dem Ordner.

»Sag bloß, du hast schon wieder neue Pläne? Willst du etwa anbauen oder doch einen Kosmetikbereich einrichten?«

»Weder noch. Der Ordner, Mama«, erinnerte sie sie ein wenig ungeduldig.

»Im Schränkchen hinter dem Schreibtisch mit S darauf wie Salon.«

»Darauf hätte ich auch selbst kommen können.« Sie wollte wieder auflegen.

»Moment! Was ist los, Marianne? Du klingst so abgehetzt.«

»Wir haben einen Wasserrohrbruch. Aber mach dir keine Sorgen, das Schlimmste ist schon überstanden.« Wenn es denn bloß so wäre!

»Und das sagst du erst jetzt? Warum hast du mich nicht früher angerufen? Ich hätte helfen können.«

»Das war nicht nötig.« Sie erzählte, wie alle mit angepackt hatten. »Ruth hat ein paar Kunden mit zu Kronewinkel genommen, die anderen habe ich heimgeschickt. Sie erhalten einen Gutschein für die nächsten beiden Besuche.« Sie unterdrückte ein Seufzen. »Ich werde den Salon für einige Zeit schließen müssen.«

»Und ich kann wirklich nichts für dich tun?«

»Doch.« Sie schaffte ein Lächeln, auch wenn ihre Mutter es nicht sehen konnte. »Du kannst mich zum Abendbrot einladen. Ich brauche Gesellschaft und jemanden, der mich tröstet.«

Ihre Mutter hatte sie zwar ein wenig trösten, aber nicht wirklich beruhigen können. »Warte doch erst mal ab, Marianne. Vielleicht ist es gar nicht so schlimm.«

»Es *ist* schlimm, Mama. Es ist sogar eine Katastrophe. Der ganze Umbau war ein Riesenfehler. Wie soll ich das bloß schaffen? Ich werde schon wieder einen Kredit aufnehmen müssen.«

»Aber du bist doch versichert, der Salon ist versichert. Du warst nicht so dumm wie ich damals.«

»Die Leitungen sind alt, Mama«, sagte sie mit einem Seufzen. »Was, wenn die Versicherung nicht zahlt?«

»Weil die Leitungen alt sind?«

»Nein, weil ich das damals nicht habe überprüfen lassen. Ich war viel zu gutgläubig. Ich hätte auf Rainer hören sollen.« Er hatte vorgeschlagen, einen Sachverständigen hinzuzuziehen, der das Gebäude und die Räumlichkeiten auf Herz und Nieren überprüfen sollte.

Niedergeschlagen war Marianne nach dem Essen heimgeradelt und hatte sich auf der Couch zusammengerollt. Was für ein Tag! Sie würde den Salon für mindestens zwei Wochen schließen müssen, an die Kosten, die auf sie zukamen, mochte sie gar nicht denken.

Der Fernseher lief, aber sie hatte bisher kaum hingeschaut. Was hatte sie noch für Pläne gehabt!

Völlig verrückte, wie sie in diesem Moment fand. Sie hatte über einen Kosmetikbereich nachgedacht und sogar darüber, den Kundinnen anzubieten, sich wie eine berühmte Schauspielerin oder Sängerin frisieren und schminken zu lassen. *Sie möchten einmal so aussehen wie Farah Fawcett oder Olivia Newton-John?* Sie hatte den Werbeslogan schon vor sich gesehen, mit dem sie das Schaufenster schmücken wollte.

Mit dem Herrenbereich hatte sie sich einen kleinen Traum erfüllt, wozu noch einen Kosmetikbereich? Und wozu einen Lehrling? Um jungen Mädchen die Chance zu geben, in einem hochmodernen, erstklassigen Salon arbeiten zu können, gab sie sich die Antwort. Aber es war müßig, auch nur noch einen Gedanken daran zu verschwenden.

# 32.

Marianne konnte es an einer Hand abzählen, dass sie sich außer dem üblichen Montag einen weiteren freien Tag gewünscht hatte. Der Salon war immer ihr Lebensinhalt gewesen, für ihn hatte sie gelebt, ihm hatte sie alles andere untergeordnet.

Doch nun, wo sie ihn schließen musste, merkte sie, wie sehr sie sich wünschte, die Dinge würden sich verlagern und ihr Privatleben etwas mehr in den Vordergrund rücken.

Dann wieder sagte sie sich: *Was für ein Privatleben? Ich hab doch gar keins.*

Sie machte lange Spaziergänge an der Weser, und während ihr der Wind um die Nase pfiff, schmiedete sie Pläne. Sie wollte ihre Wohnung umgestalten, freundlicher, gemütlicher. Sie überlegte, Wohn- und Schlafzimmer zu tauschen und ihren Balkon üppig zu bepflanzen. Nicht nur mit langweiligen Geranien in alten, verblichenen Balkonkästen.

An diesem Nachmittag war sie zum Salon gefahren, in dem noch gewerkelt wurde. Es roch nach Zement und Mörtel, und der Lärm, den die Handwerker machten, war kaum auszuhalten.

Während Marianne am Tresen stand, ging ihr etwas Sonderbares durch den Kopf. Hatte sie mit diesen Räumlichkeiten vielleicht doch einen Fehler gemacht?

Als sie damals den Pachtvertrag unterschrieben hatte, war sie sicher gewesen, alles richtig zu machen. Das Haus war wesentlich neuer als ihr Elternhaus am Rosenplatz, und der Eigentümer hatte versichert, dass sämtliche Leitungen auf dem neuesten Stand waren. Sie war zu vertrauensselig gewesen, sie hätte es überprüfen lassen sollen. Stattdessen war sie voller Vorfreude und Pläne gewesen, für Bedenken hatte es da keinen Platz gegeben. *Ich war naiv. Ich hätte wirklich auf Rainer hören sollen.*

Der Wasserrohrbruch hatte es nun gezeigt: Sowohl die Wasser- als auch die elektrischen Leitungen waren nie ausgetauscht worden.

Ihr kam ein weiterer Gedanke: Was, wenn sie doch den früheren Familiensalon übernommen hätte? Sie hatte es kategorisch ausgeschlossen, die Idee war ihr vollkommen abwegig vorgekommen. Nun jedoch hatte sie plötzlich Bilder vor Augen, wie der Salon heute aussehen könnte. Ihr hatte genug Geld für Umbauarbeiten zur Verfügung gestanden, Geld, das sie lieber in diesen Salon gesteckt hatte.

Marianne seufzte kopfschüttelnd. Sie wollte damals räumlichen Abstand für ihr neues Leben gewinnen.

Als im Nebenraum eine weitere Höllenmaschine ertönte, flüchtete sie ins Büro. Sie setzte sich an den Schreibtisch und drehte sich auf dem Stuhl hin und her, bis ihr schwindelig wurde. Ihr Blick fiel aufs Telefon, und einem Impuls folgend, wählte sie die Nummer von Felix.

Er nahm nach dem vierten Klingeln ab.

»Hier ist Marianne.«

»Wie schön, dass du anrufst. Wie geht's dir?«

»Miserabel.«

»Willst du erzählen, was los ist?«

»Ach je, das klingt übel«, sagte er, nachdem sie berichtet hatte. »Was hältst du davon, wenn wir uns irgendwo treffen? Ich glaube, du kannst ein bisschen Ablenkung gebrauchen.«

»Ich weiß nicht, ob ich eine gute Gesellschaft bin, Felix. Ich werde dir nur die Ohren volljammern.«

»Du sagtest doch, ihr wärt meine neue Familie. Ich bestehe darauf, dass du mir die Ohren volljammerst.«

Ihre Laune war merklich gestiegen, als sie später durchs belebte Viertel radelte. Viele Leute hatte es nach draußen gezogen, die Straßencafés waren voll. Zwei junge Männer, die vor einem Café saßen, pfiffen ihr hinterher, als sie über das holprige Kopfsteinpflaster vorbeiradelte.

Hinter ihr hupte ein Auto, und sie fuhr vorsichtig noch ein wenig weiter nach rechts, wobei das Rad gefährlich schwankte und sie um ein Haar an den Bordstein geraten wäre. »Nun überhol schon!« Sie machte eine ungeduldige Handbewegung. Etwas mehr Rücksicht von den Autofahrern würde sie sich wünschen. »Fahr doch einfach vorbei, du Blödmann.«

Langsam überholte der Wagen, das Fenster wurde heruntergekurbelt und jemand rief: »Ich dachte, ich wäre schneller als du!« Felix.

Ihr Herz klopfte verblüffend wild, als sie ihm ein Zeichen gab und vor dem Bistro anhielt und abstieg.

Er parkte seinen Wagen an der Straße und schlenderte zu ihr hinüber. Ihr Herz machte einen Satz.

»Den Blödmann habe ich gehört. Sag bloß, du hältst mich für einen dieser unverschämten Autofahrer, die glauben, die Straße gehöre ihnen?«

»Etwa nicht?«

»Nein, ich nehme immer Rücksicht auf Radfahrer.« Er sah sie an, und der Blick aus diesen wunderschönen verschiedenfarbigen Augen jagte ihr einen Schauer über den Rücken bis in die Fußspitzen.

»Danke, dass du es auf dich nimmst, mich aufzuheitern.«

»Immer gerne.«

Sie hatten eine Kleinigkeit gegessen und etwas getrunken, und Marianne hatte ihm alles erzählt.

»Warum hast du mich nicht angerufen?«, fragte er.

»Weil du in der Stadthalle warst«, erinnerte sie ihn.

»Aber es war ein Notfall, ich wäre sofort gekommen, Marianne.«

»Hätte ich gewusst, dass du alles stehen und liegen lässt …«

»Jetzt weißt du's.«

Sie schauten sich an, lächelten.

»Danke, Felix.« Ihr Herz machte erneut einen übermütigen Satz, und ihr ging durch den Kopf, dass sie sich, lägen die

Dinge anders, sehr wahrscheinlich in ihn verlieben würde. Aber war sie es nicht längst? Hatte sie ihr Herz nicht längst an diesen gut aussehenden charmanten Mann verloren, der so ganz anders war als alle Männer, die sie kannte?

»Du bist doch hoffentlich gut versichert?«

Sie nickte und legte den Bierdeckel beiseite, bevor sie ihn ganz zerbröselt hätte. »Ich mache mir trotzdem Sorgen, dass ich mich übernommen habe. Erst der Umbau und jetzt dieser blöde Wasserrohrbruch. Was kommt als Nächstes? Eine Straßenbahn kracht ins Gebäude?«

Er grinste, wurde aber gleich wieder ernst. »Nun mal den Teufel nicht an die Wand. Solange du versichert bist, ist alles gut.«

Ob er über seinen Vater, ihren Onkel, sprechen würde? Sie jedenfalls würde das Thema nicht anschneiden. Weil sie ahnte, dass es wie ein Schatten über ihnen liegen würde. Und der Abend war bislang so schön gewesen.

Doch Felix schnitt das Thema nicht an, und Marianne überlegte, ob auch er es bewusst ausklammerte. Weil sie sich wünschte, dass auch er Gefühle für sie hegte?

»Darf ich die Elektrik meines Salons vertrauensvoll in deine Hände legen?«, fragte sie ihn mit belegter Stimme.

»Es ist mir eine Ehre.«

# 33.

## Ruth

Endlich wieder jeden Vormittag im Salon zu stehen, war wunderbar. Sie genoss jede Stunde. Zu Hause war ihr die Decke auf den Kopf gefallen, sie war einfach nicht zum Hausmütterchen geboren.

Das Einzige, was ihr ein wenig Probleme bereitete, war das lange Stehen. Daran musste sie sich wieder gewöhnen.

An diesem Nachmittag kam unerwartet ihre Freundin Rosemie herein. »Ich hab keinen Termin, Ruthchen, kannst du mich irgendwie dazwischennehmen?«

»Natürlich.« Sie schob ihr den Stuhl zurecht und wartete, bis sie bequem saß und ihre Handtasche abgelegt hatte. »Wie immer?«, fragte sie dann.

»Wie immer.« Rosemie schaute im Spiegel zu, wie Ruth ihr den Umhang umband und den langen Pferdeschwanz löste. »Du hast dich ganz schön rargemacht.«

»Ich weiß, entschuldige. Der Salon, die Kinder und der Haushalt …« Du weißt ja, wie das ist, hätte sie beinahe gesagt. Aber Rosemie konnte es nicht wissen. Sie war unverheiratet und hatte keine Familie.

Früher hatten sie sich mindestens einmal die Woche getroffen, inzwischen sahen sie sich sehr viel seltener. Aber sie telefonierten regelmäßig.

»Ich hab gehört, dass es in Mariannes Salon einen Wasserrohrbruch gab.«

Ruth nickte. »Ja, eine schlimme Geschichte.«

»Aber sie ist doch versichert, oder?«

»Schon. Trotzdem macht sie sich Sorgen.«

Rosemie seufzte. »Die Arme.« Sie blickte sich um. »Ich mag euren Salon. Aber ich bin ehrlich, Ruth, ich mag auch Mariannes.«

Ruth musste lachen. »Das darfst du. Auch wenn zwischen uns ein erbitterter Konkurrenzkampf herrscht.« Sie zwinkerte ihr im Spiegel zu. Sie wusste, dass auch Rosemie es diplomatisch hielt und sowohl zu ihnen als auch zu Marianne ging. Sie fand das vollkommen in Ordnung.

»Nein, weißt du was«, sagte Rosemie plötzlich. »Nicht wie immer. Ich will so eine Frisur wie du.«

Ruth trug das Haar seit einiger Zeit zu einem schulterlangen Pagenkopf mit hoch angesetztem Seitenscheitel; eine Frisur, die nicht nur schick war, sondern auch ungemein praktisch. Sie konnte das Haar an der Luft trocknen lassen, zu einem kurzen Zopf binden oder auch mal auf große Wickler drehen, wenn Rainer und sie ausgingen. *Auch das ist selten geworden,* dachte sie. Aber das würde sich bestimmt wieder ändern, jetzt, wo die Kinder etwas größer waren.

Rosemies Haar war lang geworden, zu lang für ihren Geschmack, es ließ die Freundin hager und streng erscheinen.

Mit sanftem, aber gründlichem Strich bürstete sie deren Haar aus und nahm dann ein Frotteetuch aus der Ablage. »Möchtest du eine pflegende Spülung?«

»Solange die nicht auch nach Äpfeln riecht.« Rosemie verdrehte die Augen. »Müssen neuerdings eigentlich alle danach riechen?«

Ruth musste lachen. »Nein, keine Sorge, unsere Spülung duftet nach Aprikosen.«

»Gott sei Dank.« Ihre Freundin legte den Kopf schief und betrachtete ihr Spiegelbild. Wahrscheinlich überlegte sie, ob sie sich wirklich von ihrem langen Haar trennen sollte.

Ruth beschloss, ihr noch etwas Bedenkzeit zu geben. Sie hatte schon erlebt, dass eine Kundin in Tränen ausgebrochen war, und das wollte sie Rosi und sich selbst ersparen. Sie gab ihr einen Waschlappen für die Augen und bat sie, sich über das Waschbecken zu beugen.

»Erst muss ich dir meinen Verlobungsring zeigen.«

Ruth, die das Wasser aufdrehen wollte, hielt inne. »Ihr habt euch verlobt?«

»Sonntag hat er mir einen Antrag gemacht. Ich wollte es dir persönlich sagen und nicht am Telefon.« Rosi war seit zwei Jahren mit Gerd liiert, den sie bei einem Dauerlauf im Nieselregen durch den Bürgerpark kennengelernt hatte. Er war von rechts gekommen, sie von links, und an der Kreuzung waren sie um ein Haar ineinandergelaufen. Nach dem ersten Schreck hatten sie zu plaudern begonnen und die Unterhaltung am Abend bei einem Glas Wein beim Italiener fortgesetzt. »Er ist der Mann meines Lebens«, hatte sie Ruth kurz darauf erzählt. »Er und kein anderer.«

»Dann solltest du ihn das ganz schnell wissen lassen«, hatte Ruth ihr geraten. »Sonst schnappt ihn sich am Ende noch eine andere.«

»Zeig her!« Sie bewunderte den funkelnden Ring gebührend.

»Weißt du, was meine Mutter gesagt hat?«

»So was wie ›Das wurde aber auch Zeit, Rosi‹?«

Rosemie lachte. »Ganz genau. Wie gut du sie kennst.« Sie lauschte. »Oh, könntest du das Radio etwas lauter stellen? Da läuft gerade Baccara. Ich liebe das Stück!«

»Wann ist die Hochzeit?«, fragte Ruth, während sie ihr Haar shampoonierte.

»Wir dachten an Mai. Nenn mich ruhig spießig, das denkst du doch gerade, oder?«

»Ach nein, vielleicht nur ein bisschen konventionell. Ich freue mich schrecklich für euch, Rosi.« Sie spülte das Haar aus und wickelte ein Frotteetuch darum. »Du kannst dich wieder aufsetzen.«

»Für Kinder ist es leider zu spät.« Ihre Freundin seufzte. »Warum sind wir uns auch nicht früher begegnet?«

»Weil du früher nicht durch den Bürgerpark gelaufen bist. Und noch etwas früher gab's Manfred.«

»Richtig. Manfred. Und mit ihm wollte ich keine Kinder.«

Sie schwiegen eine Weile, bis Ruth lachen musste. »Weißt du noch? Damals wollten wir den Club der Übriggebliebenen gründen.«

»Oh ja, ich erinnere mich noch gut. Aber weißt du was, ich finde es viel besser so.«

»Ich auch.« Während Ruth weiterfrisierte, lächelte sie. Wieder einmal war ihr klar geworden, wie viel Glück sie im Leben gehabt hatte. Sie und Rainer waren sich zu einer Zeit begegnet, als es noch nicht zu spät gewesen war, eine Familie zu gründen.

Ja, das Leben hatte es meistens gut mit ihr gemeint.

# 34.

## Gisela

Wochen waren nach dem Arzttermin vergangen, und die Schmerzen blieben. Dabei hatte sie ihre Medikamente pflichtbewusst und auf die Stunde genau eingenommen.

Sie hatte einen Fehler gemacht und im Gesundheitslexikon nachgeschlagen. Irgendjemand hatte es Dietmar vor einer Ewigkeit geschenkt, und sie hatte es ganz hinten ins Regal gestellt. »Ich werde den Teufel tun und mir ansehen, woran man erkranken oder sogar sterben kann«, hatte sie damals gesagt.

Als sie nun die grauenvollen Fotos von grauenerregenden Krankheiten sah und Worte wie »Geschwür« und »Karzinom« las, klappte sie das Buch rasch zu und schob es zurück ins Regal. Vorher war sie zufällig bei Buchstabe K gelandet und hatte etwas von Koliken gelesen. Waren ihre Schmerzen Koliken?

Ihr war schon wieder übel, im Grunde war ihr seit einiger Zeit ständig übel. Ihr Geist zählte ungefragt die Symptome auf, von denen sie eben gelesen hatte: Übelkeit, Appetitlosigkeit, Schmerzen im Oberbauch, Erbrechen.

In Gedanken ging sie den zurückliegenden Arztbesuch durch. Hatte sie ihre Beschwerden auch genauestens geschildert? Hatte der Arzt verstanden, was sie meinte? Und hatte sie auch ihn verstanden? Es wäre nicht das erste Mal, dass Arzt und Patient aneinander vorbeiredeten. Sie erinnerte sich noch gut – leider – an das Gespräch mit dem Arzt im Krankenhaus, als Dietmar eingeliefert worden war. Er hatte Wörter benutzt, die sie nie zuvor gehört hatte und sich auch nicht merken konnte, sodass sie sie später hätte nachschlagen können. Warum mussten Ärzte sich nur immer so ausdrücken, dass Menschen, die nicht Medizin studiert hatten, kein Wort verstanden?

Gisela ging ins Wohnzimmer und nahm eine Zigarette aus der Schachtel. Die wievielte heute? Wieso fragte sie sich das überhaupt? Und seit wann stellte sie sich diese Frage?

Sie zündete sie an und inhalierte. Die Zigarette schmeckte ihr ganz und gar nicht, und sie spürte, wie sich ihr Magen noch mehr zusammenzog.

Mit der Zigarette in der Hand ging sie ins Bad und nahm die Medikamente aus dem Schränkchen, die ihr verordnet worden waren. Sie setzte sich auf den Wannenrand und las erneut die Packungsbeilagen und überprüfte, ob sie auch wirklich alles richtig eingenommen hatte. Der Arzt hatte gemeint, dass es ihr in spätestens zwei Wochen deutlich besser gehen würde.

Sie hatte noch gescherzt, dass sie bis dahin einfach weiterhin den scheußlichen Kamillentee trinken würde.

Doch selbst der verursachte ihr mittlerweile Übelkeit.

Sie runzelte die Stirn und klemmte sich die Zigarette in den Mundwinkel. Hatte sie von den weißen Tabletten nicht drei statt vier genommen? Nein. Sie schüttelte den Kopf. Sie war sehr akribisch gewesen.

Zurück im Wohnzimmer, drückte sie die Zigarette aus und wollte sich ein Glas Wasser holen. Auf dem Weg in die Küche wurde ihr ganz eigenartig zumute, ein wenig schwindelig, als habe sie einen leichten Schwips. Dann brach ihr kalter Schweiß aus, und sie taumelte, stolperte über die Teppichkante und fiel der Länge nach auf den Läufer im Flur.

Einen Moment lag sie still da, verwirrt und erschrocken. Sie rappelte sich auf und überlegte, ob ihr etwas wehtat.

Wieder wurde ihr übel, diesmal so stark, dass sie es gerade noch rechtzeitig ins Bad schaffte.

Sie würgte, bis nur noch Gallenflüssigkeit kam, die unangenehm in der Speiseröhre brannte. Ihre Knie zitterten so sehr, dass sie nicht aufstehen konnte, unmöglich.

Wie lange sie auf allen vieren vor der WC-Schüssel hockte, wusste sie nicht. Sie hatte jegliches Zeitgefühl verloren.

Irgendwann ließ sie sich auf die Fersen zurückfallen, den Rücken an die Badewanne gelehnt. Irgendetwas stimmte nicht mit ihr. Hatte der Arzt sich womöglich geirrt? Auch Ärzte irrten sich mitunter, auch wenn sie sich gern als Halbgötter in Weiß verstanden. Vielleicht hatte er ihr aber auch nur nicht die richtigen Medikamente verschrieben.

*Ich werde einen neuen Termin machen.*

Plötzlich beruhigt und deutlich sicherer auf den Beinen, stand sie auf und holte sich etwas zu trinken.

# 35.

## Marianne

Vor lauter Sorge hatte sie nächtelang grauenvoll geschlafen. Die Sanierung hatte länger gedauert als gehofft. Immer wieder waren unerwartet Probleme aufgetaucht, mal kleine, mal größere.

Erst an dem Vormittag, als Felix gekommen war und sich an die Elektrik gemacht hatte, war Marianne ein wenig zur Ruhe gekommen. Ihm vertraute sie, und er gab ihr Zuversicht, indem er ihr vor Augen hielt, dass sie das Ganze positiv sehen sollte. »Es hätte zu einem deutlich schlechteren Zeitpunkt kommen können. Am Wochenende zum Beispiel, während du zu Hause bist. Und am Montag hättest du die Bescherung gesehen.«

»Dienstag«, hatte sie korrigiert.

»Noch schlimmer. Stell dir vor, das Wasser hätte zentimetertief gestanden, und du hättest ein Schlauchboot gebraucht.«

»Felix.« Sie hatte lachen müssen.

»Oder mitten im Winter bei Eis und Schnee womöglich.

Es hätte auch jemand verletzt werden können, Marianne. Wenn du das alles mal durchdenkst, wirst du einsehen, dass du noch Glück im Unglück hattest. Oder etwa nicht?«

Sie musste zugeben, dass er recht hatte.

Sie hatten eine rauschende Wiedereröffnung gefeiert, und Kundschaft und Presse hatten sich die Klinke in die Hand gegeben.

Auch Felix war gekommen, und am Abend, als Marianne die Tür hinter der letzten Kundin schloss, hatte er sie beiseitegenommen und sie ernst angesehen.

»Was ist los? Du siehst aus, als hättest du was ausgefressen.« Egal, was es war, es würde sie nicht schrecken. Es war ein wunderbarer Tag gewesen, und sie hatte ihren Kummer hinter sich lassen können. Sie wollte nur noch nach vorn schauen.

Am nächsten Tag wollte sich eine neue Friseuse vorstellen.

Es hatten sich so viele Frauen – überwiegend junge – vorgestellt, dass sie Ruth gebeten hatte, ihr bei der Auswahl behilflich zu sein. Schließlich hatte sie sich für Andrea entschieden, eine Frau Mitte dreißig, verheiratet und mit einer siebenjährigen Tochter, die in die Schule gekommen war. *Ich möchte wieder in meinen Beruf zurück*, hatte sie in ihrer Bewerbung geschrieben. Vor der Geburt ihrer Tochter hatte sie in einem Salon am Brill gearbeitet. Das Zeugnis hatte Marianne nicht interessiert, ein erster Eindruck und gegenseitige Sympathie würde ihr genügen. Ihre Mutter war darüber zwar sehr erstaunt gewesen, hatte sich jedoch nicht eingemischt. »Die

Zeiten haben sich geändert, und ich habe dazugelernt«, hatte sie gemeint. »Wir werden uns in mancher Hinsicht wahrscheinlich nie einig sein, aber ist das wichtig? Es geht doch nur darum, dass wir uns gegenseitig zuhören und ernst nehmen, oder etwa nicht?«

»Wollen wir irgendwo was trinken gehen?«, riss Felix sie aus ihren Gedanken, doch sie schüttelte den Kopf.

»Ich bin zu müde, Felix. Kannst du mir nicht hier sagen, was du angestellt hast?« Sie lachte.

»Na schön«, setzte er an.

In diesem Moment kam ihre Mutter aus dem Büro. »Ich hab noch schnell aufgeräumt, damit ich morgen früh … Huch! Störe ich?«

Felix war herumgewirbelt. »Ich wusste nicht, dass du noch hier bist.« Für einen Augenblick schien er die Fassung verloren zu haben. Er räusperte sich. »Aber vielleicht ist es gut, wenn ihr es gleich beide erfahrt …«

»Und was?«, fragte Marianne, nun doch alarmiert.

Seine Hände nestelten an seinen Hosentaschen. »Ich war am Wochenende in Hamburg bei meiner Mutter. Ich habe ihr erzählt, dass ich meinen Vater gesucht habe. Sie ist aus allen Wolken gefallen, war ganz blass und aufgeregt. Und dann hat sie gesagt, dass … Ich weiß jetzt, dass Kurt Fellbach nicht mein leiblicher Vater ist.«

Marianne geriet kurzzeitig ins Taumeln und stieß mit der Hüfte an den Tresen. Ihre erste Empfindung waren pure Erleichterung und Glückseligkeit. Dann folgten Fassungslosigkeit und Zorn.

Wieso hatte seine Mutter behauptet, ihr Onkel wäre sein

Vater? Wie kam sie auf so etwas Haarsträubendes, das das Leben mehrerer Menschen durcheinandergewirbelt hatte?

»Meine Mutter ist an einer besonderen Form von Vergesslichkeit erkrankt«, sagte er, ohne eine von ihnen anzusehen. Das Ganze ging ihm sichtlich nah. »Sie bringt vieles durcheinander, ordnet das, was früher war, ins Hier und Jetzt ein und teilweise auch umgekehrt. Mein Vater hatte im letzten Jahr schon etwas angedeutet, aber ich … ich hab's wohl nicht hören wollen. Vielleicht habe ich es auch nicht so ernst genommen, weil ich gar nicht verstanden habe, was mit ihr ist.« Er hob das Gesicht und sah erst Marianne, dann ihre Mutter an. »Ich glaube, sie hat gar nicht begriffen, was sie angerichtet hat. Und ich kann ihr nicht mal böse sein.«

»Du lieber Himmel.« Ihre Mutter war die Erste, die etwas sagte. »Das ist … Ich bin wirklich …«

»Es tut mir leid. Ich habe euer Leben durcheinandergebracht. Es tut mir wirklich leid.«

Marianne konnte sich nicht rühren, so viele Gedanken und Emotionen strömten auf sie ein, dass sie sich wie erstarrt fühlte.

Ihre Mutter ging zu Felix und legte die Hand auf seine Schulter. »Ich will nicht abstreiten, dass unser Leben ziemlich in Schieflage geraten ist. Aber dafür können wir weder dir noch deiner Mutter die Schuld geben. Für mich ändert sich nichts, Felix, auch wenn du nicht mein Neffe bist.« Marianne sah, wie sie kurz die Hand auf ihren Magen legte.

»Danke«, murmelte Felix. »Das bedeutet mir wirklich viel.«

Endlich fand auch Marianne Worte. »Wir machen deiner

Mutter keine Vorwürfe, Felix. Sie hat es ja nicht in böser Absicht getan.« Und dann hörte sie sich etwas sagen, was sie selbst verblüffte. »Wir hätten uns ansonsten nie kennengelernt – und das wäre doch jammerschade, oder etwa nicht?«

Er warf ihr einen Blick zu, lächelte und hob ein wenig die Augenbrauen. »Allerdings«, sagte er leise.

Das war der Augenblick, in dem Marianne begriff, dass er dasselbe wie sie empfand. Dass auch er seine Gefühle ignoriert hatte.

Samstagabend holte Felix sie zu einem Kinobesuch ab. Er hatte vorher nur kurz angerufen und gesagt, dass er gleich vor ihrer Tür stehen würde.

Marianne hatte beschlossen, dass Spontaneität unbedingt in ihr Leben gehörte, und ohne zu zögern gesagt, wie sehr sie sich freue. Sie wollte nicht mal wissen, welcher Film gezeigt wurde.

Seit sie wusste, dass Felix nicht ihr Cousin war, fühlte sie sich wie verwandelt. Sie ging nicht, sie schwebte, sie hatte nicht nur nachts romantische, sehnsüchtige Träume, sondern auch tagsüber, und sie lächelte ununterbrochen.

Als sein Wagen vor dem Haus hielt und er kurz auf die Hupe drückte, nahm sie Strickjacke und Handtasche und verließ mit flatterndem Magen die Wohnung.

Er hatte Karten für die *Rocky Horror Picture Show* reserviert, und das war eine gute Idee gewesen. Der Saal war voll bis auf den letzten Platz.

Das Publikum johlte, als ein Mann auf einem Motorrad in Frank N. Furters Labor gefahren kam.

»Wer ist das?«, fragte Marianne verwirrt. Hatte sie nicht aufgepasst? War sie womöglich kurz eingenickt?

»Das ist Eddie.«

»Und wer ist Eddie?«

»Der frühere Geliebte von Frank.«

Das Publikum sang laut mit, Konfetti flog durch die Luft.

Marianne setzte sich bequemer hin und lehnte den Kopf an seine Schulter. Ganz selbstverständlich rutschte er noch etwas näher, das Kinn auf ihrem Scheitel. »Gefällt's dir?«

»Und wie.« Sie seufzte.

»Wollen wir mittanzen?«

»Meinst du das ernst?«

»Nein.« Er lachte.

Nach einer Weile hob sie das Gesicht und sah ihn im Halbdunkel an. Sein Gesicht kam näher, und plötzlich ging es ihr nicht schnell genug. Sie setzte sich auf, nahm sein Gesicht in beide Hände und küsste ihn.

Ein paar Stunden später saßen sie in seinem Wagen vor ihrer Haustür. Im Grunde war beiden klar, was nun geschehen würde, dass er nicht nach Hause fahren, sondern bleiben würde.

Und doch zögerten sie den Moment heraus. Sie saßen nur da, die Hände ineinander verschlungen, und sahen sich an.

»Ich wollte dir schon lange sagen, dass ich verliebt in dich bin«, sagte er schließlich. »Aber es war alles so … verwirrend.«

»Ja«, flüsterte sie. »Ich weiß es auch schon länger.«

Er fuhr mit dem Finger über ihre Wange, ihren Nasenflügel und dann über ihre Lippen. »Irgendwie fühlt es sich gerade an, als könnte alles wahr werden.«

Sie fragte nicht nach, was genau er damit meinte. Sie glaubte es zu wissen. Sie griff nach seiner Hand. »Komm.«

Im Treppenhaus machten sie kein Licht, und als sie vor ihrer Wohnungstür standen, hob er sie plötzlich hoch und trug sie über die Schwelle.

Marianne musste laut lachen. »Ich dachte, das macht man erst, wenn man verheiratet ist.«

»Das ist mir egal. Mir ist jetzt danach.«

Später sagte Marianne zu ihm, als er neben ihr lag und schon fast eingedöst war. »Ich bin froh, dass du da bist. Ich meine, nicht nur hier bei mir, sondern überhaupt.« *Ich bin wirklich lausig in diesen Dingen.*

Mit ihm würde sie alles hinbekommen, ertragen und durchstehen. Felix machte sie stark und selbstbewusst, gab ihr Halt und Zuversicht, und er war für sie da, genau wie sie für ihn da sein wollte. Und das alles mit einer bislang nicht gekannten Selbstverständlichkeit. Noch nie hatte sie das Bedürfnis verspürt, einem Mann zu sagen, dass sie ihn liebte.

Sie musste sich räuspern und brauchte mehrere Anläufe, bis es heraus war. »Ich glaube, dass ich dich liebe.«

Er zog sie an sich. »Und ich dich.«

»Du bist der erste Mann, dem ich das sage.«

»Wirklich?«

»Zu wie vielen Frauen hast du es schon gesagt?« Eigentlich wollte sie das gar nicht wissen. Sie spürte Eifersucht aufsteigen und rang sie ärgerlich nieder.

»Du bist die erste.«

Reines Glück durchströmte sie. »Als Mädchen – ich muss zwölf oder dreizehn gewesen sein – hab ich mal eine Geschichte gelesen. Es ging um ein Paar, das sich nach langem Hin und Her endlich gefunden hatte. Am Ende hob der Mann die junge Frau auf sein Pferd, und sie ritten zusammen in den Sonnenaufgang. Ich fand das damals furchtbar kitschig.« Sie machte eine Pause und sah ihn an. »Aber wenn du ein Pferd hättest, würde ich jetzt mit dir sonst wohin reiten.«

»Ich könnte mir schnell eins besorgen.«

»Nicht nötig.« Sie schüttelte den Kopf und umschloss seine Hand. »Ich gehe mit dir überallhin, Felix.«

# 36.

## Gisela

Es war ein sonniger Tag, und Gisela hatte alle Fenster weit geöffnet. Unpassend zur Jahreszeit hatte sie große Lust auf einen Frühjahrsputz verspürt und sich nur mit Mühe zurückhalten können.

*Was ist nur mit mir los?*, fragte sie sich, als sie den Tisch deckte. Sie war aufgedreht und kribbelig wie ein Kind kurz vor der Bescherung.

Sie stellte das Radio an und sang laut mit. »*Schmidtchen Schleicher mit den elastischen Beinen. Wie der so herrlich in den Knien federn kann.*« Kichernd goss sie die beiden Alpenveilchen und gab den Blumen, die Helmut ihr mitgebracht hatte, frisches Wasser.

Sie lächelte, als sie ins Schlafzimmer lief, um dort das Fenster zu schließen. Als ihr Blick auf das Bett fiel, spürte sie, wie ihr die Hitze ins Gesicht kroch.

Dort drüben hatte Helmut gelegen, und es war ganz selbstverständlich gewesen. Und es hatte sich richtig angefühlt.

*Marianne hat recht, wir sind erwachsene Menschen und können tun, was uns gefällt. Was kümmern mich die Nachbarn?*

Gisela ging zum Fenster und schaute einen Moment nach draußen, hinunter auf die Straße, die verlassen dalag. Sie musste daran denken, wie früher, sehr viel früher, die Kunden zu ihnen in den Salon gekommen waren. Wie es nach Festiger und Haarspray gerochen hatte; Gerüche, die bis in ihre Wohnung hinaufgestiegen waren.

Ein wenig wehmütig schloss sie das Fenster. Das war lange her und längst vorbei. Den Salon gab es nicht mehr, andere Zeiten waren angebrochen.

Das Telefon klingelte, und während sie hinlief, überlegte sie, ob es Helmut sein konnte. Nein, wahrscheinlich nicht. Er rief normalerweise nicht um diese Zeit an.

»Hallo, Mama.« Marianne klang nicht nur fröhlich, sondern regelrecht aufgekratzt.

»Was ist passiert?«

»Ich würde dir gern was erzählen.«

»Nur zu.«

»Nicht am Telefon. Ich komme vorbei, Mama, und bringe Kuchen mit.« Sie legte auf, noch bevor Gisela etwas erwidern konnte.

»Was hast du auf dem Herzen?«, fragte sie ihre Tochter, nachdem sie eine Tasse Kaffee getrunken und ein Stück Apfelkuchen gegessen hatten. Sie spürte schon wieder das vertraute Brennen im Magen und hoffte, dass Marianne nicht merkte, wie sie die Hand darauflegte. Sie zündete sich eine Zigarette an und inhalierte genüsslich.

»Für deinen Magen sind die vielen Zigaretten bestimmt nicht gut.«

»Ich weiß. Also? Was wolltest du mir erzählen?«

Ihre Tochter lächelte; ein Lächeln, das sie so noch nie bei ihr gesehen hatte. »Es geht um Felix. Und um mich. Wir sind ein Paar.«

Ihr fiel die Kuchengabel herunter, und sie bückte sich, um sie aufzuheben. »Ihr seid ein Paar?«, sagte sie, als sie wieder hochkam. »Seit wann?«

»Es ist noch ziemlich frisch.«

Gisela umfasste ihr Handgelenk. »Ich freue mich für euch, Schatz. Und wie ich mich freue! Felix ist ein so netter junger Mann.«

»Und er ist nicht mein Cousin.«

Gisela nickte geistesabwesend. »Ich hätte längst mit Kurt reden sollen.« Aber wenn sie ehrlich war, hatte sie noch immer nicht die geringste Lust dazu. Im Gegenteil, sie würde ihn am liebsten noch weiter schmoren lassen. Doch vielleicht schmorte er gar nicht, vielleicht hatte er Felix längst vergessen und war zur Tagesordnung übergegangen. Darin war Kurt ungekrönter Meister.

»Dann hat er sich immer noch nicht gemeldet?«

Sie schüttelte den Kopf. »Aber wir wollen nicht über deinen Onkel sprechen, sondern über dich und Felix.« Wieder nahm sie Mariannes Hände und drückte sie. »Ich freue mich wirklich.«

»Ich glaube, er ist der Mann, auf den ich mein Leben lang gewartet habe.«

Gisela musste schlucken, so gerührt war sie.

»Seit ich Felix kenne, ist alles …« Marianne machte eine ausladende, kreisende Handbewegung. »Als würde sich die Erde anders drehen. Als wäre das, was vorher wichtig war, jetzt nicht mehr so wichtig. Ich habe das Gefühl, endlich richtig zu leben, Mama. Ich weiß, das klingt seltsam.«

»Nein, ganz und gar nicht. Ich glaube, ich weiß genau, was du meinst.« Sie lächelte versonnen. »Das nennt man Liebe, Marianne.«

Die beiden schauten sich eine ganze Weile nur an, bis Marianne schließlich fragte: »Und was wird nun aus dir und Helmut? Was wirst du ihm sagen?«

»Ich brauche einfach noch etwas Zeit«, sagte sie ausweichend. Sie wusste, dass Zeit nicht der Grund war, weshalb sie zögerte.

»Du wartest darauf, dass er dir einen Antrag macht.« Marianne schenkte frischen Kaffee nach und wischte mit dem Finger einen Tropfen vom Hals der Kanne. »Du denkst, wenn er dich nicht heiraten will, kann er dich auch nicht lieben. Nicht aufrichtig lieben.«

*Wie gut sie mich doch kennt.* Trotzdem schüttelte Gisela den Kopf. Sie wünschte, sie könnte anders darüber denken.

»Doch, Mama«, sagte Marianne sanft. »Genau das denkst du. Man kann sich auch ohne Trauschein lieben.«

»Ich brauche aber einen Ehering, Marianne. So bin ich nun mal.«

»Und wenn du versuchst, über deinen Schatten zu springen? Du hast es schon mal geschafft, Mama, in so vielen Dingen. Du kannst es wieder schaffen. Du musst es nur wollen. Ihr könnt glücklich miteinander werden.«

Gisela drückte ihre Zigarette aus. Um sich gleich eine neue anzustecken. »Für mich ist eine Ehe etwas Wunderbares, etwas Wertvolles, das man schützen muss.«

»Da gebe ich dir recht«, stimmte Marianne ihr zu. »Aber die Ehe ist nur ein weiterer Schritt. Davor kommt die Liebe, und auch die sollte man schützen. Und ihr liebt euch, oder etwa nicht?«

Sie schluckte mehrmals hintereinander. Von Liebe hatten sie noch nie gesprochen, als wollten sie beide dieses Wort ganz bewusst nicht benutzen. Aber ja, sie liebte Helmut, und etwas in ihr sagte ihr, dass auch er sie liebte. Ein Trauschein würde ihre Liebe komplett machen, vollständig und offiziell, und genau das war der Grund, weshalb sie ihn wollte. Brauchte.

»Ich weiß nicht, ob ich das kann, Marianne«, gab sie mit leiser Stimme zu. »Es fühlt sich an, als müsste ich katholisch werden, obwohl ich evangelisch erzogen worden bin.«

»Aber es geht dir auch um das Gerede der Leute.«

»Ich wünschte, es wäre nicht so.« Ein weiteres Eingeständnis, das sie selbst überraschte.

»Warum sprichst du nicht einfach mit ihm, erklärst ihm, wie du dich fühlst?«

»Und wenn er es nicht versteht? Wenn er mich dann nicht wiedersehen will?«

»Dann ist er nicht der Mann, für den du ihn hältst, Mama.«

Vielleicht hatte sie auch genau davor Angst.

# 37.

Gisela hatte sich Zeit gelassen mit einem neuen Arzttermin, weil es ihr zwischenzeitig wieder etwas besser gegangen war. Dann aber kehrten Unwohlsein und brennende Schmerzen zurück.

Als sie an diesem Morgen aus der Praxis kam, regnete es Bindfäden. Sie musste sich am Geländer vor dem Haus festhalten, sonst wäre sie die Stufen heruntergefallen. Ihre Knie hatten plötzlich nachgegeben. Sie fühlte sich wie in Watte gepackt. Sie versuchte, ihr Kopftuch umzubinden, das der Wind ihr aus der Hand reißen wollte. Die Worte des Arztes rauschten in ihrem Kopf, schwollen an und verebbten wieder.

Ihr war kalt, und ihre Hand zitterte, als sie in ihrer Handtasche nach dem Hausschlüssel suchte. Dann schüttelte sie verwirrt den Kopf und runzelte die Stirn.

Sie schob die Eingangstür auf, stieg die wenigen Stufen zur Praxis hoch und klopfte an. Wieder schüttelte sie den Kopf und trat ein. »Würden Sie mir ein Taxi rufen?«

»Selbstverständlich. Nehmen Sie doch so lange hier vorn Platz, Frau König.«

Gisela sank wie in Trance auf den Stuhl.

»Soll ich Ihnen ein Glas Wasser holen?«

»Wie bitte? Nein, das ist nicht nötig, vielen Dank.« Sie öffnete ihre Handtasche und schaute hinein. So recht wusste sie aber nicht, wonach sie suchte, also schloss sie sie wieder und starrte an die weiß getünchte Wand. Dort hing ein kleines Plakat, darauf das Trimm-dich-Männchen mit gerecktem Daumen und in weißem Unterhemd und schwarzer Sporthose. *Ein Schlauer trimmt die Ausdauer!*

Die Buchstaben verschwammen vor ihren Augen, und sie blinzelte.

Als das Taxi kam, wurde sie gefragt, ob man sie hinausbegleiten sollte, doch sie lehnte ab. Sie konnte allein gehen, sie konnte nur nicht gut nachdenken. Es fühlte sich alles so merkwürdig an, so irreal. Als würde sie träumen und wissen, dass sie träumte, aber nicht aufwachen können.

Der Fahrer, ein freundlicher und geduldiger älterer Herr, fragte, ob sie etwas dagegen hätte, wenn das Radio lief, und sie verneinte. Im Gegenteil, sie war froh darüber. Weil es ihre lauten Gedanken ein wenig übertönte. Ihr Mund war staubtrocken. Als hätte sie einen Löffel Sand gegessen.

Das Taxi fuhr los, und ihr war, als sinke sie immer tiefer ins Polster. Wenn der Wagen anhalten würde, wäre sie versunken, nicht mehr da, davon war sie überzeugt.

Sie hatte sich auf die Couch gelegt und zusammengerollt, als es erst an der Tür klopfte und gleich darauf ihre Tochter vor ihr stand. »Hast du geschlafen, Mama?«

Gisela setzte sich rasch auf, brachte ein Lächeln zustande. »Nur ein bisschen gedöst. Ich hab heute Nacht nicht gut geschlafen. Wie spät ist es?«

»Gleich elf. Du siehst schrecklich aus, wenn ich das sagen darf.«

»Mir geht's gut, Schatz.«

Marianne verdrehte die Augen. »Wie oft ich das schon gehört habe!«

Himmel, sie war so entsetzlich müde, dass sie sich zu gern einfach wieder zusammenrollen und weiterschlafen würde.

»Ich war noch nicht an der frischen Luft, das ist alles.«

Prompt kam der Cockerspaniel angelaufen, die Leine in der Schnauze, die er vor ihre Füße legte. Mit einem »Wuff« bekräftigte er, was er vorhatte.

»Du hast ja recht, Mäxchen«, sagte sie müde.

»Soll ich mit ihm eine Runde drehen?«, bot Marianne sich an.

»Musst du gar nicht im Salon sein?« Ihre Zunge fühlte sich geschwollen an. *Als wäre ich betrunken*, dachte sie erschüttert. Dabei hatte sie seit Jahren keinen Schwips mehr gehabt. Sie hatte ihrer Schwester versprochen, nicht mehr zu trinken. Ein Versprechen, das sie eingehalten hatte.

»Heute ist Montag, Mama.« Marianne lachte kopfschüttelnd. »Du bist ja ganz durcheinander.«

Keine Magenschleimhautentzündung. Diese beiden Worte waren mit einem Mal so brüllend laut in ihrem Kopf, dass sie hätte schwören können, ihre Tochter hätte sie auch gehört.

»Ach ja, richtig, heute ist Montag. Wie dumm von mir.« Sie lachte sogar. Es fühlte sich seltsam an, unpassend, unwirklich. »Wie läuft es im Salon?«, erkundigte sie sich dann noch, um so zu tun, als wäre dies ein ganz gewöhnlicher Tag und das hier ein gewöhnliches Gespräch.

»Wir sind den ganzen Monat ausgebucht.«

Sie überlegte fieberhaft, wie lange die Wiedereröffnung zurücklag? Sie fragte natürlich nicht nach, denn dann hätte ihre Tochter sicher an ihrem Verstand gezweifelt. »Das freut mich, Schatz«, sagte sie aufgeräumt.

»Hast du endlich mit Helmut gesprochen?«

»Nein, noch nicht.«

»Du kannst ihn nicht ewig hinhalten, Mama.«

»Das weiß ich, und ich werde es ihm ja auch sagen.« *Wie ich ihm noch etwas anderes sagen müsste.* »Ich kann so ein Leben nicht führen.«

»Du meinst, so ein Lotterleben?«, fragte Marianne amüsiert.

»Wenn du es so nennen willst.« Sie deutete auf den Hund, der dasaß und sie aufmerksam und erwartungsvoll anschaute. »Nun verschwindet schon, ihr zwei.«

»Kann ich noch irgendwas für dich tun?«

»Dich nicht sorgen, würde mir schon genügen.«

»Du solltest wirklich endlich mit Onkel Kurt sprechen, Mama. Findest du nicht, dass du auch ihn hinhältst?«

Ach Gott, ja, Kurt! Sie hatte ihn immer noch nicht angerufen und ihm gesagt, dass er sich entspannt zurücklehnen konnte. Weil Felix doch nicht sein Sohn war. Sie hatte es vollkommen vergessen, und in diesem Moment erschien es ihr auch nicht mehr wichtig. Genau wie ihm. Hätte er sonst nicht mal angerufen und sich erkundigt? »Ich war mit meinen Gedanken ganz woanders.«

»Wenn du nichts dagegen hast, rufe ich ihn an.«

Gisela überlegte kurz, dann nickte sie. Ein Problem weniger.

Marianne stand auf, nahm die Leine und band sie an Mäxchens Halsband fest. Er führte sich auf wie wild, als läge sein letzter Spaziergang Wochen zurück. Dabei war Gisela kurz mit ihm vor der Tür gewesen, als sie vom Arzt gekommen war.

Als ihre Tochter gegangen war, rollte sie sich wieder zusammen. Diesmal gab sie sich nicht ihren seltsamen Empfindungen, ihrem Selbstmitleid hin – denn das war es ja wohl, was sie so aufwühlte –, sondern riss sich zusammen. Zwang sich, klar und vernünftig zu denken. Natürlich. Das konnte sie doch sonst auch ganz hervorragend. *Alles wird gut*, sagte sie sich, bevor sie die Augen schloss und hoffte, einschlafen zu können.

Sie war offenbar tatsächlich eingeschlafen und schreckte von einem Geräusch hoch. Schlaftrunken schaute sie sich um.

Der Cockerspaniel lag zu ihren Füßen auf der Decke und schnarchte, auf dem Couchtisch eine Nachricht von ihrer Tochter: *Du hast so schön geschlummert. Ruh dich aus. Ich rufe dich morgen an!*

Sie lächelte flüchtig und schwang die Beine von der Couch.

Das Geräusch war das Telefon, begriff sie in diesem Augenblick und ging auf wackligen Beinen hin. *Helmut,* dachte sie mit einem zärtlichen Gefühl in der Brust.

Er war es wirklich. »Störe ich? Du klingst so verschlafen.«

»Ich bin auf dem Sofa eingedöst.«

»Wie geht es dir?«

»Gut, und dir?«

»Mir auch. Ich würde am Wochenende gern nach Bremen kommen. Es sei denn, es passt dir nicht.«

*Es passt mir ganz und gar nicht,* dachte sie unglücklich. *Weil ich nämlich kränker bin, als ich geglaubt habe.*

Sie zwang sich, tief durchzuatmen. »Das wäre schön, Helmut.«

»Wunderbar. Ich freue mich, dich wiederzusehen.« Er räusperte sich, und sie ahnte, was er sie fragen würde. Das, wovor sie sich seit dem Tag, an dem er es das erste Mal ausgesprochen hatte, fürchtete. Weil sie noch immer keine Antwort hatte. Weil sie noch immer zögerte, unsicher war. Und jetzt erst recht.

»Dann sehen wir uns Samstagvormittag. Einverstanden? Ich fahre gleich nach dem Frühstück los.«

»Ich freue mich.« Ihr Magen und auch ihr Herz zogen sich zusammen.

Er legte auf, hatte es nicht gesagt, sie nicht gefragt. Weil er wusste, dass sie keine Antwort hatte? Weil er es vielleicht inzwischen sogar bereute, sie überhaupt gefragt zu haben?

*Ruth,* dachte sie. *Ich muss mit Ruth sprechen.*

Das erschien ihr plötzlich so wichtig, dass sie es nicht länger hinauszögern wollte. Sie bestellte ein Taxi und zog sich an.

# 38.

## Ruth

Die Sonne schien durch die fast kahlen Bäume im Garten.

Gut gelaunt hatte Ruth die Küche aufgeräumt und die Kinder zum Spielen nach draußen geschickt. Wie immer hatte sie das Radio eingeschaltet und lief hin, um es lauter zu stellen, als Jürgen Drews' neues Lied »Barfuß durch den Sommer« angekündigt wurde.

Tanzend lief sie durch die Stube, wischte über die Fensterbänke und goss die Usambaraveilchen und das Flammende Käthchen, das in diesem Jahr so hübsch blühte. Sie strich über eins der Blätter und sang »Schick dem Chef einen Gruß, er soll dein Gehalt überweisen«.

Draußen klopfte ihre Tochter an die Scheibe, und sie drehte sich um und winkte ihr zu. *Mein süßes kleines Mädchen.*

Sie faltete die beiden Kuscheldecken zusammen, als es an der Tür schellte. Nanu, Besuch?

»Komme!« Sie lief hin und machte auf.

Vor ihr stand ihre Schwester. »Gisela. Das ist ja eine Überraschung. Komm rein.« Sie trat beiseite und wunderte sich einen flüchtigen Augenblick lang über das eigenartige Gefühl, das sie beschlich, jedoch gleich wieder verschwand. Es war doch alles in Ordnung?

»Ich hoffe, ich störe nicht.«

»Du störst überhaupt nicht.« Sie hakte Gisela unter und ging mit ihr ins Wohnzimmer. »Es ist doch wirklich zu seltsam, dass ich heute Lust auf einen Frühjahrsputz habe. Mitten im Winter.«

Gisela verzog das Gesicht zu einem matten Lächeln, und sie warf ihr einen prüfenden Blick zu. *Ob es wegen Helmut ist?*

Gisela sank in einen der Sessel und schloss kurz die Augen.

»Was ist passiert?« Ruth setzte sich neben sie.

»Helmut will am Wochenende kommen, und ich …« Sie verstummte wieder.

»Du hast ihm immer noch nicht gesagt, dass du nicht mit ihm zusammenwohnen willst. Kannst«, verbesserte Ruth sich rasch.

»Nein.«

»Vielleicht ist das Wochenende eine gute Gelegenheit.«

Ihre Schwester schwieg eine Zeit lang.

Ruth war aufgestanden, um einen Aschenbecher zu holen, doch bisher hatte Gisela ihre Zigaretten noch nicht hervorgeholt. »Ich war heute noch mal beim Arzt.«

»Ich dachte, deinem Magen ginge es besser.«

»Nein, es … wurde wieder schlimmer.«

Ruth hielt den Atem an. Irgendetwas in Giselas Blick machte ihr Angst. »Und?«

»Es ist wohl doch keine Magenschleimhautentzündung.«

»Sondern?«

»Er sagt, es könnte ein Geschwür sein oder sogar ein …«

Sie saß stocksteif da, im Hintergrund lief das Radio und Marianne Rosenberg sang »Marleen«, ein Lied, das sie eigentlich liebte, nun aber nicht ertragen konnte. Also sprang sie auf und stellte es aus.

»Es könnte ein Tumor sein«, flüsterte Gisela, als sie sich wieder setzte.

»Ein Tumor«, wiederholte sie fassungslos und entsetzt.

»Ich soll ins Krankenhaus und eine Spiegelung machen lassen.« Gisela verzog das Gesicht. »Wie das schon klingt: Magenspiegelung.«

»Warum hat er das nicht bei der ersten Untersuchung festgestellt? Wie kann das sein?«

»Er hat eben geglaubt, es sei nur eine Magenschleimhautentzündung. Aber als die Medikamente nicht halfen … Dietmar hat immer gesagt, Ärzte sind auch nur Menschen, die sich irren können.«

»Und wenn es ein Geschwür ist?«, fragte Ruth bange.

»Muss ich neue Medikamente einnehmen.«

*Und wenn es ein Tumor ist?* Doch sie fragte es nicht. Weil es kein Tumor war!

»Ich weiß nicht, ob ich hingehen werde, Ruthchen. Die doktern doch alle nur an einem rum, und jeder erzählt dir was anderes.«

»Aber du musst diese Spiegelung machen lassen.«

»Und dann? Was, wenn sie mir sagen, dass es möglicherweise ein Tumor ist?«

»So darfst du nicht denken, Gisela. Du musst davon ausgehen, dass es ein Geschwür ist. Und dann bekommst du neue Medikamente.«

»Und dann? Gehe ich regelmäßig ins Krankenhaus, damit sie nachsehen, ob das Geschwür kleiner geworden oder ganz verschwunden ist?«

»Ja.« Ruth nickte eifrig.

Ihre Schwester stand auf und ging zum Fenster. Sie starrte einen Moment nach draußen, lächelte, als sie die Kinder sah, die ihr fröhlich zuwinkten, und nahm dann wieder Platz.

»Du musst den Ärzten vertrauen, Gisela«, sagte Ruth sanft.

»Würdest du ihnen vertrauen?«

»Ja, natürlich.«

Gisela verzog das Gesicht und seufzte. »Ich kann es nicht, Ruthchen. Vielleicht hätte man Dietmar damals auch helfen können.«

»Das ist doch was völlig anderes, Gisela! Er hatte einen Herzinfarkt. Sie haben doch alles versucht, weißt du nicht mehr?« *Natürlich weiß sie es noch, was redest du denn da!*

»Er war Monate zuvor bei seinem Hausarzt«, erinnerte ihre Schwester sie. »Weil er sich unwohl fühlte, schlecht Luft bekam. Und was hat der Arzt gesagt? ›Sie brauchen mehr frische Luft, Herr König, und ein bisschen Bewegung könnte auch nicht schaden.‹«

»Aber ein Herzinfarkt kann doch ganz plötzlich auftreten.« Mehr wusste sie nicht zu sagen. Die Argumente gingen ihr aus, sie war schließlich keine Medizinerin.

»Ich weiß. Trotzdem.« Gisela fingerte an ihrer Handtasche herum, klappte sie auf und schloss sie wieder. »Ich würde jetzt so gern eine Zigarette rauchen«, sagte sie plötzlich mit der Stimme eines kleinen verängstigten Mädchens, das im Kleiderschrank saß, vor dem ein Ungeheuer lauerte. »Aber sie schmecken mir nicht mehr. Mir wird jedes Mal übel. Verrückt, was?«

»Ich werde mitkommen zu dieser Spiegelung. Du musst das nicht allein durchstehen.« *Ich Schaf! Natürlich muss sie es allein durchstehen, ertragen, selbst wenn ich neben ihr sitze und ihre Hand halte.*

Gisela ging nicht darauf ein. »Gott, ich muss jetzt wirklich eine Zigarette rauchen.« Mit zittrigen Fingern nahm sie die Schachtel aus der Handtasche und angelte nach einer Zigarette. Sie steckte sie an und inhalierte ein paarmal hintereinander. Dann runzelte sie die Stirn und betrachtete die Zigarette in ihrer Hand. »Der Arzt scheint Kettenraucher zu sein. Der Aschenbecher auf seinem Schreibtisch war randvoll. Sie erzählen einem was von gesund leben und rauchen selbst wie ein Schlot. Wahrscheinlich trinkt er auch jeden Abend ein großes Glas Cognac.«

»Du weißt doch, die besten Schuster tragen die schlechtesten Schuhe. Soll ich dir einen Tee machen?« Als könnte Tee ein Geschwür oder sonst was heilen.

»Nein danke.« Gisela drückte die halb gerauchte Zigarette aus. »Ich sollte es mir abgewöhnen.«

»Wie lange versuchst du das schon.«

»Ich habe Marianne immer bewundert, wie diszipliniert sie ist. Sie hat einfach mit dem Rauchen aufgehört. Ich bin schwach, Ruthchen, ein Jammerlappen.«

»Blödsinn, den meisten fällt es doch schwer.«

Sie schob energisch die Zigarettenschachtel zurück in die Handtasche und verschloss sie. »Mir ist schlecht«, murmelte sie dabei. »Von der verfluchten Zigarette ist mir ganz übel geworden.« Und dann begann sie, hemmungslos und herzzerreißend zu weinen.

Am Ende saßen sie beide nebeneinander und schluchzten.

»Hast du es schon Marianne gesagt?«, fragte Ruth und putzte sich die Nase.

»Nein.« Ihre Schwester schüttelte entschlossen den Kopf. »Sie ist gerade so glücklich. Und sie hat dieses Glück verdient, Ruth. Ich will ihr das nicht nehmen.« Sie schniefte. »Bei dir habe ich nicht das Gefühl, *dich* trösten zu müssen, weil *ich* krank bin.«

»Aber …«

»Bei Marianne hätte ich's.«

Ruth nickte. Sie verstand es.

»Ich kann Helmut am Wochenende nicht sehen, Ruthchen, ich kann einfach nicht. Ich schaffe das nicht. Was soll ich ihm sagen?«

»Die Wahrheit?«

»Dass ich vielleicht ein Geschwür im Magen habe? Dass es möglicherweise auch ein Tumor sein kann? Seine Frau war lange krank, Ruthchen, soll er das alles wieder durchleben müssen? Nein, ich werde ihn anrufen und ihm sagen, dass es aus ist.«

»Das wirst du nicht tun!«, erwiderte Ruth empört. »Ich dachte, du liebst ihn.«

»Deswegen werde ich es ihm ja nicht sagen. Er hat seine Frau an eine heimtückische Krankheit verloren, Ruth. Es war so schwer für ihn, und jetzt … Nein, besser ein Ende mit Schrecken als ein Schrecken ohne Ende.« Gisela holte zitternd Luft. »Vielleicht ist das die Strafe.«

»Wie bitte? Und wofür?«

»Dass ich so ein Scheusal war.«

Ruth fehlten die Worte.

»Weißt du, was Kurt mal gesagt hat? Dass jeder irgendwann die Quittung kriegt für das, was er getan hat.«

Sie schnaubte, sagte jedoch nicht, was sie dachte: dass diese Worte ausgerechnet von ihrem Bruder kamen.

# 39.

## Gisela

Noch immer war sie hin- und hergerissen, ob sie sich im Krankenhaus einer Untersuchung unterziehen sollte oder nicht. Jedes Mal, wenn sie nur an das Wort »Magenspiegelung« dachte, krampfte sich alles in ihr zusammen.

Freitagabend rief sie Helmut an, die Telefonschnur so eng um ihren Finger gewickelt, dass er ganz taub wurde. »Ich muss mit dir reden«, setzte sie an, das Herz schlug ihr bis zum Hals. »Ich möchte nicht, dass du morgen kommst.« Bevor er etwas sagen konnte, sprach sie rasch weiter. Aus Angst, den Mut zu verlieren. »Ich möchte nicht, dass wir uns wiedersehen, Helmut.« Endlich war es heraus, das, was ihr solche Magenschmerzen bereitet hatte. War es das vielleicht? War das der Grund für ihr Unwohlsein? Lag es womöglich gar nicht an den falschen Medikamenten? Gab es gar kein Geschwür, das sich in ihr eingenistet hatte? War es doch nur eine Magenschleimhautentzündung, die sich als besonders hartnäckig erwies, weil die Sache zwischen Helmut und ihr entstanden war? Weil sie im Grunde, tief in ihrem Herzen, doch nicht bereit für etwas Neues war? Warum war sie nicht gleich darauf gekommen, dass ihre Krankheit nur eine Reaktion auf ihr aufgewühltes Privatleben war!

»Was sagst du da?« Er klang überrascht. »Gisela, ich …«

»Nein, bitte, Helmut, ich habe lange darüber nachgedacht. Ich bin einfach noch nicht bereit.«

»Ich kann warten, das sagte ich doch.«

»Nein.« Es klang nicht nur entschlossen, sondern hart, unbarmherzig. »Ich will nicht, dass du auf mich wartest. Leb dein Leben, Helmut, genau wie ich meins leben werde.« Die Traurigkeit, in die sich ein berauschendes und zugleich beschämendes Gefühl von purer Erleichterung mischte, ließ ihre Stimme kippen. »Pass auf dich auf, ja?« Sie legte auf und schloss die Augen.

Er würde wieder anrufen, natürlich würde er das. Und sie würde das Gleiche sagen, wieder und wieder, bis er es eingesehen hatte. Am besten, sie ging in den nächsten Tagen einfach nicht mehr ans Telefon.

Gisela zog eine Zigarette aus der Schachtel, sank in einen Sessel und rauchte. Anschließend steckte sie sich gleich die zweite an, drückte sie dann aber rasch wieder aus.

*Nein, Schluss damit! Ich werde mein Leben, meine Gewohnheiten ändern, und zwar radikal!* Sie lachte triumphierend auf.

*Vielleicht melde ich mich sogar im Turnverein an und mache bei der Trimm-dich-Bewegung mit.*

Sie warf ihre Zigaretten in den Abfalleimer, durchsuchte anschließend die ganze Wohnung nach weiteren Schachteln und fand zwei in ihrem Nachtschrank. Wann hatte sie die dorthin gelegt? Sie warf auch die weg, öffnete danach sämtliche Fenster und ließ frische, eisige Luft hinein.

Die Vorhänge bauschten sich im kalten Wind, und sie stand fröstelnd daneben und sah zu.

*Ich schaffe das. Ich fange ein neues Leben an, ein gesünderes. Ich schaffe das.*

Tatsächlich hatte das Telefon mehrmals geklingelt, und sie hatte sich die Ohren zugehalten, bis es verstummt war.

Sie lag auf der Couch in eine Decke gewickelt. Ihr Hirn produzierte ungefragt Visionen und hübsche Bilder: Sie und Helmut auf der Couch beim Fernsehen, er hatte den Arm um sie gelegt, eine Schale Erdnüsse im Schoß. Sie, wie sie am Morgen neben ihm aufwachte und über den Kissenabdruck auf seiner Wange lachte. Sie beide beim sonntäglichen Spaziergang im Wald oder im Bürgerpark. ›Darf ich dich zu einem Stück Torte einladen?‹, würde er fragen. Sie würden über die Entenfamilien im Frühsommer schmunzeln, die über die Wege watschelten, und beim Anblick der vielen Kinderwagen lächeln.

Sie beide. Gemeinsam. Zusammen.

Gisela stand auf und lief in die Küche. Sie sollte eine Kleinigkeit essen.

Die bestand aus einer Scheibe Knäckebrot mit Käse ohne Butter. Dazu Pfefferminztee, von dem ihr schlecht wurde. Früher hatte sie gern Schinken gegessen, inzwischen konnte sie ihn nicht mal mehr riechen.

Nach dem Essen wurde sie nervös und tigerte durch die

Räume. Normalerweise würde sie sich jetzt mit einer Zigarette vor den Fernseher setzen.

Sie ging zum Abfalleimer, klappte ihn auf und nahm die Zigaretten heraus. Lange starrte sie die Schachtel in ihrer Hand an, die Versuchung war nicht nur groß, sie war übermächtig. Also zündete sie eine Zigarette an, inhalierte und lief ins Bad, um sich zu übergeben.

*Ich muss Ordnung in mein Leben bringen,* dachte sie, während sie vor der WC-Schüssel hockte und würgte. *Er hat Unordnung in mein Leben gebracht, es aufgewühlt. Aber ich werde über ihn hinwegkommen, wie er auch mich vergessen wird.*

Prompt klingelte wieder das Telefon, und sie rief wütend, dass es gefälligst damit aufhören sollte.

Als sie aufstand, war es so still in der Wohnung, dass sie meinte, ihren eigenen Herzschlag zu hören.

*Ich muss mit jemandem reden. Ich ertrage diese Stille nicht!*

Sie lief zum Telefon und rief Ruth an. »Ich hab's ihm gesagt.«

»Kurt?«, fragte Ruth.

»Nein, Helmut.« Sie schlang einen Arm um ihren Oberkörper.

»Ach je. Und, wie hat er es aufgenommen?«

»Ich weiß nicht, ich hab einfach aufgelegt.« *Ich bin ein so gotterbärmlicher Feigling.* »Ich bin wirklich ein Scheusal.«

Erst als Ruth sagte: »Sei nicht blöd, Gisela«, begriff sie, dass sie es nicht nur gedacht, sondern ausgesprochen hatte.

»Du bist kein Scheusal, du warst nie eins.«

»War ich doch. Und jetzt bin ich wieder eins.«

»Ruf ihn an, und sag ihm die Wahrheit, Gisela. Er muss

doch die Chance haben, eine eigene Entscheidung zu treffen.«

»Verstehst du denn nicht, Ruth? Ich will nicht, dass er schon wieder eine kranke Frau hat, um die er sich kümmern muss.«

»Aber das muss er doch selbst entscheiden, Gisela!« Ihre Schwester war laut geworden, ungewohnt laut. »Du kannst das nicht einfach für ihn entscheiden.«

»Ich muss, Ruthchen. Ich könnte mich sonst nicht mehr im Spiegel anschauen.« Sie musste sich kräftig räuspern, weil sie befürchtete, in Tränen auszubrechen. Die Sehnsucht nach Helmut war mit einem Mal absolut überwältigend. Sie wollte sich an ihn klammern, sich an ihm festhalten und von ihm trösten lassen. Sie wollte, dass er ihr versprach, dass alles gut werden würde. Sie schniefte wütend. »Verflucht!«

»Soll ich zu dir kommen?«, fragte Ruth leise.

»Nein, besser nicht, sonst sitzen wir wieder beide da und heulen uns die Augen aus dem Kopf.« Gisela straffte sich und schluckte. »Die Fellbach-Frauen lassen sich nicht unterkriegen, das weißt du doch.« Sie wollte etwas demonstrieren, was sie nicht im Geringsten empfand. Sie wollte es für ihre Schwester tun.

»Du hast recht, Gisela. Wir lassen uns nicht unterkriegen.«

»Danke, Ruthchen, danke, dass du für mich da bist.«

»Das werde ich immer sein.«

Erst spät in der Nacht siegte der Schlaf über ihre beklemmende Unruhe. Sie träumte, wie sie in einem winzigen Ruderboot, einer Nussschale gleich, auf dem dunklen Meer saß. Es gab nur sie und die Dunkelheit um sie herum. Und das Geräusch von Wassergluckern. Es gab keine Ruder und nur ein schmales Stück Holz, auf dem sie gerade so eben Platz hatte.

Der Himmel über ihr war tiefschwarz, und die Wolken zogen so schnell dahin, dass sie glaubte, es hören zu können. Eine Art Raunen.

Sie war erfüllt von tiefer Demut und einem Gefühl von Reue.

Sie wusste aber nicht, was sie bereute. Das Boot schwankte, und sie fiel hin. Während es auf und ab über die Wellen hüpfte, glaubte sie, gleich ertrinken zu müssen. Sie konnte den salzigen Geschmack im Mund schon spüren.

Sie weinte um das, was sie verloren hatte und vielleicht noch verlieren würde.

# 40.

**Marianne**

Verblüfft und zugleich beschämt hatte sie festgestellt, wie sehr sie es genoss, ihrem Onkel reinen Wein einzuschenken.

Die Erleichterung war ihm anzuhören gewesen. »Er ist also ganz sicher nicht mein Sohn? Und wieso behauptet Hanna dann solchen Unsinn?«

»Sie ist krank und ziemlich verwirrt.«

»Scheint mir auch so«, murrte er.

»Wir sollten ein bisschen nachsichtig mit ihr sein.«

»Nachsichtig? Sie hat mein ganzes Leben auf den Kopf gestellt! Und da soll ich nachsichtig sein? Ich denke ja gar nicht daran.« Er senkte plötzlich die Stimme. »Weißt du, dass meine Ehe auf der Kippe stand? Dass meine Frau außer sich war, weil ich angeblich einen erwachsenen Sohn habe?«

»Hast du eigentlich auch nur eine Sekunde daran gedacht, wie das alles für Felix war? Nein, das hast du ganz offenbar nicht. Dir ist ja noch nicht mal in den Sinn gekommen, mal anzurufen und nachzufragen.«

»Wie redest du eigentlich mit mir, Marianne?«

Sie schwieg und biss sich auf die Unterlippe, ehe sie ihm noch etwas an den Kopf werfen würde, was ihr hinterher leidtäte.

»Bist du noch dran?« Er schnaubte. »Oder hast du auch einfach aufgelegt, so wie deine Mutter es gern macht. Der Apfel fällt nicht weit vom Stamm.« Er schnaubte wieder.

»Umso besser, dass du nicht Felix' Vater bist«, konterte sie, erschrak sofort und wollte sich entschuldigen.

Doch er kam ihr zuvor. »Ich sag's ja, ganz die Mutter.« Er legte auf.

Einen Augenblick hatte Marianne dagestanden, verdutzt und schuldbewusst, dann jedoch sagte sie sich, dass sie einfach nur die Wahrheit ausgesprochen hatte. Und die wollte nicht jeder hören.

»Ein Kollege beim Sender hat erzählt, dass in der Kulenkampffallee eine Wohnung frei wird«, sagte Felix eines Abends beim Essen.

Marianne übernachtete meistens bei ihm, sie war nicht mehr gern allein in ihrer Wohnung. Manchmal kam er auch zu ihr und fuhr von dort aus zur Arbeit.

»Ich würde sie mir gern anschauen. Kommst du mit?«

»Ich dachte, du magst deine Wohnung.« Sie gähnte. »Entschuldige, ich bin todmüde.« Sie war sogar innerhalb weniger Minuten eingeschlafen und hatte eine Weile gebraucht, um wach zu werden.

»Ich mag sie ja auch, aber …« Er stand auf und hockte sich vor sie hin. »Mir ist was ganz Verrücktes durch den Kopf gegangen.«

»Und was?« Wieder musste sie gähnen.

»Wirst du krank?«

»Eigentlich fühle ich mich gut, bis auf die Müdigkeit. Ich glaube, ich brauche einfach etwas Urlaub.« Sie lachte. »Was war das gleich noch mal?« Es stimmte, wann hatte sie zuletzt richtig Urlaub gemacht?

Mit Andrea hatte sie eine weitere Mitarbeiterin gefunden, auf die sie sich verlassen konnte. Von daher sollte einem Urlaub nichts im Wege stehen, sie musste es nur angehen, es tun.

Und genau da schien das Problem, ihr Problem, zu liegen. Ständig redete sie sich ein, unabkömmlich zu sein, schließlich war es ihr Salon. Dabei könnten Johanna und Christina sie wunderbar vertreten. »Was stimmt bloß nicht mit mir?«

Felix schaute sie besorgt an. »Dann fühlst du dich doch krank?«

»Nein, das meinte ich nicht. Ich spreche davon, dass ich dringend Urlaub bräuchte und mal so richtig ausspannen und abschalten müsste.«

»Ich werde einfach zwei, drei Wochen Urlaub buchen und dich vor vollendete Tatsachen stellen. Wie würdest du das finden?«

»Ich weiß nicht«, gab sie zu. »Ich werde nicht gern vor vollendete Tatsachen gestellt.«

Ach ja? War es nicht immer vielmehr so gewesen, dass sie in ihrem Leben so oft und so lange gezaudert hatte, bis ihr die Entscheidung abgenommen worden war?

*Aber das hat sich geändert,* dachte sie. *Jetzt bestimme ich selbst über mein Leben. Ich allein bestimme die Richtung, in die es gehen soll.*

Felix nahm sich eine weitere Scheibe Brot. Seinen Appetit wollte sie haben. »Du solltest deinen Mitarbeiterinnen ein bisschen mehr vertrauen und auch zutrauen.«

»Aber das tue ich«, erwiderte sie entrüstet.

»Offenbar nicht, denn dann würdest du entspannt in den Urlaub gehen.«

Sie wollte etwas einwerfen, doch sie schwieg.

»Stimmt's oder hab ich recht?«

Marianne musste lachen. »Ich vertraue meinen Mitarbeiterinnen, wirklich. Und du hast recht, ich werde ernsthaft über einen Urlaub nachdenken.«

Er sah sie ernst an, nur sein rechter Mundwinkel zuckte leicht. »Lass uns im Frühling einfach irgendwohin fahren. Irgendwohin, wo die Sonne scheint und alle Frisiersalons weit weg sind.«

Sie lachte wieder. »Und alle Fernsehsender.«

»*Ich* bin nicht der Meinung, dass es ohne mich nicht geht.«

»Du wolltest mir was Verrücktes erzählen.«

Er reichte ihr den Brotkorb. »Erst musst du was essen.«

»Ich weiß, Papa.« Sie nahm eine Scheibe und betrachtete sie. Sie hatte weder Hunger noch Appetit.

»Ich habe mir überlegt, dass wir zusammenziehen könnten«, begann er, und sie fiel fast vom Stuhl. Er hob die Hand. »Ich weiß, ich weiß, es ist eigentlich noch zu früh. Aber ich weiß auch, dass es richtig wäre, Marianne. Ich weiß es einfach. Es fühlt sich absolut richtig an.« Er legte die Hand auf sein Herz. »Hier drin.«

Sie musste lächeln, sie konnte gar nicht anders. »Du willst also mit mir zusammenziehen.« Das Seltsame war, sie fand es weder verrückt noch zu früh, auch wenn es ihr ein klein wenig Angst machte. Würde es funktionieren?

Es war verlockend, jeden Morgen neben ihm aufzuwachen, zugleich wühlte sie die Vorstellung auf. Was, wenn sie sich irgendwann furchtbar auf die Nerven gingen? Oder – und das war vielleicht noch schlimmer – wenn sie sich aus dem Weg gehen würden? Weil sie sich nichts mehr zu sagen hatten? Weil sie es bereuten, zusammengezogen zu sein, und nicht den Mut aufbrachten, es sich und dem anderen einzugestehen?

»Wir können auch noch warten«, sagte Felix sanft, als ahne er, was ihr gerade durch den Kopf ging.

Aber worauf warten? War es nicht besser, möglichst schnell herauszufinden, ob sie wirklich füreinander geschaffen waren? »Nein, nein. So verrückt finde ich es gar nicht, Felix.« Es klang entschlossener, mutiger, als sie sich fühlte. Aber sie hatte sich vorgenommen, einiges in ihrem Leben zu ändern und endlich ein richtiges Privatleben zu haben.

»Dann sehen wir uns die Wohnung an?«

Marianne nickte und schenkte ihm ein Lächeln.

Er zog sie vom Stuhl in seine Arme und hielt sie fest. Immer wieder küsste er sie oder strich ihr eine Haarsträhne hinters Ohr. »Das mit uns ist aber schon ziemlich verrückt, oder?«

»Allerdings.« Sie musste lachen.

»Ich glaube, wir machen es richtig. Worauf sollten wir warten? Man ist sich nie zu hundert Prozent sicher bei so einer Entscheidung. Mein Vater hat das immer gern gesagt. Egal, worum es geht und wie schwerwiegend eine Entscheidung auch ist, man glaubt immer, noch mehr Zeit zu brauchen oder dass es der falsche Zeitpunkt ist.«

Marianne lächelte. »Und meiner hat immer gesagt: Manchmal ist das Leben schneller als du.«

# 41.

Die Wohnung lag ganz in der Nähe des Bürgerparks, eine traumschöne Gegend. Doch wie erwartet, überkam Marianne blanke Panik, als sie sich vorstellte, wie es in Zukunft sein würde. Erst würden sie sich wegen Banalitäten kabbeln, dann streiten und sich gegenseitig Dinge an den Kopf werfen, die sie im Grunde gar nicht so meinten. Später würden sie dazu übergehen, so zu tun, als wären sie mit allem einverstanden, um bloß keinen neuen Streit vom Zaun zu brechen. Und das Ende vom Lied war, dass sie sich aus dem Weg gehen, sich anöden würden.

*Es muss aber nicht so ablaufen,* sagte Marianne sich, als sie neben Felix im Auto saß. *Weil wir beide es anders machen wollen, weil das, was zwischen uns ist, echt ist, ehrlich.*

Wenig später standen sie vor einem mehrstöckigen grauen Haus und blickten zu den oberen Wohnungen hinauf.

Wie aus einem Mund sagten sie: »Oh klasse, ein Balkon.«

Sie sahen sich an und mussten lachen.

Felix nahm ihre Hand, und im Treppenhaus ging ihr durch den Kopf: *Und wir passen wirklich wunderbar zusammen.*

Die Wohnung war umwerfend; geräumig, hell und modern und sogar teilmöbliert. Vom Balkon aus schaute man auf den Bürgerpark, auf der rückwärtigen Seite befand sich eine Rasenfläche, auf der Kinder Ball spielten.

Felix sah ihnen kurz zu, und das Lächeln, das über sein Gesicht huschte, machte Marianne stutzig. Sie hatten noch nicht über Kinder gesprochen, es war einfach noch nicht Thema gewesen. Nun aber hätte sie schwören können, dass der Ausdruck in seinem Gesicht Sehnsucht war.

Sie zog ihn weiter. Hand in Hand spazierten sie durch die Räume. Sonntags könnten sie im Bürgerpark spazieren gehen, am Emmasee Kaffee trinken und Torte essen, den kleinen Tierpark besuchen. Sie könnten regelmäßig Freunde einladen und Spieleabende veranstalten, das Wohnzimmer war fast doppelt so groß wie ihres oder Felix'. Es gab sogar ein Gästezimmer.

Ihr Herz machte einen Hüpfer, als sie sich vorstellte, wie sie künftig hier wohnen würden.

Doch dann kehrten die Bedenken wieder zurück, als hätte sie sie nur vor der Tür gelassen und sie wären ohne zu fragen hereingekommen. Was, wenn sie anfingen, sich darüber zu streiten, wer den Müll nach draußen bringen sollte, wer die Milch aufgebraucht hatte und wer schuld daran war, dass schon wieder der Abfluss im Bad verstopft war? Was, wenn aus ihrer bisher unkomplizierten, liebevollen Beziehung ein ständiges Gekeife und letztlich Schweigen entstehen würde?

Und was war mit dem Salon? Von der Kulenkampffallee

bis zur Kornstraße war es zu weit, um mit dem Fahrrad zu fahren. Sie würde auf die Straßenbahn umsteigen müssen.

*Das ist alles nur vorgeschoben,* meldete sich eine Stimme in ihr. *Du willst, dass alles so bleibt, wie es ist.*

*Nein,* widersprach sie. *Ich will mit ihm zusammenwohnen, nur …*

Sie gingen ins Wohnzimmer, wo die jetzigen Mieter, ein ebenfalls junges, frisch verheiratetes Paar, auf dem Sofa saßen.

Das braune Cordsofa hatte Marianne im schwedischen Möbelhaus gesehen, sie hatte sogar darauf Probe gesessen.

»Und?«, fragte der Mann. »Wie gefällt sie Ihnen?«

»Sie ist wirklich schön«, antworteten sie wieder wie aus einem Mund.

Felix sah sie an und schien auf etwas zu warten; ein zustimmendes Nicken, ein begeistertes Lächeln, ein »Wollen wir sie nehmen?«.

Doch sie tat nichts dergleichen. Stattdessen wich sie seinem Blick aus und blickte zerknirscht auf den braunen Teppich. Plötzlich wurde ihr ein wenig schwindelig und flau im Magen. Offenbar hatte sie sich doch etwas eingefangen. »Entschuldigung, dürfte ich mal die Toilette benutzen?« Sie stürzte an Felix vorbei und lief los. Wo war das Bad?

Rasch schaute sie sich um, fand erst das Schlafzimmer und dann das Bad. Sie öffnete den Klodeckel und betrachtete das Wasser darin. Sie schluckte und stellte fest, dass die Übelkeit verschwunden war.

Sie stand wieder auf, wusch sich mit kaltem Wasser Gesicht und Hände, straffte die Schultern und kehrte zu den anderen zurück. »Mir war nur plötzlich etwas komisch.«

Sie warf Felix einen Hilfe suchenden Blick zu: Lass uns verschwinden.

»Wir melden uns bei Ihnen«, sagte er zu dem Paar. »Wir würden gern eine Nacht drüber schlafen.«

»Wenn Sie sich für die Wohnung entscheiden, rufen Sie einfach den Vermieter oder Hausverwalter an.« Der Mann gab ihm eine Karte.

Sie verließen die Wohnung, und draußen vor dem Haus blieb Marianne stehen und atmete tief durch.

»Was war das eben?«, fragte Felix besorgt, nicht vorwurfsvoll. »Du warst kreidebleich.«

»Ich glaube, ich habe wirklich zu viel Stress.«

Er strich ihr eine Haarsträhne aus der Stirn. »Und? Was sagst du zu der Wohnung?«

»Sie gefällt mir.«

Er schaute sie prüfend an. »Wenn du nicht mit mir zusammenziehen willst, werde ich keine große Sache daraus machen, Marianne. Aber ich finde, du solltest es mir ehrlich sagen.«

Sie lehnte die Stirn an seine Brust. »Ich will es ja, furchtbar gern möchte ich mit dir zusammenziehen, aber … Ich habe Angst, Felix.«

»Und wovor?«, fragte er sanft.

»Davor, dass es nicht funktionieren könnte.«

Er hob ihr Kinn an und sah sie an.

Sie musste lächeln beim Blick in seine unterschiedlich

farbigen, so ungewöhnlichen Augen, und sie fragte sich, ob er sie vielleicht vererben würde.

»Wenn wir es nicht ausprobieren, werden wir es nie erfahren«, sagte er schlicht, und sie war ihm dankbar für diese ergreifend einfache Erklärung. »Unsere Gefühle füreinander sind echt, oder etwa nicht?«

»Ja.« Sie küsste ihn auf den Mund.

»Und wir wollen beide dasselbe, hab ich recht?«

»Ja.« Ein weiterer Kuss.

»Dann lass es uns wagen, Marianne.«

Sie küsste ihn erneut.

Mit einem Mal fiel ihr die Antwort und auch die Entscheidung leicht. Vielleicht war es die ganze Zeit einfach gewesen.

»Ja, lass es uns wagen.«

Sie entschieden sich jedoch gegen die Wohnung.

Noch am Abend diskutierten sie darüber, und Marianne sagte, dass sie gern im Viertel oder in der Neustadt wohnen würde.

»Ich will weiterhin mit dem Rad fahren können. Mir tut die Bewegung gut, und ich bekomme jedes Mal einen klaren Kopf.«

Felix verstand das, und sie beschlossen, sich Zeit zu lassen und in Ruhe weiterzusuchen.

»Ich würde dich gern was fragen«, sagte Marianne, nachdem sie es sich auf der Couch bequem gemacht hatten. »Willst du eigentlich Kinder?«

Er schien kurz darüber nachzudenken, denn er antwortete nicht gleich. »Ja«, sagte er schließlich. »Und du?« Es klang zögernd, fast ein wenig bange.

»Ich bin ehrlich, ich hab noch nie ernsthaft darüber nachgedacht. Es gab bisher niemanden, mit dem ich Kinder hätte haben wollen. Und jetzt bin ich schon über dreißig.«

»Und damit zu alt?«

»Ich weiß nicht.« Sie kuschelte sich in seine Armbeuge und legte den Kopf auf seine Brust. Ihr wäre es lieb, wenn das Thema damit erledigt wäre, aber ihr war klar, dass sie so nicht denken durfte. Sie liebte Felix, und wenn er sich ein Kind wünschte, durfte sie das nicht ignorieren.

»Ich werde dich nicht drängen, keine Sorge«, sagte er in ihre Überlegungen hinein.

Sie nickte, auch wenn er es nicht sehen konnte.

Kommt Zeit, kommt Erkenntnis, das hatte ihr Vater gern gesagt. Also würde auch sie irgendwann wissen, was sie wirklich wollte.

# 42.

## Gisela

Sie war am Vormittag mit der Bahn in die Neustadt gefahren.

Wie erwartet war ihre Tochter bereits da und stand am Tresen, als sie hereinkam. »Mama? Was machst du denn hier? Hast du vergessen, dass heute Samstag ist?«

Sie lächelte. Es fiel ihr ganz leicht. Als sie am Morgen aufgewacht war, hatte sie sich besser gefühlt. Im Bad war ihr der seltsame Traum eingefallen, und beim Frühstück hatte sie dann beschlossen, heute ausnahmsweise ins Büro zu fahren.

Es würde sie ablenken, außerdem hörte sie so nicht das Telefon, das vermutlich wieder klingeln würde.

»Das hab ich nicht vergessen, Schatz.« Sie ging zu Marianne und küsste sie auf die Wange. »Du siehst blass aus und müde. Fehlt dir was?«

»Ich bin zurzeit dauernd müde. Das wird schon wieder.«

»Aber es geht dir ansonsten gut?«

»Ja, mach dir keine Sorgen.«

*Wir versichern uns ständig gegenseitig, dass es uns gut geht,* dachte sie, als sie ins Büro ging. *Weil wir es selbst glauben wollen, oder weil wir nur wollen, dass die andere es glaubt?*

Sie setzte sich an den Schreibtisch und nahm den Aktenordner aus dem Schrank. *Wieso gehen mir neuerdings überhaupt so eigenartige Gedanken durch den Kopf?*

Mit einem Seufzen machte sie sich an die Arbeit.

Am Nachmittag machte Gisela es sich auf der Couch bequem und versuchte, ihren inneren Schweinehund niederzuringen, der nach einer Zigarette winselte. Nein, sie würde nicht nachgeben! Diesmal nicht, und beim nächsten Mal auch nicht.

Es schellte an der Tür, und sie erschrak zutiefst.

War das Helmut? War er doch gekommen? Um mit ihr zu reden, um eine Erklärung zu verlangen, weil ihm ihre nicht reichte?

Auf Strümpfen huschte sie zur Tür und lugte durch den Spion. Im selben Moment hörte sie die Stimme ihrer Freundin: »Gisela? Bist du da?«

Sie öffnete die Tür, und Hannelore stolperte gegen sie. »Hoppla! Entschuldige, ich dachte, du wärst vielleicht gar nicht da.« Ihre Freundin umarmte sie. »Tut mir leid, ich bin eine treulose Tomate. Ich wollte mich längst melden, aber du weißt ja, wie das ist.«

Gisela nickte. »Du hast so viel um die Ohren.«

»Höre ich da etwa einen Vorwurf?«

»Ganz und gar nicht.« Sie hakte Hannelore unter und führte sie ins Wohnzimmer. »Ich hab leider nichts da, was ich dir anbieten könnte. Außer vielleicht ein Glas Multivitaminsaft.«

»Oh, das klingt furchtbar gesund.«

»Die Flasche habe ich geschenkt bekommen.« Von wem doch gleich?

»Schön, ich nehme gern ein Gläschen.« Hannelore sank in einen Sessel und stellte ihre Handtasche neben ihre Füße. Auf einen Blick schien sie gesehen zu haben, dass kein Aschenbecher auf dem Tisch stand. »Sag bloß, du willst dir das Rauchen abgewöhnen?«

»Ich hab's vor, ja, aber es ist verdammt schwer.« Gisela ging in die Küche, nahm den Saft aus dem Kühlschrank und ein Glas aus dem Regal. Sie überlegte, noch eins zu nehmen und den Saft zu probieren. Nein, besser nicht. Ihrem Magen würde es wahrscheinlich nicht bekommen.

»Ich find's großartig, dass du aufhören willst«, sagte Hannelore, als sie in die Stube kam. »Du schaffst das, Gisela. Du hast abgenommen, oder täusche ich mich?« Sie musterte sie eingehend. »Dabei hattest du doch noch nie viel auf den Rippen. Sieh mich an.« Sie zupfte an ihrem Rockbund. »Ich nehme schon zu, wenn ich ein Stück Torte nur von Weitem sehe. Du bist wirklich zu beneiden.«

Gisela schenkte ihr ein und nahm ihr gegenüber auf der Couch Platz. »Wie läuft es mit dir und Wilfried?«

»Dieser schreckliche Schürzenjäger.« Hannelore schnaubte. »Was hab ich nicht alles getan, um ihn zu halten. Hab mir ein Bein, ach was, zwei Beine ausgerissen. Wilfried-Schätzchen hier, Wilfried-Schätzchen da. Und am Ende schnappt er sich seine vollbusige neue Sekretärin, natürlich zwanzig Jahre jünger als ich, und jetzt will *er* plötzlich die Scheidung.«

»Er geht schon wieder fremd?« Gisela schüttelte den Kopf. Manchen Männern war einfach nicht zu helfen. Hannelore war nun wirklich keine unattraktive Frau, und auf den Kopf gefallen war sie auch nicht. Aber Wilfried schien auf ganz andere Qualitäten zu setzen.

Ihr ging auf, wie wenig sie noch von Hannelore und deren Leben wusste. Und umgekehrt war es nicht anders. »Lass ihn ziehen, Lore. Er will es ja nicht anders.«

»Ich soll ihn einfach gehen lassen?«

»Willst du jeden Tag dasitzen und dich fragen, wann er dich wieder betrügt?« Ihr Magen zog sich schmerzhaft zusammen, und sie dachte, dass offenbar eine Kleinigkeit genügte, um ihn dazu zu bringen.

»Wahrscheinlich hast du recht, Gisela. Aber wir sind so lange verheiratet, meine Güte.«

»Ihm scheint das völlig gleichgültig zu sein. Warum sollte es dich mehr interessieren?«

»Du findest also, ich sollte in die Scheidung einwilligen?«

»Ja, das finde ich.«

Hannelore machte »Hmm« und blickte nachdenklich zur Wand. »Hing dort früher nicht dieses Bild mit dem Wasserfall in den Alpen oder sonst wo?«

Gisela nickte. »Ich konnte es nicht mehr sehen.« Sie hatte es gegen ein hübsches mit einer Mohnblumenwiese eingetauscht.

»Gefällt mir.« Hannelore schaute sie wieder an. »Du siehst krank aus, wenn ich das so frei sagen darf.«

»Mein Magen macht mir Probleme, das ist alles. Und

ich …« Sie musste schlucken, und dann kamen die Tränen, ohne dass sie sie zurückhalten konnte.

Hannelore stand auf und setzte sich neben sie. Sie griff nach ihrer Hand und hielt sie fest.

So blieben sie eine ganze Weile sitzen, eng beieinander und schweigend. Gisela tat die stille Fürsorge ihrer Freundin gut.

»Wir sollten uns mehr umeinander kümmern«, sagte Hannelore irgendwann leise.

»Ja, du hast recht.«

»Was wolltest du eben noch sagen?«

»Ich hab dir doch von Helmut erzählt, den ich im Schwarzwald kennengelernt habe.«

»Erzählt wäre zu viel gesagt, du hast in zwei Sätzen geschildert, wie ihr euch kennengelernt habt.«

Gisela hob die Augenbrauen. »Tut mir leid, ich dachte, ich hätte …«

»Ist doch jetzt auch egal.« Hannelore drückte ihre Hand. »Nun erzähl doch mal.«

Gisela erzählte ihr alles; von Helmut, Felix, dem unmöglichen Verhalten ihres Bruders und ihrem Magenproblem, das sie im Krankenhaus abklären sollte.

Als sie endete, sah Hannelore sie fassungslos an. »Meine Güte, bei dir ist so viel passiert, und ich weiß nicht mal die Hälfte. In Zukunft machen wir es anders, versprochen?«

Gisela nickte. »Glaubst du, es war ein Fehler, Helmut anzurufen und …« Sie redete nicht weiter.

»Das kann ich dir nicht sagen, fürchte ich. Ich denke,

wenn du ihn wirklich liebst – und er dich –, solltet ihr ganz in Ruhe darüber sprechen. Und nicht am Telefon.«

»Ich hab mich einfach nicht getraut, Lore.«

»Das verstehe ich gut.« Hannelore schaute sie von der Seite an. »Ich bin froh, dass ich über meinen Schatten gesprungen und hergekommen bin.«

»Wieso musstest du über deinen Schatten springen?«

»Weil ich mich so geschämt habe. Ich hab dich vernachlässigt, Gisela, ich denke immer nur an mich. Vielleicht hab ich Wilfried deswegen vergrault.«

»Sei nicht blöd.« Hatte Ruth das nicht kürzlich auch zu ihr gesagt? »Wilfried ist ein Weiberheld, er braucht es, dass andere Frauen ihn anhimmeln. Er kann nicht aus seiner Haut. Er würde auch in hundert Jahren noch jeder hübschen Frau hinterherjagen, selbst wenn du gütig wie Mutter Teresa und schön wie Sophia Loren wärst.«

Hannelore schwieg einen Augenblick, dann brach sie in lautes Lachen aus. »Ich und Mutter Teresa.«

Gisela musste mitlachen, und das Lachen tat so gut.

Als sie sich später voneinander verabschiedeten, umarmte Hannelore sie lange, schien sie gar nicht loslassen zu wollen. »Danke, dass du mir vergibst, Gisela.«

»Es gibt nichts zu vergeben.«

»Ich werde für dich da sein.«

»Und ich für dich.«

Sie schauten sich an, lächelten und gingen Hand in Hand zur Tür. Gisela wartete, bis Hannelore die Treppe hinuntergegangen war, dann legte sie sich wieder auf die Couch und gab den Tränen nach, die in ihren Augen brannten. Diesmal weinte sie vor Rührung und Erleichterung.

# 43.

## Marianne

Sie und Felix hatten sich ein paar Wohnungen angesehen, doch keine hatte sie so recht überzeugen können. Mal stimmte die Größe nicht, mal die Lage. Einmal waren ihnen nach einer Besichtigung im Hausflur andere Mieter begegnet, und sie hatten daraufhin beschlossen, die Wohnung, die ihnen eigentlich gefallen hatte, doch nicht zu nehmen.

Eines jedoch war geschehen: Marianne war sich mit jeder weiteren Besichtigung sicherer geworden, das Richtige zu tun. Sie wollte mit Felix zusammenleben.

Tagsüber fühlte sie sich oft müde und kraftlos, bis ihr eines Abends beim Aufräumen nach Salonschluss die plötzliche Ahnung kam, dass sie womöglich schwanger sein könnte. Sie nahm die Pille und war damit auch recht gewissenhaft.

Aber recht gewissenhaft war eben nicht akribisch, wie sie später feststellte, als sie den Blister aus ihrem Zahnputzbecher nahm und sah, dass sie zweimal die morgendliche Einnahme vergessen hatte. Einmal hatte sie sie am Abend nachgeholt, daran erinnerte sie sich noch. Sie hatte den Kopf darüber geschüttelt und sich fest vorgenommen, besser achtzugeben.

Nun stand sie vor dem Spiegel und betrachtete einigermaßen fassungslos ihr blasses Spiegelbild. War sie wirklich schwanger? Sie trat näher, bis ihre Nasenspitze das Glas berührte. *Erwarte ich ein Kind? Kann das wirklich sein?*

Sie verließ das Bad und lief rastlos umher. Sie war völlig kopflos, die Emotionen kamen sich gegenseitig in die Quere, zerrten an ihren Organen, brachten ihren Puls zum Rasen und ihr Herz zu einem holprigen Galopp.

Sie setzte sich, stand wieder auf und ging umher. Setzte sich erneut, schlug die Beine übereinander, lehnte sich zurück, stand wieder auf.

Sie versuchte, sich auf etwas anderes zu konzentrieren. Nahm eine Illustrierte, blätterte darin und las einen Artikel über eine Schauspielerin, die gerade Mutter geworden war.

*Mein Sohn ist das Beste, das mir je passiert ist.*

Auch Bille, die ebenfalls Mutter eines inzwischen pubertierenden Sohnes war, hatte irgendwann gemeint, dass dieser Sohn sie zu einem besseren Menschen gemacht hätte. Sie hatte ihn allein großgezogen, weil der Vater die Beine in die Hand genommen hatte, als sie ihm von ihrer Schwangerschaft erzählte. »Aber es ging auch ohne ihn. Meine Mutter hat den Kleinen immer genommen, wenn ich arbeiten musste. Ohne sie wäre ich aufgeschmissen gewesen.«

Marianne legte die Zeitschrift zurück. Vielleicht wurde sie gerade ein weiteres Mal vor vollendete Tatsachen gestellt.

*Das sähe mir ähnlich,* dachte sie und musste wider Willen lachen.

Irgendwer hatte mal gesagt: »Du machst Pläne, während das Leben etwas ganz anderes mit dir vorhat.« Oder das Schicksal? Sie wusste es nicht mehr.

Ob sie Ruth anrufen sollte? Die hatte sich mal beschwert, dass Frauen sich immer entscheiden müssten: entweder für eine Familie oder den Beruf.

*Aber ich könnte beides haben,* dachte Marianne, und ein verblüffendes Hochgefühl durchströmte sie. Sie konnte Mutter sein und zugleich den Salon weiterführen. Es brauchte nur etwas Planung und Menschen, die ihr zur Seite standen.

Als Felix kam, hätte sie ihm beinahe von ihrer Vermutung erzählt. Doch sie beschloss, noch etwas zu warten, bis sie sich ganz sicher war.

»Was ist mit dir?«, fragte er, nachdem er etwas gegessen hatte und es sich auf der Couch gemütlich machte. »Du siehst so nachdenklich aus.«

»Ich *bin* nachdenklich«, gab sie zu.

»Lässt du mich an deinen Gedanken teilhaben?«

Sie setzte sich neben ihn und zog die Beine an. »Mir geht gerade so vieles durch den Kopf. Ich glaube, ich muss mich erst ein bisschen sortieren, bevor ich darüber sprechen kann.«

»Ich bin da.« Mehr sagte er nicht.

Wenn sie nicht längst wüsste, dass sie ihn liebte, glücklich mit ihm war und den Rest ihres Lebens mit ihm teilen wollte, dann hätte sie es in diesem Moment begriffen.

Mitten in der Nacht stand Marianne auf und stellte sich im Dunkeln ans Fenster. Sie hatte geträumt, sie stünde in einem Haus und traue sich nicht, das einzige Zimmer zu betreten, dessen Tür noch verschlossen war. Lange hatte sie davorgestanden und sich alles Mögliche vorgestellt: Was befand sich in dem Zimmer? Würde sie sich gruseln, oder wäre sie eher überrascht? Sollte sie besser wieder gehen?

Dann hatte sie sich ein Herz gefasst, die Klinke heruntergedrückt, und just, als ihre Augen sich an die Dunkelheit gewöhnt hatten, war sie aufgewacht.

»Kannst du nicht schlafen?«

Sie fuhr zusammen und drehte sich zu Felix um, der Licht machte und sich aufgesetzt hatte. »Ich hatte einen merkwürdigen Traum.«

Sie beugte sich zu ihm herüber und küsste ihn. »Ich will jeden Morgen neben dir aufwachen«, sprudelte es aus ihr hervor. »Ich will das alles nicht mehr hergeben. Ich liebe dich, Felix, so sehr, dass ich …« Sie verstummte.

Er zog sie in seine Arme und hielt sie.

»Ich bin ganz durcheinander«, murmelte sie an seiner Schulter.

»Soll ich dir einen Kakao machen?«

Sie sah ihn verwundert an. »Einen Kakao? Es ist drei Uhr nachts.« Sie musste lachen.

»Meine Mutter hat mir immer Kakao gemacht, als ich noch klein war und schlecht geträumt hatte.«

Plötzlich musste sie weinen. »Und meine hat sich zu mir ins Bett gelegt und mir eine Geschichte erzählt.« *Ich werde es genauso machen,* ging ihr durch den Kopf.

»Weinst du etwa?«, fragte er und strich mit dem Handrücken über ihre Wange.

»Nur eine Wimper …«

»Eine Wimper, soso.«

Sie stand auf, nahm ihre Strickjacke vom Stuhl und ging zur Tür. »Schlaf nur weiter. Ich setze mich noch eine Weile ins Wohnzimmer, bis ich müde genug bin.«

Als sie später zurück ins Bett kroch und sich an ihn schmiegte, schloss er sie im Schlaf in die Arme, und sie wusste, dass es nichts gab, was sie noch sorgen oder ängstigen müsste.

# 44.

»So guter Laune heute?« Johanna war zum Tresen gekommen, wo Marianne zwei neue Termine eintrug und dabei leise summte.

»Wie kommst du darauf?«

»Du hast gerade was von Marianne Rosenberg gesummt.«

»Im Leben nicht.«

»Doch, ich kenne das Lied, mir fällt der Titel nur gerade nicht ein.« Johanna warf einen Blick in den Kalender. »Ah, gleich kommt Frau Zimmermann. Sie war länger nicht mehr hier.«

»Wahrscheinlich war sie bei Kronewinkel. Du weißt doch, dass sie es uns allen recht machen will.« Sie summte wieder, diesmal aber fiel es ihr selbst auf, und sie verstummte abrupt. Aus dem Augenwinkel sah sie Johanna grinsen.

Als sie am Morgen wach geworden und aufgestanden war, hatte sie eine ganze Weile im Bad vor dem Spiegel gestanden. »Vielleicht werde ich Mama«, hatte sie zwei-, dreimal leise gesagt und sich dabei angelächelt. Auch das hatte sie in London gelernt: Lächele öfter mal dein Spiegelbild an.

Es war verblüffend, aber sie begann bereits, sich an den

Gedanken zu gewöhnen. Sie hatte sich vorgenommen, einen Arzttermin zu machen und es dann Felix zu sagen. Vorausgesetzt, sie erwartete tatsächlich ein Kind.

*Hoffentlich,* dachte sie nun und warf Johanna einen überraschten Blick zu.

»Was siehst du mich so an, Marianne?«

»Nichts, nur so.« Sie schüttelte den Kopf, doch es ließ sich nicht leugnen oder ignorieren: Sie hoffte, wünschte, dass sie schwanger war.

Um sich auf andere Gedanken zu bringen, sagte sie: »Was würdest du davon halten, wenn wir auf die üblichen langweiligen Kittel verzichten und stattdessen schicke weiße Blusen oder Shirts tragen?«

»Fragst du mich das im Ernst?« Johanna blickte an sich herab. »Die spießigen Kittel passen wirklich nicht die Bohne zu unserem Salon.«

»Lass uns nach Feierabend ein bisschen im Katalog stöbern«, schlug Marianne vor, und sie nickte.

Frau Zimmermann kam herein und strahlte. »Guten Tag, die Damen. Sie sehen beide großartig aus.« Sie war alt geworden, das Haar von grauen Strähnen durchzogen. Aber sie hatte sich eisern ein paar Kilo abgehungert und freute sich noch immer über jedes Lob.

»Sie sehen auch gut aus, Frau Zimmermann. Dieses Kleid ist wirklich schick.« Vielleicht ein bisschen eng, aber Elfriede Zimmermann mochte es nun mal figurbetont.

»Danke, Marianne, wie nett.«

»Sind Sie einverstanden, wenn Johanna Sie heute übernimmt?«

»Aber sicher.«

Johanna nahm ihr Mantel und Regenschirm ab – dabei regnete es gar nicht – und führte sie in den Frisierbereich.

Die beiden waren kaum verschwunden, als Herr Konrad hereinschneite. »Guten Morgen, Fräulein König.«

»Herr Konrad«, sagte sie überrascht. »Sind Sie angemeldet?«

»Und ob. Aber wenn es gerade ungünstig ist …«

Sie hatte bereits in den Terminkalender geschaut und festgestellt, dass er dort eingetragen war, sie den Termin aber glatt übersehen hatte. Wurde sie schluderig? Waren das etwa die Hormone?

Sie konnte ein flüchtiges glückseliges Lächeln nicht verhindern, er ging vermutlich davon aus, dass es ihm galt. »Ich habe Sie völlig vergessen«, gestand sie. »Aber Sie sind angemeldet, also habe ich Zeit.«

Die folgende Viertelstunde gehörte ganz ihm.

Am Nachmittag föhnte Marianne das frisch blondierte Haar einer Kundin, als ihre frühere Freundin Doris hereinkam.

Sie nickten sich zu, und Doris nahm in einem der Wartesessel Platz. Sie griff nach einer Illustrierten, schlug die Beine übereinander und begann zu blättern.

Christina sprach kurz mit ihr und ging dann zu Marianne. »Die Kundin dort drüben möchte von dir bedient werden.«

Marianne seufzte verhalten. Das hatte sie befürchtet. »Ich bin in etwa fünf Minuten so weit.«

»Ich sag's ihr.«

Wenige Minuten später begrüßte sie ihre alte Freundin.

»Was führt dich her?«

»Ich dachte, ich sehe mir mal deinen schicken Salon an.« Doris hatte sich bereits ausgiebig umgeblickt. »Wirklich schick. Aber ich hab ihn mir größer vorgestellt.« Sie kniff die Augen zusammen, als wolle sie Maß nehmen, während sie sich erneut umschaute. »Täusche ich mich, oder ist er kaum größer als euer alter Salon?«

»Du täuschst dich«, erwiderte Marianne gelassen.

Sie hob die Augenbrauen. »Hätte ich nicht gedacht.«

*Überlass das Denken lieber den Pferden, denn die haben einen größeren Kopf.* Wer hatte das immer gesagt? Ihr Vater?

Sie musste ein Glucksen unterdrücken, bat Doris an eins der Waschbecken und nahm einen Umhang aus dem Regal. »Und? Wie hättest du's gern?«

»Nur die Spitzen. Und bitte nur anfeuchten.«

*Knauserig wie eh und je.*

Der Wind hatte ihr Haar ordentlich zerzaust, und es schien eine Ewigkeit nicht geschnitten worden zu sein. »Ich fürchte, es müssen etwas mehr als nur die Spitzen sein.«

»Wieso?« Doris sah sie argwöhnisch im Spiegel an.

»Sie haben Spliss.«

»Spliss? Das kann gar nicht sein.«

»So ist es aber.«

»Schön, wie du meinst.« Sie sah verstimmt aus, mürrisch.

*Was ist in ihrem Leben passiert, dass sie diesen harten Zug um den Mund hat?*, überlegte Marianne, während sie das Haar anfeuchtete und vorsichtig entwirrte. »Und, wie geht's dir?«

»Wie soll's einem schon gehen? Gut.« Doris zuckte mit

den Schultern. »Ich hab letztes Jahr geheiratet. Bevor du meinen Ring sehen willst … Es gibt keinen. Ich finde Eheringe überflüssig, albern.«

Marianne kämmte weiter, teilte die ersten Strähnen ein und steckte sie mit einer Klammer fest. »Ich dachte, du wolltest nicht heiraten.«

»Manchmal ändert man eben seine Meinung.«

»Und? Hast du deine Meinung, was Kinder betrifft, auch geändert?«

»Nein, Kinder sind ein Klotz am Bein.«

Vielleicht war es auch besser, wenn sie keine Kinder wollte.

»Einer neuen Studie zufolge empfinden mehr als sechzig Prozent der befragten Mütter und Väter ihre Kinder als Last.« Erst sprach sie, wie ihr der Schnabel gewachsen war, dann redete sie, als hielte sie einen Vortrag.

»Ach ja? Was für eine Studie?«, fragte Marianne, obwohl es sie überhaupt nicht interessierte.

»Na, eine Studie eben. Studien sagen dir doch was, oder?« Doris betrachtete kritisch ihr Spiegelbild. »Obwohl man sich als Friseuse wohl kaum über solche Dinge den Kopf zerbrechen muss.«

Marianne ließ die Schere sinken, wollte nachhaken, was genau sie damit meinte, doch sie ließ es sein. Was würde es bringen? Sie würde sich nur die Blöße geben, dass sie sich angegriffen fühlte.

»Als intellektueller Mensch geht man ja ganz anders an die Dinge ran, du weißt schon. Man hinterfragt, diskutiert und so. Du machst andere Leute hübsch, ist doch auch nett.«

Ihr Grinsen wirkte auf Marianne so herablassend, dass sie sich nur mühsam beherrschen konnte. War Doris früher schon so arrogant gewesen? Nein, denn dann wäre sie nicht mit ihr befreundet gewesen.

»Du musst doch eine Menge Geld verdient haben, oder?«

»Was?«, fragte sie verwirrt. Sie hatte gar nicht zugehört.

»Mit Geld kann man eine Menge anfangen. Aber Reichtum anhäufen war noch nie was für mich. Ich glaube, ich würde durch die Welt reisen und meinen Horizont erweitern.«

Marianne schnitt weiter und biss sich auf die Zunge. Einmal zwickte sie Doris – versehentlich natürlich – mit der Scherenspitze ins Ohrläppchen.

»Aua!«

»Oh, bitte entschuldige.«

»Meine Schwiegereltern waren letztes Jahr in Kanada und davor in Südamerika. Und du? Wo warst du schon überall?«

»In London.«

Doris sah sie im Spiegel an und brach in Gelächter aus. »In London. Das weiß ich doch, Mensch. Wo sonst noch?«

»In Paris, Mailand, Madrid, Glasgow«, zählte sie auf, und Doris' Augen wurden größer und größer.

»Da warst du überall? Im Ernst?«

»Rom und Nizza hab ich noch vergessen.« Wahrscheinlich hatte sie noch eine Stadt vergessen, aber spielte das eine Rolle?

Kurz darauf stellte sie den Haartrockner an und nahm eine Rundbürste aus dem Korb. Doris redete und redete, ein Monolog folgte dem nächsten, und Marianne fragte sich, ob sie möglicherweise niemanden hatte, mit dem sie sich unterhalten konnte. Vielleicht war ihr Mann maulfaul.

Marianne föhnte den Pony nach außen, wie es noch immer modern war. Üppige Föhnfrisuren und lange Mähnen waren angesagt.

Sie selbst trug das Haar nach wie vor lang, auch wenn sie ein paarmal darüber nachgedacht hatte, es kürzen zu lassen.

Im Hintergrund sangen die Bee Gees »Night fever«, und ihr Fuß wippte im Takt. Sogar Ruth konnte sich für Discomusik erwärmen, und das sollte was heißen.

»Was machst du da eigentlich?«, fragte Doris irgendwann und starrte fassungslos in den Spiegel.

»Ich föhne dein Haar.«

»Ja, das sehe ich. Aber was soll das, bitte?« Sie deutete auf die nach außen geföhnten Spitzen. »Das sieht ja aus, als hätte ich eine Regenrinne.«

»Das ist modern.«

»Interessiert mich nicht. Ich will so aussehen wie vorher.«

Marianne riss sich zusammen und nickte ergeben. Mit der Sprühflasche feuchtete sie das Haar so weit an, dass sie es erneut föhnen konnte. Doris beobachtete sie dabei.

Schließlich nahm sie ihr den Umhang ab und brachte sogar ein Lächeln zustande. »Ich hoffe, du bist zufrieden.« Eine Antwort erwartete sie nicht.

Sie folgte ihr zum Tresen, und als sie den Betrag in die Kasse tippte, bekam Doris zum zweiten Mal an diesem Nachmittag große Augen. »Ist das dein Ernst?«

»Was meinst du?«

»Ich soll nur fürs Spitzenschneiden so viel bezahlen?«

»Unsere Preisliste hängt im Schaufenster.«

»Wucher.« Doris nahm einen Geldschein aus dem Portemonnaie und knallte ihn auf den Tresen.

Die Tür fiel hinter ihr ins Schloss.

Christina, die ebenfalls am Tresen stand, meinte trocken: »Manchmal ist es gut, wenn alte Freundschaften vorbei sind, oder?«

»Ich glaube, sie ist nur gekommen, um sich davon zu überzeugen, dass sie es so viel besser getroffen hat als ich.«

Christina lachte. »Glücklich sah sie jedenfalls nicht aus.«

»Nein, sie ist eine verbiesterte, arrogante Schreckschraube.« Christina lachte noch lauter. »Hab ich das gerade wirklich gesagt?«

»Und ob. Ich sag dir auch was: Glücklich sein muss man auch können.« Sie ging zurück in den Frisierbereich.

Marianne blickte ihr nachdenklich nach. Recht hatte sie, man musste das Glück, wenn es vor der Tür stand, auch hereinlassen. Damit hatte sie vor langer Zeit mal jemand zum Lachen gebracht.

Ihr Blick fiel aufs Telefon, und sie gab dem Impuls nach und wählte die Nummer ihres Arztes.

# 45.

## Gisela

Noch immer fuhr sie zusammen, wenn das Telefon klingelte.

Häufig nahm sie nicht ab und lief in ein anderes Zimmer, die Hände auf den Ohren.

An diesem Abend klingelte es wieder, und diesmal ging sie dran. Wenn es wirklich Helmut war – doch ihr Gefühl sagte ihr, dass er es nicht war –, würde sie sich ihm stellen. So konnte es nicht weitergehen.

Es war ihr Bruder. »Das schlechte Gewissen frisst mich auf, Gisela«, begrüßte er sie. »Ich will mich bei dir entschuldigen.«

»Entschuldige dich lieber bei Herrn Niehaus.«

Er schwieg einen Moment, dann räusperte er sich. »Und was soll ich ihm sagen?«

»Wie wär's mit der Wahrheit, Kurt?«

*Das muss ich gerade sagen,* dachte sie. *Auch mich frisst das schlechte Gewissen auf. Weil ich Helmut nicht die Wahrheit sagen kann. Weil ich mich vor ihm verstecke.*

»Das bringe ich nicht fertig, Gisela. Soll ich ihm etwa sagen, dass ich erleichtert bin, nicht sein Vater zu sein?«

»Natürlich nicht. Aber du könntest dich für dein Verhalten entschuldigen und ihm sagen, dass du überfordert warst. Er wird es verstehen, auch er war überfordert.«

Wieder schwieg er, diesmal noch etwas länger. Schließlich erkundigte er sich, wie es ihr ging. Das Thema Felix schien erledigt.

Sie hatte damit gerechnet. Kurt hatte nicht das Rückgrat, sich den Dingen zu stellen, das war immer so gewesen.

*In vielen Dingen ändern sich die Menschen wohl doch nicht,* dachte sie bekümmert. Sie war da keine Ausnahme.

»Gisela?«

Sie fuhr zusammen. »Danke, mir geht's gut.« Sie legte die flache Hand auf ihren Magen und wünschte, ihre Antwort wäre wahr.

»Schön.«

»Dir hoffentlich auch?«

»Ja, bei uns ist alles in Butter.«

Wieder entstand ein längeres Schweigen, bis ihr Bruder laut seufzte. »Tut mir leid, Gisela. Ich bin und bleibe wohl ein Schafskopp.«

»Das werde ich nicht abstreiten, Kurt.«

Sie plauderten noch eine Weile über dies und das, und als sie auflegten, stellte Gisela fest, dass sie ihm nichts nachtrug.

Sie hatte gerade den Fernseher eingeschaltet und es sich mit einem Kamillentee gemütlich gemacht, als ihre Tochter kam.

Überrascht setzte sie sich auf. Es kam selten vor, dass

Marianne ihren eigenen Schlüssel benutzte. »Stimmt was nicht?«, war ihr erster Gedanke, und sie sprach ihn laut aus. »Ach, Mama.« Marianne setzte sich neben sie und schüttelte lächelnd den Kopf. »Was soll denn nicht stimmen?«

»Normalerweise klingelst du oder klopfst, bevor du reinkommst.«

»Das hab ich ganz vergessen.«

Eine Zeit lang schauten sie beide auf den Bildschirm, dann stand Marianne auf und verließ das Zimmer. Kurz darauf war sie mit einer zweiten Tasse zurück, setzte sich wieder und schenkte sich gedankenverloren Tee ein. Sie nippte daran und seufzte.

Gisela sagte kein Wort, auch wenn sie sehr verwundert war.

»Ich muss dir was sagen, Mama«, sagte ihre Tochter nach einer kleinen Ewigkeit. »Ich bin schwanger.«

Gisela war zusammengefahren. Hatte sie richtig gehört? »Du bist was?«

»Ich erwarte ein Baby.« Marianne lächelte. »Hat dich das wirklich so erschreckt? Du bist kreidebleich, Mama.«

»Ich …« Sie musste sich mehrmals räuspern, bis sie einen Ton herausbekam. »Marianne! Ich bin … ganz …«, stammelte sie. »Du bist wirklich schwanger? Bist du sicher?«

»Ich war beim Arzt.«

»Und, wie fühlst du dich? Ist dir morgens übel? Ist dir schwindelig? Hast du Appetit auf verrückte Sachen wie saure Gurken und anschließend ein Stück Schokolade?«

»Weder noch.«

»Mir ist, als wäre es erst gestern gewesen, dass du mir erzählt hast, mit Felix zusammenziehen zu wollen.«

»So kommt es mir ehrlich gesagt auch vor, Mama. Es geht alles sehr schnell. Vielleicht ein bisschen zu schnell, aber was soll ich machen? Ich liebe Felix, das weiß ich schon lange, und ich will mit ihm zusammen sein.«

»Weiß er es schon?«

Marianne nickte. »Du hättest sein Gesicht sehen sollen. Er ist aufgesprungen und durch die Wohnung gerannt. ›Ich werde Papa, ich werde Papa‹, hat er dabei gerufen.«

Gisela lächelte, und sie spürte plötzlich ein schreckliches, Furcht einflößendes Gefühl aufsteigen. Was, wenn sie nicht mehr miterleben würde, wie ihr Enkelkind aufwuchs? Sie musste nach Luft schnappen, so furchtbar war die Vorstellung.

»Mama? Was ist denn?« Marianne rutschte näher an sie heran und griff nach ihrer Hand. »Ist es, weil du Oma wirst?«

»Nein, natürlich nicht, Schatz.« *Oh Gott, was, wenn ich das alles nicht mehr erleben darf?* »Es ist nur … Ich glaube, ich bin einfach ein bisschen überfordert.«

»Was ist zwischen dir und Helmut vorgefallen, Mama?«, fragte Marianne, und Gisela sackte in sich zusammen. Sie hatte ihrer Tochter nie davon erzählt. Wie auch? Dann hätte sie ihr auch sagen müssen, dass sie krank war.

»Wir … haben beschlossen, uns nicht wiederzusehen.«

»Aber wieso, Mama? Ich verstehe das nicht. Ich dachte, du liebst ihn. Ich dachte, ihr …«

Gisela unterbrach sie. »Bitte, Marianne. Ich möchte nicht weiter darüber reden.«

»Aber …«

»Bitte!«

Marianne seufzte und nickte schließlich. »Wie du meinst. Aber ich versteh's nicht, Mama, ganz und gar nicht. Ihr hättet bestimmt einen Weg gefunden. Oder ging es dir wirklich nur um den Trauschein?«

»Ich sagte doch, ich will nicht darüber sprechen.«

Sie schwiegen beide und starrten mit finsterer Miene auf den Bildschirm.

*Was bin ich nur für eine Mutter,* dachte Gisela bekümmert. *Wir sollten uns beide freuen und glücklich sein. Sie bekommt ein Kind, ich werde Großmutter. Stattdessen sitzen wir da und schmollen.*

»Es tut mir leid, Schatz«, sagte sie nach einer Weile leise. »Ich bin sehr glücklich, dass ich Oma werde.«

Marianne erwiderte nichts, drückte nur ihre Hand.

»Versprich mir, dass du ihn nicht anrufst.« Ihr war ein äußerst beunruhigender Gedanke gekommen. Was, wenn ihre Tochter sich in den Kopf setzen würde, zwischen ihr und Helmut vermitteln zu wollen?

Der Blick, den Marianne ihr zuwarf, sprach Bände. Wahrscheinlich hatte sie genau darüber nachgedacht.

»Versprich's mir. Das ist eine Sache zwischen mir und ihm. Versprich es mir, Marianne, ich bitte dich.«

Ihre Tochter verdrehte die Augen. »Schön, ich versprech's dir. Zufrieden?«

»Ja. Möchtest du vielleicht noch etwas von dem leckeren Tee?«

Marianne war gerade wieder gegangen, als Hannelore anrief.

»Ich hab ihm gesagt, dass ich mit der Scheidung einverstanden bin.«

»Und, wie fühlst du dich?«

»Besser als ich befürchtet hatte. Ich hab ihm gesagt, dass er sich nie ändern wird und ich nicht mehr ertragen kann, mich ständig fragen zu müssen, ob er mich wieder betrügt.«

»Na endlich, Hannelore. Das wurde wirklich Zeit.«

»Danke, dass du mir den Kopf zurechtgerückt hast.«

»Dafür sind Freundinnen doch da. Ich habe auch gute Neuigkeiten, Lore. Ich werde Oma, stell dir vor.«

Hannelore kreischte vor Begeisterung ins Telefon, und Gisela musste den Hörer etwas von sich halten. »Du meine Güte! Du lieber Himmel! Ist das schön! Wie ich mich freue! Für dich und für Marianne! Weißt du was, ich fange gleich an, einen Strampler zu stricken.«

»Seit wann strickst du denn?«

»Seit ein paar Monaten. Hab ich das gar nicht erzählt? Nein, weißt du was, ich stricke kleine Schühchen. In Weiß oder Gelb. Kleine, entzückende Schühchen für winzige Babyfüßchen. Ach, Gisela, ich bin ganz aus dem Häuschen.«

# 46.

## Marianne

Es war eine Ewigkeit her, dass sie von London geträumt hatte. Sie hatte mit Mary im Taxi gesessen und war durch die Stadt gebraust. In viel zu hohem Tempo. Sie hatte den Fahrer angeschrien, er solle gefälligst langsamer fahren, er würde sie alle noch umbringen. Aber er hatte nur gelacht und ihr im Rückspiegel zugezwinkert.

»Stell dich nicht so an«, hatte Mary gemeint. »Es ist doch nur Spaß, Ann! Komm schon, wir haben Spaß, so wie früher, weißt du noch?«

Verwirrt war sie hochgeschreckt und hatte neben sich getastet. Als sie Felix' warmen Körper gespürt hatte, war sie eng an ihn herangerutscht und hatte die Stirn an seinen Rücken gelehnt. Eine Mischung aus Erleichterung und dem wunderbaren Gefühl von Geborgenheit hatte sie durchströmt.

Und ein weiteres Gefühl schlich sich dazu: Vorfreude auf die neue Aufgabe, die vor ihr lag.

Als sie aufgestanden war, hatte sie fröhliches Kinderlachen

gehört. Zwei Nachbarsjungen spielten auf der Straße Ball. Sie blieb eine Weile am Fenster stehen und sah ihnen zu. Wieder empfand sie pure Vorfreude und ein heißes Glücksgefühl.

Felix stand plötzlich hinter ihr und schlang die Arme um sie.

»Gut geschlafen?« Er roch an ihrem Haar. »Mhmm, Apfelshampoo.«

Sie lehnte den Rücken an ihn und schloss die Augen.

»Und? Wie geht's dir heute Morgen?«

»Ganz gut. Nur ein bisschen Übelkeit.«

»Wollen wir rauslaufen auf die Straße und allen, denen wir begegnen, erzählen, dass wir Eltern werden?«

»Das würde dir gefallen, was?«

Er seufzte. »Und ob.«

»Ich freue mich auf unser Kind, Felix. Obwohl ich zugeben muss, dass ich auch ein bisschen Angst habe.«

»Wir kriegen das hin.«

»Ja.« Sie lächelte. »Was bleibt uns auch übrig?«

»Wie wär's mit Frühstück?« Er küsste sie aufs Haar.

»Gern.«

»Tee oder Kaffee?«

»Lieber Tee.«

»Ich setze Wasser auf und decke schon mal den Tisch.«

»Ich bleibe noch ein bisschen stehen und stelle mir vor, wie unser Kind irgendwann auch dort unten auf der Straße spielt.«

»Wenn es ein Junge ist.«

Sie sah ihn verwundert an. »Was hat das damit zu tun?«

Er zuckte die Schultern. »Na, ich dachte, Mädchen bleiben

lieber im Haus und spielen mit ihren Püppchen. Dabei können sie sich nicht schmutzig machen.«

Sie zwickte ihn. »Das fängt ja gut an. Ich wusste gar nicht, dass du so ein Spießer bist.«

Er grinste sie an. »Ich zeige diese Seite nur ganz selten.«

Er verschwand in der Küche, und Marianne betrachtete noch einen Moment versonnen die spielenden Kinder.

Als sie Felix mit Geschirr klappern hörte, lächelte sie wieder.

Beim Frühstück räusperte er sich mehrmals und setzte schließlich an: »Jetzt, wo wir bald eine Familie sind … Ich möchte dich heiraten, Marianne.« Bevor sie etwas sagen konnte, sprach er gleich weiter. »Ich hab gedacht, ich brauche das alles nicht; Trauschein, Ringe und das alles. Eigentlich brauche ich das immer noch nicht …« Er machte eine Pause und betrachtete sie nachdenklich. »Aber ich *möchte* es. Ich möchte, dass du meine Frau wirst. Sagst du Ja?« Er griff in seine Jeanstasche und zog den Innenstoff hervor. »Ich hab keinen Ring. Bestehst du auf einen Verlobungsring?«

»Nein.«

»Zu spießig?«

»Viel zu spießig.«

»Aber du heiratest mich?«

»Ja. Ja, ich heirate dich, Felix.«

»Na dann …« Er schenkte ihr ein strahlendes Lächeln.

Sie frühstückten schweigend, bis Marianne es aussprach. »Glaubst du, dass ich es schaffen kann, beides zu sein: Mutter und Saloninhaberin?«

»Wieso nicht?«

»Es wird eine Herausforderung.«

»Die du bewältigen wirst.«

»Meine Mutter wird bestimmt auf mich einreden, dass ich mich entscheiden muss. Für sie war es damals auch nicht leicht, mich großzuziehen und im Salon mitzuarbeiten. Außerdem hatte sie ja auch noch Ruth, der sie die Mutter ersetzen musste.«

»Ich werde dir helfen, wo ich kann. Verlass dich drauf.«

Sie sah ihn ernst an. »Das werde ich.«

Am Tag darauf kam Ruth kurz vor Salonschluss. Marianne hatte soeben die letzte Kundin zur Tür begleitet und war dabei, das Geld aus der Kasse zu nehmen. »Ich bin gleich für dich da, Ruthchen.«

»Ist Gisela noch im Büro?«

Marianne nickte. »Sie hatte heute viel zu tun.«

»Dann gehe ich auf einen kurzen Schnack zu ihr.« Ruth war schon fast an Marianne vorbei, als ihr noch etwas einfiel. »Ich habe Susannes und Stefans Babykleidung begutachtet.« Sie strahlte. »Das meiste ist noch tadellos. Ich bin froh, dass ich alles aufbewahrt habe. Irgendwie wusste ich, dass du es noch gebrauchen kannst.«

»Da wusstest du mehr als ich.« Marianne hörte, wie sie an die Bürotür klopfte und »Ich bin's!« rief.

Johanna kam zum Tresen und streckte sich. »Wo sind eigentlich all deine Pläne geblieben, Marianne? Du wolltest einen Kosmetikbereich, vielleicht sogar mit kleinem Fotostudio, damit die Kundinnen sich noch lange als Olivia Newton-

John bewundern können. Und du wolltest ausbilden. Hab ich was vergessen?«

Marianne schloss die Kasse und lächelte in sich hinein. Ja, das alles hatte sie tun wollen, und vielleicht würde sie das eine oder andere auch irgendwann noch angehen. Doch zunächst stand etwas anderes auf ihrem Lebensplan. Sie hatte ihren Mitarbeiterinnen noch nichts von der Schwangerschaft erzählt. Aber vielleicht war jetzt der richtige Zeitpunkt. »Ich habe andere Pläne, Johanna. Ich bin schwanger.«

»Was? Verkohlst du mich auch nicht? Mensch, Marianne, das sind mal Neuigkeiten!« Johanna kam zu ihr und schloss sie in die Arme. »Das freut mich wirklich. Aber sag mal – du wirst den Salon aber doch nicht schließen, oder?«

»Nein, keine Sorge. Alles bleibt, wie es ist, nur dass ich Mama sein werde.« Nur. Sie musste lachen.

»Du willst beides schaffen: den Salon und das Mama-Sein?«

»Warum nicht? Es wird nicht immer leicht werden, aber irgendwie kriege ich das schon hin.«

»Auf mich kannst du zählen, Marianne. Und auf die anderen bestimmt auch.«

»Danke. Es tut gut, das zu wissen.«

Johanna nahm ihre Jacke von der Garderobe und ging zur Tür. »Bis morgen. Und wenn ich irgendwas für dich tun kann, sag's mir, ja?«

»Versprochen.« Marianne blickte ihr nach, wie sie die Straße überquerte, und schloss hinter ihr ab.

Aus dem Büro war Ruths Stimme zu hören, sie klang hitzig.

Marianne ging hin und lauschte, auch wenn sie das eigentlich nicht wollte. *Schäm dich,* dachte sie halbherzig.

»Was redest du denn da, Gisela!«

»Schsch! Ich will nicht, dass sie uns hört.«

»Du wirst wieder ganz gesund, Gisela.«

»Das kannst du nicht wissen.«

Marianne hielt den Atem an. In ihren Ohren rauschte es.

*Was hat das zu bedeuten? Was hat Ruth damit gemeint?*

»Ich bitte dich nur, mir zu helfen, Ruth. Ich bitte dich, für mich da zu sein, wenn es …« Den Rest verstand Marianne nicht.

»Wieso musstest du auch in dieses blöde Lexikon gucken, Gisela!«

Lexikon? Marianne schwirrte der Kopf. Sie begriff überhaupt nichts mehr.

»Ich weiß, Ruthchen.« Es klang zerknirscht, niedergeschlagen.

Marianne legte die Hand auf die Türklinke, und ohne weiter nachzudenken, drückte sie sie herunter und betrat das Zimmer. »Ich will sofort wissen, worüber ihr redet«, verlangte sie.

Ihre Mutter sah sie erschrocken an, Ruth war kreidebleich geworden.

»Du bist krank, Mama? Sehr krank? Und wieso weiß ich nichts davon? Warum erzählst du mir was von einer kleinen Magenschleimhautentzündung? Wieso verschweigst du mir, was wirklich los ist?« Ihre Stimme bebte.

»Marianne. Schatz.« Ihre Mutter stand auf und kam zu ihr. »Du hast da was falsch verstanden. Ich …«

»Komm mir jetzt bloß nicht mit ›Es ist nicht so, wie du denkst, Marianne‹.« Sie wirbelte zu Ruth herum, die betreten am Schreibtisch stand und an ihrem Mantelknopf drehte. »Eine von euch sagt mir jetzt auf der Stelle, was los ist!«

»Es ist besser, wenn ich jetzt gehe.« Ruth schlüpfte an ihnen vorbei. Es sah aus, als würde sie den Kopf einziehen. »Du musst ihr verzeihen, Marianne. Sie hat es nur gut gemeint.« Damit machte sie die Tür hinter sich zu.

Mariannes Knie zitterten. Sie würde sich gern setzen. Sie würde sich auch wünschen, gerade zu träumen, gleich aufzuwachen und nichts als Erleichterung zu spüren.

Ihre Mutter schob sie zum Schreibtisch und drückte sie auf den Stuhl. »Du bist blass, Schatz. Es tut mir leid, genau das wollte ich nicht. Ich wollte nicht, dass du es erfährst, weil es dich unnötig aufwühlen würde. Und du erwartest ein Kind. Du solltest dich nicht aufregen.«

»Ich will endlich wissen, was los ist, Mama.«

»Gut.« Die Stimme ihrer Mutter war rau. »Ich werde es dir sagen.«

# 47.

## Gisela

Wo sollte sie nur beginnen? Und *wie* sollte sie es ihrer Tochter sagen? Es lag wie eine riesige, unüberwindbare Hürde vor ihr. Je länger sie gewartet hatte, desto schwerer würde es werden, das hatte sie gewusst.

Ihrem Magen ging es gestern und heute erstaunlich gut, kaum Schmerzen, nur hin und wieder ein leichtes Ziehen, an das sie sich bereits so gewöhnt hatte, dass es ihr kaum noch auffiel.

Wieder stellte sie sich vor, wie ein Tumor in ihr wütete, sich in ihr ausbreitete. Nein! Sie zwang sich, nicht daran zu denken. Es war kein verdammter Tumor!

Während sie sich die Worte zurechtlegte, fiel ihr der Traum ein, den sie letzte Nacht gehabt hatte. Sie hatte in einem weißen bodenlangen Nachthemd vor dem Haus gestanden und in den Himmel geblickt. *Werde ich jetzt sterben?*, hatte sie dabei gedacht, und vor Schreck hatte sich ihr Magen zusammengezogen und ihr ganzer Körper versteift. Sie war wie erstarrt gewesen, Panik hatte sie durchflutet. Verzweifelt hatte sie versucht, sich zu erinnern, was geschehen war, dass sie ihren Tod befürchtete. Würde sie im Nachthemd vor ihrem Haus sterben? Aber warum? Was war nur passiert?

Wie betäubt war sie zurück ins Haus gegangen, hatte festgestellt, dass sie barfuß war und eiskalte Füße hatte.

*Helmut wird sie mir gleich wärmen,* war ihr durch den Kopf gegangen. Nicht Dietmar, sondern Helmut! Hatte sie ihren Mann etwa vergessen?

Als sie hochgeschreckt war, hatte sie bemerkt, dass der Kragen ihres Nachthemds – nicht weiß und auch nicht bodenlang, Gott sei Dank! – ganz feucht war. Auch ihre Wangen waren nass, und ihre Nase lief. Sie hatte geweint, offenbar sehr geweint.

Nun hockte sie sich auf die Schreibtischkante und wickelte die Strickjacke enger um sich. Der Verlust des Mannes, den sie belogen hatte, traf sie völlig unerwartet. Es war nicht Dietmar, um den sie geweint hatte, sondern Helmut. Und das bedeutete nicht zwangsläufig, dass sie ihren Mann vergessen hatte.

»Ich hätte früher zum Arzt gehen sollen«, begann sie mit kratziger Stimme und bereute die Worte sofort. Es war nicht gut, so anzufangen. Es klang viel zu dramatisch.

Sie räusperte sich. »Aber du kennst mich ja, Schatz. Ich brauche immer erst einen Schubs, und ich hab wirklich geglaubt, es wäre nur ein kleine Sache.«

Marianne ließ sie einfach weiterreden, und sie war dankbar dafür.

»Warum erst jetzt, Mama? Warum erfahre ich es erst jetzt?«, fragte ihre Tochter, als sie geendet hatte.

»Kannst du dir das nicht denken? Du warst gerade so glücklich, ich wollte nicht, dass du dich unnötig sorgst.«

»Und warum hast du es im Krankenhaus noch nicht abklären lassen?«

Sie schluckte. »Weil ich ein jämmerlicher Feigling bin. Ich hatte schon so oft den Hörer in der Hand, und einmal hab ich es sogar klingeln lassen und gleich wieder aufgelegt. Ich hab Angst, Marianne, schreckliche Angst.« *Heul jetzt bloß nicht! Du mutest ihr sowieso schon viel zu viel zu.* »Zeitweise ging es meinem Magen sogar etwas besser.«

»Aber es könnte … ein Tumor sein?«

Sie nickte.

»Bitte versprich mir, dass du einen Termin im Krankenhaus machst, Mama.«

Gisela atmete heftig aus. »Ich verspreche es.« Jetzt, wo es ausgesprochen, versprochen war, fühlte sie sich erstaunlicherweise gleich besser. Es hatte ihr wie Blei auf der Seele gelegen, und sie hatte es sich nicht eingestehen wollen. »Ich möchte, dass du dich weiterhin an *dein* Versprechen hältst, Marianne.«

»Welches Versprechen?«

»Helmut nichts zu sagen.«

Marianne schaute sie verwundert an. »Jetzt verstehe ich allmählich. Er weiß gar nicht, dass du krank bist.«

»Und das soll auch so bleiben.«

Ihre Tochter schwieg eine Weile, bis sie schließlich zögernd nickte. »Ich verspreche es, Mama. Wenn du gleich morgen einen Termin machst.«

Gisela schluckte. Nun gab es kein Zurück mehr. »Gut.«

Marianne stand auf und umarmte sie vorsichtig, als wäre sie aus Glas. »Ich bin dir nicht böse, dass du es mir so lange verschwiegen hast. Du wolltest mich schützen.«

»Ich bin froh, dass du mir nicht böse bist, Schatz.« Wahrscheinlich würde sie doch jeden Moment weinen.

»Bist du bereit für eine schöne Nachricht, Mama?«

»Ich bin ganz wild auf gute Nachrichten.« Sie schniefte und wischte sich über die Augen.

»Felix hat mir einen Antrag gemacht.«

»Nein!«

»Du hast dich gesorgt, dass wir ein Lotterleben führen werden, das weiß ich, Mama. Ich kenne dich.«

Gisela musste unter Tränen lachen. Sie warf einen Blick auf Mariannes Hand. »Kein Verlobungsring?«, fragte sie enttäuscht.

»Nein. Es wird auch keine klassische Feier geben. Ich weiß, du hast gehofft, dass ich eines Tages in einem traumschönen weißen Kleid vor den Altar treten werde, draußen wartet die Kutsche mit zwei weißen Pferden. Aber das wird nicht passieren. Wir werden standesamtlich heiraten, nur wir beide und eine Handvoll Leute, die wir lieben.«

Gisela bemühte sich, ihre Enttäuschung niederzuringen. »Es ist eure Entscheidung«, sagte sie leise.

»Ja.« Mehr sagte Marianne nicht.

»Weißt du was, warum zieht ihr nicht in meine Wohnung?«, schlug Gisela vor, ohne groß darüber nachgedacht zu haben. »Sie ist mir viel zu groß.«

»Und du?«

»Ich suche mir was Hübsches, Kleineres.« Sie ließ es wie beiläufig klingen, dabei würde sie die Wohnung schweren Herzens aufgeben. Es steckten so viele Erinnerungen darin, gute wie schlechte. »Denkt einfach darüber nach.«

# 48.

## Ruth

»Stell dir vor, Mama hat uns ihre Wohnung angeboten«, sagte Marianne am Tag darauf. Sie saßen in der Küche, auf dem Tisch eine Kanne Früchtetee.

»Und? Werdet ihr annehmen?«, fragte Ruth.

»Ich bin ganz ehrlich, ich glaube, ich möchte lieber eine neue Wohnung suchen. Es behagt mir nicht, dass Mama ausziehen und irgendwo neu anfangen muss.«

»Sie muss ja nicht, es war ihr Vorschlag«, meinte Ruth und schenkte Tee nach.

»Ich möchte, dass sie erst mal wieder ganz gesund wird.«

Ruth legte die Hand auf Mariannes. »Das wird sie.« Einen anderen Gedanken würde sie gar nicht zulassen. »Ich bin unendlich froh, dass du ihr das Versprechen abgenommen hast, diese Spiegelung machen zu lassen.«

»Im Gegenzug musste ich mein Versprechen erneuern, Helmut nicht anzurufen. Aber findest du nicht auch, dass er die Wahrheit wissen sollte?«

»Natürlich finde ich das auch. Aber ein Versprechen ist

ein Versprechen.« Ruth nippte nachdenklich an ihrem Tee und fuhr zusammen, als ihre Kinder hereingestürmt kamen. »Gummistiefel ausziehen!«, rief sie, ohne hinzusehen.

Marianne lächelte, wie wohl nur Schwangere lächeln. »Ich freue mich so darauf, Mutter zu werden. Es ist so … berauschend und irgendwie auch noch ziemlich unwirklich. Als hätte ich einen besonders schönen Traum, aus dem ich jeden Moment aufwachen könnte.« Sie streckte die Arme aus und zog Susanne an sich, die angelaufen kam. »Vielleicht bekomme ich auch eine so süße Tochter.« Sie sah Stefan an, der enorm gewachsen war und neben seiner Schwester stand. »Ein Sohn wäre mir aber auch sehr recht.«

Ruth erinnerte sich noch gut, wie sie sich gefühlt hatte, als sie zum ersten Mal Mutter geworden war. Welche Sorgen sie sich gemacht hatte und wie übermächtig auch gleichzeitig die Vorfreude gewesen war.

Marianne konnte Susanne noch rasch einen Kuss aufs Haar geben, bevor die Kinder wieder aus dem Zimmer rannten. »Sind wir als Kinder eigentlich auch immer gerannt?«

»Ich glaube, ich war ein sehr braves, ruhiges Mädchen.« Ruth grinste.

»Ach, dann ist dein Temperament wohl erst später ausgebrochen.«

»Und? Wie fühlst du dich? Ist dir auch dauernd übel?«

»Nein, ich bin nur müde, das ist alles.«

Ruth hob verwundert die Augenbrauen. »Ich habe noch nie von einer Schwangeren gehört, der nicht übel ist.«

Marianne hatte ihr außerdem erzählt, dass es keine große Hochzeitsfeier geben würde.

»Was sagt Gisela dazu, dass ihr nicht kirchlich heiraten wollt?«

»Sie hat es sich nicht anmerken lassen, aber ich nehme an, dass sie sehr enttäuscht ist. Aber Hauptsache …«

»Ihr heiratet«, ergänzte Ruth den Satz mit einem Lächeln. »Ich wünschte, sie hätte Helmut gesagt, dass ein Zusammenleben für sie nur mit Trauschein möglich ist. Wer sagt denn, dass er sie nicht hätte heiraten wollen? Vielleicht würde er ihr auch beistehen, für sie da sein wollen.«

Marianne nickte, sie sah nachdenklich aus. Sie lehnte sich zurück, die Teetasse auf dem Knie. Plötzlich huschte ein listiges Lächeln über ihr Gesicht. »Weißt du, was mir gerade durch den Kopf geht, Ruthchen? Ich habe ihr zwar ein Versprechen gegeben, aber du nicht.«

Ruth hatte lange darüber nachgedacht, was Marianne gesagt hatte. Während sie den Eintopf vom Mittag aufwärmte und auf ihren Mann wartete, stand sie noch immer nachdenklich am Herd. Sie hörte einen Schlüssel in der Tür und gleich darauf Rainers »Ich bin da! Wer noch?«.

Sie lächelte kopfschüttelnd. »In der Küche!«

Auf der Treppe waren Schritte zu hören. Die Kinder kamen, um ihn zu begrüßen.

»Halt! Vorsicht! Nicht so stürmisch, ihr reißt mich ja um.« Er lachte. »Wie war euer Tag?«

»Schön!«

»Klasse!«

Wieder Schritte auf der Treppe, als die beiden nach oben zurückrannten.

Rainer kam herein und schnupperte. »Riecht köstlich.« Er gab ihr einen Kuss und schielte in den Topf. »Ich sterbe vor Hunger. Wie war dein Tag?«

»Aufregend.«

Er sah sie verdutzt an. »Aufregend? Ist etwa ein anderer Mann im Spiel?«

»Natürlich.« Sie zuckte die Schultern. »Ansonsten käme ich ja um vor Langeweile.«

»Dann solltest du vielleicht auch nachmittags arbeiten.«

Sie warf ihm einen raschen Blick zu, streckte ihm die Zunge heraus und nahm den Topf vom Herd. »Marianne war hier. Und sie hat mich um etwas gebeten. Ich bin aber nicht sicher, ob ich es tun werde.« Sie hatte große Bedenken, würde sie Gisela nicht in den Rücken fallen?

Nach dem Essen klingelte es an der Tür.

Ruth war überrascht, ihre Schwester zu sehen. »Das ist aber ungewöhnlich, dass du um diese Zeit kommst.«

»Ich bin so durcheinander, Ruthchen. Ich muss unbedingt mit dir reden.«

»Ist was passiert?« Ruth ließ sie eintreten und nahm ihr den Mantel ab. Er roch nicht wie früher nach kaltem Rauch. Gisela hatte sich als erstaunlich eisern erwiesen und nur zweimal einen Rückfall gehabt. Jeden hatte sie bitter bereuen müssen, weil Übelkeit und Magenschmerzen die Folge gewesen waren.

»Außer, dass ich Großmutter werde? Marianne heiraten wird? Und ich endlich einen Termin für diese fürchterliche

Spiegelung gemacht habe?« Sie ging an ihr vorbei in die Küche und sank auf einen Stuhl.

»Wir können auch ins Wohnzimmer gehen«, schlug Ruth vor. »Wir würden Rainers gemütlichen Fernsehabend nicht stören. Er werkelt noch ein bisschen im Keller.«

»Nein, lass uns ruhig hierbleiben. Ich sitze gern bei dir in der Küche.« Gisela öffnete ihre Handtasche.

Ruth nahm ihr gegenüber Platz und beobachtete sie. Sie schien nach Zigaretten zu suchen, hatte sehr wahrscheinlich aber keine dabei. Wenn doch, wäre es ein schlechtes Zeichen.

»Du glaubst nicht, wie gerne ich jetzt eine Zigarette …« Sie schüttelte den Kopf und machte die Tasche wieder zu. »Aber nein, ich tu's nicht. Sie schmecken mir ja ohnehin nicht mehr.«

»Was macht dein Magen?«

»Mal so, mal so.«

»Möchtest du einen Tee?«

»Danke, ich will gar nichts, Ruth. Ich will mir einfach nur alles von der Seele reden.«

Und das tat sie.

Sie redete fast eine halbe Stunde, ohne von Ruth unterbrochen zu werden. Es ging nicht nur um Mariannes Schwangerschaft und die Tatsache, nun doch noch Großmutter zu werden, es ging auch um das angespannte Verhältnis zu Kurt und sogar um die Vergangenheit, die für sie und Ruth nicht leicht gewesen war.

»Das haben wir doch alles längst hinter uns«, sagte Ruth. »Ich trage dir nichts nach, und das solltest du auch nicht tun.

Wir alle machen Fehler, und man kann die Zeit nicht zurückdrehen. Ich finde, das ist auch gut so. Oder möchtest du noch mal jung und unerfahren sein?«

»Jung …« Gisela seufzte. Ihr war anzusehen, dass sie die Vorstellung mochte. »Und noch mal Zeit mit Dietmar haben? Mehr, viel mehr Zeit? Weil wir alles besser machen würden?« Wieder ein Seufzen.

»Wer sagt denn, dass man alles besser machen würde? Man würde es anders machen, aber nicht unbedingt besser.«

»Du hast recht.«

»Ich bin froh, dass du endlich einen Termin gemacht hast, Gisela.«

»Ich habe Angst davor, das kannst du mir glauben. Ich weiß nicht, wie ich das durchstehen soll.« Wieder öffnete sie ihre Handtasche, schaute flüchtig hinein und schloss sie wieder.

»Weißt du, was mir auch durch den Kopf geht, Ruthchen?« Ihre Augen leuchteten, als sie weitersprach. »Wie schön und wie praktisch es wäre, wenn Marianne den früheren Salon übernommen hätte und sie nun in die Wohnung darüber ziehen würden.«

»Du meinst, es wäre wie bei dir damals, und sie könnte Arbeit und Mama zu sein wunderbar miteinander verbinden.« Ruth nickte.

»Aber ich werde sie nicht drängen«, erklärte Gisela bestimmt. »Damit würde ich nur das Gegenteil erreichen. Ich kenne sie. Ich habe mir vor Jahren geschworen, mich nicht mehr in ihr Leben einzumischen, und daran halte ich mich.«

Sie beugte sich vor und sah Ruth an. »Oder findest du, es war schon zu viel, ihr die Wohnung anzubieten?«

»Nein, das finde ich nicht.«

»Gut.« Sie lehnte sich wieder zurück.

Eine ganze Weile schwiegen sie, sahen sich nur hin und wieder an, mal ernst, mal mit einem Lächeln.

Schließlich ergriff Gisela wieder das Wort. »Ich muss dich noch mal fragen, Ruth. Was, wenn ich doch ernstlich krank bin? Wenn es ein … Tumor ist?«

»Es ist kein Tumor«, sagte Ruth entschieden.

»Aber das können wir nicht wissen, nur hoffen. Was, wenn ich … sterben muss?«

Ruth sprang auf und hockte sich neben sie. »Du wirst nicht daran sterben, Gisela!«

»Aber wenn doch? Was, wenn ich dahinsieche, wenn die Schmerzen unerträglich werden? In diesem Lexikon stand, dass …«

»Wieso musstest du auch unbedingt in dieses grässliche Lexikon schauen, Gisela!«, ereiferte Ruth sich. »Das weiß doch jeder, wenn man da reinschaut, hat man alle Krankheiten, die es überhaupt gibt.«

Gisela sah sie unbewegt an. »Wirst du mir helfen, Ruth?«

»Ja, das hab ich dir schon im Salon versprochen.« Es fiel ihr unendlich schwer, es auszusprechen. »Ich werde für dich da sein.«

»Danke, Ruthchen.«

»Ich bin deine Schwester, und Schwestern sollten füreinander da sein.«

»Du weißt, dass das hier was ganz anderes ist. Hier geht es um …«

»Sprich's nicht aus, Gisela. Es wird nicht so weit kommen, du wirst wieder gesund werden. Es ist kein verdammter Tumor!«

Ruth nahm ihre Hände und hielt sie umschlungen. »Wir alle sind für dich da. Wir helfen dir, egal was auch kommt. Und du wirst wieder gesund.«

»Ich möchte ja auch so gern daran glauben.«

»Dann tu es. Glaub daran, ganz fest. Du musst dir jeden Tag, jede Stunde sagen: ›Ich werde wieder gesund.‹«

»Was, wenn ich nicht mehr miterlebe, wie mein Enkelkind groß wird.«

»Genau das sollst du ja nicht denken. Stattdessen stellst du dir vor, wie ihr beide etwas Schönes unternehmt. Wie ihr zusammen Spaß habt, und wie wunderbar es sich anfühlen wird, Oma zu sein.«

»Ich will's versuchen.«

»Du schaffst das.«

»Ich weiß, ich bin nicht allein, ich habe ja euch …« Ihre Schwester schniefte. »Aber manchmal fühle ich mich doch allein. Weißt du, was ich meine?«

»Ich glaube schon.«

Ruth musste wieder an Mariannes Bitte denken, und sie wusste plötzlich, was zu tun war.

# 49.

## Marianne

Seit einiger Zeit stand sie im ehemaligen elterlichen Frisiersalon, ganz in Gedanken versunken.

Am frühen Morgen hatte sie ihre Mutter ins Krankenhaus gebracht. Die Magenspiegelung sollte am kommenden Vormittag stattfinden.

Ihre Mutter war nervös, aber gefasst gewesen. »Jetzt, wo ich mich endlich dazu durchgerungen habe, denke ich, dass ich viel zu lange gewartet habe«, hatte sie gemeint. »Die Angst vor dem, was die Ärzte eventuell finden könnten, war so groß, dass ich's einfach nicht fertiggebracht habe.«

Marianne hatte ihr geholfen, ihre Sachen in den Wandschrank zu räumen, und anschließend neben ihr auf dem Bett gesessen und geschwiegen.

»Fahr ruhig heim«, hatte sie irgendwann gesagt. »Ich komme schon zurecht. Du kannst ohnehin nicht die ganze Zeit hierbleiben und meine Hand halten.«

»Das würde ich aber gern.«

»Du hast einen Salon zu führen, Marianne.«

»Ich habe sehr vertrauenswürdige Mitarbeiterinnen, Mama.«

»Trotzdem.« Sie hatte ihre Hand gedrückt. »Nun mach schon. Sonst überlege ich's mir am Ende doch noch anders und will, dass du mich wieder mitnimmst.«

»Das fehlte noch.« Marianne war aufgestanden und hatte sie liebevoll angesehen. »Du schaffst das, Mama. Du bist in guten Händen. Morgen komme ich wieder.«

»Ruth will auch kommen, sobald ich es hinter mir habe.« Wie ein kleines Kind hatte sie auf dem Bett gesessen, die Hände im Schoß.

Marianne war mit einem dicken Kloß im Hals heimgefahren.

Und nun stand sie hier im früheren Salon, und der Kloß in ihrem Hals schwoll mehr und mehr an.

Sie sah sich wieder an einem der Waschbecken stehen und mit Frau Meierdierks schwatzen. Sie hörte Ruth lachen und hatte wieder den Geruch von Festiger und Haarspray in der Nase. Es roch anders als in ihrem Salon. Sie hatte Herrn Meierdierks vor Augen, der im Wartesessel saß und das Kreuzworträtsel löste. »Flaschengeist mit sieben Buchstaben.«

»Dracula«, hatte sie vorgeschlagen, und alle waren in lautes Lachen ausgebrochen.

»Du bist mir keine große Hilfe, Mädchen«, hatte er schmunzelnd erwidert und den Kopf geschüttelt.

Wie froh war sie gewesen, dem angestaubten Salon den Rücken kehren zu können. Umso seltsamer, dass sie nun ganz wehmütig wurde.

Marianne ging in den ehemaligen Herrenbereich und strich mit der flachen Hand über die vergilbte Tapete. Hier hatte früher ihr Onkel gestanden. Sie sah ihn wieder vor sich, wie er die Pinsel und Rasierer säuberte. Damals hatte sie oft gedacht, dass er seinen Beruf wohl nicht sonderlich mochte.

»Kurt hatte keinerlei andere Ambitionen«, war die Antwort ihrer Mutter auf ihre Frage gewesen, wieso er den Beruf überhaupt ergriffen hatte.

Sie schob die Vorhänge auseinander, die ihre Mutter in das frühere Schaufenster gehängt hatte, und blickte auf den Rosenplatz. Viel hatte sich seit damals nicht verändert, Erna Jansen, inzwischen betagt und schwerhörig, lehnte noch immer gern im offenen Fenster, und Herr Plön war sogar noch griesgrämiger geworden. Niemand hätte das für möglich gehalten. Marianne war froh, wenn sie ihm nicht begegnete, und so ging es wohl den meisten, die hier wohnten.

Langsam schlenderte sie zum Tresen. Er und das Regal dahinter waren die einzigen Möbelstücke, die noch existierten.

Marianne strich über die Einlegeböden und lächelte. Früher hatten hier Festiger, Haarcremes und Shampoos gestanden.

*Ich hätte auch diesem Salon neues Leben einhauchen können*, dachte sie.

Ihre Finger strichen über ihren noch flachen Bauch.

*Das hier ist der Salon deines Urgroßvaters, mein Kleines*, dachte sie zärtlich. *Er hat ihn gegründet, und ich …*

Mit einem Mal kamen ihr die Tränen. Und sie hatte es weggeworfen. Sie hatte alles zerstört, wofür ihr Großvater gekämpft und was er erreicht hatte. Sie fühlte sich plötzlich schuldig und ganz niedergeschlagen.

Jemand klopfte ans Schaufenster, und sie erschrak. Sie wischte sich mit dem Handrücken über die Augen, bevor die Tränen fließen konnten, und räusperte sich energisch.

Sie schloss die Tür auf und war überrascht, Ruth zu sehen.

»Hier bist du. Ich hab schon oben geklingelt und dachte mir, dass du vielleicht hier sein könntest. Hast du geweint?«

»Nein. Wieso sollte ich heulen?«

Ruth kam herein und nahm sie in die Arme. »Weil du dich elend fühlst, das alles hier aufgegeben zu haben. Stimmt's oder hab ich recht?«

»Wie kannst du das wissen?«, flüsterte sie an ihrer Schulter.

»Glaubst du, mir ginge das manchmal nicht auch so? Und ich weiß, wie schwer es anfangs für Gisela war, einen Schlussstrich zu ziehen.«

Marianne machte sich los und schluckte. »Und ich dachte schon, es liegt an den Schwangerschaftshormonen.«

Ruth lächelte. »Das auch.«

»Ich musste plötzlich wieder an damals denken. Erinnerst du dich noch an Meierdierks? Ich hab sie wieder dort drüben sitzen sehen.«

»Kopfbedeckung mit fünf Buchstaben.« Ruth lachte. »Ich hab ›Haare‹ vorgeschlagen, es war aber die Kappe. Ich weiß noch gut, wie er gegrinst hat.«

Marianne stimmte in ihr fröhliches Lachen ein. Es war noch immer ungeheuer ansteckend.

Schlagartig verstummten sie.

»Wie können wir so kichern, wenn Mama gerade diese fürchterliche Spiegelung machen lassen muss?« Marianne spürte schon wieder heiße Tränen in den Augen brennen.

»Es wird alles gut werden. Etwas anderes darfst du nicht denken.«

»Ich weiß. Wollen wir gleich hinfahren?«

Ruth warf einen Blick auf ihre Armbanduhr, nickte und lächelte dann flüchtig. »Lass uns noch ein bisschen warten.«

»Warum?«

»Das erzähle ich dir später.«

# 50.

## Gisela

Als sie die Augen aufschlug, wusste sie nicht gleich, wo sie war. Sie blinzelte.

Eine weiß gekleidete Frau stand vor ihr. »Wie fühlen Sie sich?«

Wenn sie das nur wüsste. Sie fühlte – rein gar nichts. Nur Benommenheit. Sie wollte etwas sagen, doch in ihrem Hals war es so rau, dass sie sofort husten musste. Es brannte wie Feuer.

»Das kommt vom Schlauch.«

Endlich begriff sie vollständig: Richtig, sie war im Krankenhaus und hatte eine Spiegelung machen lassen. Sie erinnerte sich wieder an den gutmütig aussehenden Arzt und den scheußlichen, dünnen roten Schlauch in seiner Hand.

*Oh Gott, und den soll ich schlucken?*, hatte sie gedacht.

»Es ist alles gut verlaufen, Frau König«, sagte die Schwester. »Jetzt kommen Sie erst mal ganz in Ruhe wieder zu sich. Der Doktor wird am frühen Abend nach Ihnen sehen.« Leise ging sie zur Tür und schloss sie hinter sich.

Gisela drehte sich mit einem leisen Stöhnen auf den Rücken. Kehle, Hals und Speiseröhre schmerzten furchtbar. Sie versuchte, nicht an den roten Schlauch zu denken.

Wie spät mochte es sein? Jegliches Zeitgefühl war verschwunden.

Sie hörte draußen Vogelgezwitscher, und ihr wurde ganz eigenartig zumute. Was, wenn der Arzt ihr sagen würde, dass sie viel kränker war, als sie gehofft hatte? Was, wenn sie nicht mehr lange Vogelzwitschern hören durfte?

»Du darfst nicht an so was denken. Du darfst nur daran denken, dass du wieder gesund wirst.« Wer hatte das noch gesagt? Ihre Schwester?

Erst jetzt fiel ihr auf, dass sie nicht allein im Zimmer war. Sie drehte den Kopf und sah eine Frau, ungefähr in ihrem Alter, im Nachbarbett. Sie schien zu schlafen.

Doch in diesem Moment öffnete sie die Augen. »Da sind Sie ja. Ich heiße Marianne. Und Sie?«

»Gisela.« *Marianne, wie meine Tochter. Mein kleines Mädchen. Mein Ein und Alles.*

»Gisela. So heißt meine Schwester.«

»Und Marianne heißt …« Sie musste wieder husten. »… meine Tochter.«

»Das ist ja lustig. Weshalb sind Sie hier?«

»Magenspiegelung.«

»Scheußlich. Musste ich auch schon machen lassen. Bei mir ist's die Galle.«

Das klang auch nicht besser. Gisela bemühte sich sehr, die Augen offen zu halten, sie fühlte sich mit einem Mal furchtbar müde.

Als sie die Augen wieder öffnete, sah sie jemanden neben sich auf der Bettkante sitzen. Dietmar? Sie blinzelte mehrmals, glaubte an eine Vision, einen Traum.

Nein, es war nicht Dietmar, natürlich nicht. Sie träumte ja nicht, sie war hellwach.

Helmut? Konnte das sein? Saß er wirklich hier neben ihr?

»Gisela.« Er nahm vorsichtig ihre Hand.

»Helmut.« Seinen Namen auszusprechen, fühlte sich so wunderbar und so seltsam befreiend an. Als hätte sie ihn lange nicht aussprechen dürfen. »Was … wie …?«

»Warum hast du mir nichts erzählt?« Er lächelte, hob ihre Hand und küsste sie sacht.

»Ich wollte nicht … Wie …?«, setzte sie erneut an. In ihrem Hals kratzte es noch immer.

»Deine Schwester hat mich angerufen.«

»Wie …? Ruth?«

»Ich bin froh darüber.« Er rutschte etwas näher an sie heran, und sie betrachtete hingerissen sein Gesicht. So lange hatte sie es nicht ansehen dürfen, sie würde diesen Moment auskosten. Sie liebte die Lachfältchen um seine Augen, seine Nase, die er zu groß fand, und seine Lippen, die sie so oft geküsst hatte. Sie spürte, wie sie errötete.

»Helmut«, hörte sie sich wieder sagen.

Er beugte sich über sie, und sie atmete den Geruch seines Rasierwassers ein. »Ich dachte, ich müsste dich vergessen. Weil du es so wolltest.« Er gab ihr einen federleichten Kuss, und sie hätte ihn gern festgehalten. Nur wie? Sie fühlte sich so erschöpft, dass sie sich nicht rühren konnte. »Aber ich kann dich nicht vergessen. Ich will's auch gar nicht. Ich will für dich da sein, ganz egal, was auch kommt. Zusammen stehen wir alles durch, glaubst du nicht?«

Pures Glück durchströmte sie bis in jeden Winkel ihres Körpers. Sie spürte es sogar in den Zehenspitzen. »Doch. Ich glaube es.«

»Na also. Dann wirst du mich nicht wieder wegschicken?«

Sie schüttelte den Kopf.

»Und auch keine Lügen mehr?«

»Nein, nie wieder.«

»Gut.« Er küsste sie auf die Stirn und schließlich auf den Mund. Er lächelte, als er sie ansah. »Aber ich würde sowieso nicht gehen.«

Es klopfte, und Marianne kam herein, gefolgt von Ruth.

Ihre Tochter nahm rechts von ihr Platz, ihre Schwester links.

Sie nahm je eine Hand. »Ich möchte euch Helmut vorstellen.«

»Mama.« Marianne lachte. »Hattest du eine Narkose oder ein starkes Schmerzmittel? Wir kennen Helmut doch schon.«

Sie lachte mit, ihren Halsschmerzen zum Trotz. »Das weiß ich. Aber mir war einfach danach.«

Ihr wurde sehr warm, und Zuversicht durchströmte, erfüllte sie.

# Ein paar Worte zum Schluss

Die frühen Siebziger verbinde ich mit schrillen Farben, Schlaghosen und Prilblumen, die die Küchenfliesen zierten. Und mit Pullovern aus Polyester, die einem die Haare zu Berge stehen ließen, wenn man sie auszog.

Die späteren Siebziger verbinde ich mit hautengen Jeans, die im Liegen angezogen werden mussten und bei denen man gern mit einer Drahtbürste nachhalf, damit sie so richtig schön durchgescheuert waren, Parkas, in deren Brusttasche der obligatorische Kamm steckte, schwarz-weißen, riesigen Tüchern und ellenlangen Schals, Föhnfrisuren (mit Pony-Außenwelle, die wir Regenrinne nannten) und krausen Dauerwellen. Mit Schallplatten von Blondie, Donna Summer und Supertramp und Kinofilmen wie *Der Krieg der Sterne, Der weiße Hai* und *Grease* – und mit der Aufbruchstimmung, den teilweise ziemlich verrückten Plänen und vor allem dem festen Wunsch, es unbedingt »anders als die Eltern machen zu wollen«.

Die Siebziger verbinde ich aber auch mit der blanken Angst vor dem Terror der RAF. Ich erinnere mich noch an den Abend im Oktober 1977, als in den Nachrichten vom Tod

Hanns Martin Schleyers berichtet wurde. An die fassungslosen, entsetzten Gesichter meiner Eltern und daran, dass ich – damals knapp vierzehn – das alles nicht wirklich begreifen konnte.

Alle Personen in meiner Geschichte sind frei erfunden, aber ich muss zugeben, dass ich bei den Schauspielern Bille Krössnick und Gedeon Westphal Jutta Speidel und Herbert Hermann vor Augen hatte, die ich in den Siebzigern sehr mochte.

Eine Magenspiegelung ist heutzutage keine große Sache mehr, das sah in den 1970ern noch ganz anders aus. Mein Dank geht an meine Kollegin Yvonne Wüstel, die in einem früheren Leben Ärztin war und mir meine Fragen beantwortete.

Ein weiterer Dank geht an meine Lektorinnen Nicola Kammer und Ingola Lammers.